Knaur

*Über die Autorin:*

Deborah Moggach hat zahlreiche Romane und Kurzgeschichtenbände veröffentlicht. Sie gilt als eine der wichtigsten zeitgenössischen Autorinnen Englands. In Deutschland erschienen von ihr: *Die Doppelgängerin* (1992), *Und morgen kommt der Märchenprinz* (1995). Die Autorin lebt in London.

Deborah Moggach

# TULPENFIEBER

Roman

*Aus dem Englischen*
*von Ursula Wulfekamp*

Knaur

Die englische Originalausgabe erschien 1999 unter dem Titel
»Tulp Fever« bei William Heinemann, London

Besuchen Sie uns im Internet:
http://www.droemer-weltbild.de

Vollständige Taschenbuchausgabe 2001
Droemersche Verlagsanstalt Th. Knaur Nachf., München
Lizenzausgabe mit Genehmigung des Scherz Verlag,
Bern, München, Wien.

Einzig berechtigte Übersetzung aus dem Englischen
von Ursula Wulfekamp

Umschlaggestaltung: ZERO Werbeagentur
Satz: Ventura Publisher im Verlag
Druck und Bindung: BookPartner, Kopenhagen
Printed in Denmark
ISBN 3-426-61817-6

5 4 3 2

Und wieder für Csaba

*Oben leben ruhig und gelassen die Menschen; unten bewegen sich ihre Schatten ... Es würde mich nicht wundern, wenn die Grachten noch immer die Schatten von Leuten aus vergangenen Jahrhunderten widerspiegelten, von Männern mit breiten Halskrausen und Frauen in Nachthauben. Die Städte scheinen nicht auf der Erde, sondern auf ihren eigenen Spiegelbildern zu stehen; diese hoch ehrbaren Straßen scheinen aus bodenlosen Traumtiefen emporzusteigen ...*

Karel Capek, *Liebenswertes Holland*

*Ja, ich habe die Welt der Armut und Häßlichkeit gut gekannt, aber gemalt habe ich die Haut, die glitzernde Oberfläche, den Anschein der Dinge – Damen in Seide und Herren in untadeligem Schwarz. Ich habe es bewundert, wie verbissen sie um ein etwas längeres Leben als das ihnen bestimmte gekämpft haben. Sie haben sich gewehrt mit der Mode, den Accessoires des Schneiders, einem phantasierollen Jabot, ungewöhnlichen Manschetten ... mit jeder Kleinigkeit, die ihnen erlaubte, ein bißchen länger auszuhalten, bis sie und uns der schwarze Hintergrund verschlingt.*

Zbigniew Herbert, *Stilleben mit Kandare*

*Unsere Aufgabe ist es nicht, Rätsel zu lösen, sondern sie bewußt zu machen, den Kopf vor ihnen zu neigen und die Augen auf ein unablässiges Entzücken vorzubereiten. Wenn Dir indessen unbedingt an Erfindungen gelegen ist, sage ich Dir, wie stolz ich darauf bin, daß es mir gelungen ist, eine besonders intensive Sorte Kobalt mit hellem Zitronengelb zusammenzustellen, so wie ich auch den Reflex des Mittagslichts notiert habe, das durch dickes Glas auf eine graue Wand fällt. Gestatte, daß wir unsere archaische Prozedur betreiben, daß wir der Welt Worte der Versöhnung sagen, daß wir zu ihr sprechen werden von der Freude über die wiedergefundene Harmonie, von dem ewigen Verlangen nach erwiderter Liebe.*

Jan Vermeer *zugeschriebener Brief*

# I

## Sophia

*Vertrau nicht auf Äußerlichkeiten.*

J. Cats, *Emblemata,* 1632

Mein Gemahl und ich essen zu Abend. In seinem Bart hängt ein Fädchen Lauch. Ich beobachte, wie es sich beim Kauen auf und ab bewegt, gleich einem Insekt, das sich im Gras verfangen hat. Ich verfolge das mit Gleichmut, denn ich bin eine junge, arglose Frau und lebe nur in der Gegenwart. Ich bin noch nicht gestorben und wiedergeboren. Ich bin noch kein zweites Mal gestorben – denn in den Augen der Welt wird das als zweiter Tod betrachtet. In meinem Ende liegt mein Anfang, der Aal krümmt sich und verschluckt den eigenen Schwanz. Und am Anfang lebe ich noch, ich bin jung, wenngleich mein Gemahl alt ist. Wir heben unsere Weinkelche und trinken. In mein Glas ist ein Spruch geätzt: *Die Hoffnungen der Menschen sind zerbrechlich wie Glas, kurz ist daher auch das Leben.* Ein Memento vor dem sinkenden Flüssigkeitsstand.

Cornelis reißt ein Stück Brot ab und tunkt es in seine Suppe. Einen Augenblick kaut er. »Meine Liebe, ich möchte etwas mit dir besprechen.« Er tupft sich die Lippen mit der

Serviette ab. »Sehnen wir uns in diesem vergänglichen Leben nicht alle nach Unsterblichkeit?«
Ich erstarre. Ich weiß, was jetzt kommen wird. Ich schaue auf das Brötchen, das auf dem Tischtuch liegt. Es ist beim Backen aufgeplatzt und sieht aus wie ein leicht geöffneter Mund. Seit drei Jahren sind wir verheiratet, und ich habe noch kein Kind zur Welt gebracht. Das ist nicht auf einen Mangel an Versuchen zurückzuführen; in dieser Hinsicht ist mein Gemahl noch ein kraftvoller Mann. Nachts besteigt er mich. Er spreizt meine Beine, und ich liege da wie ein auf den Rücken gefallener Käfer, der von einem Schuh auf den Boden gedrückt wird. Mein Gemahl sehnt sich mit jeder Faser seines Herzens nach einem Sohn – nach einem Erben, der über den Marmorfußboden hüpft und diesem großen, leeren Haus in der Herengracht eine Zukunft gibt.
Bislang habe ich ihn enttäuscht. Natürlich überlasse ich mich seinen Umarmungen, denn ich bin eine pflichtbewußte Ehefrau und werde ihm immer dankbar sein. Die Welt ist tückisch, und er hat mich dem Untergang entrissen, wie wir unser Land dem Meer entrissen, es entwässert und mit Deichen umgeben haben, damit es geschützt ist und nicht untergeht. Dafür liebe ich ihn.
Dann überrascht er mich. »Aus diesem Grund habe ich einen Maler verpflichtet. Er heißt Jan van Loos und gehört zu den vielversprechendsten Künstlern von ganz Amsterdam – Stilleben, Landschaften, vor allem aber Porträts. Hendrick Uylenburgh hat ihn mir empfohlen, ein sehr kundiger Kunsthändler, wie du weißt. Auch Rembrandt van Rijn, der gerade erst aus Leiden hergezogen ist, ist unter seinen Schützlingen.«
Derartige Vorträge hält mein Gemahl mir gern. Er erzählt

mir mehr, als ich wissen möchte, aber an diesem Abend fallen seine Worte geräuschlos um mich her zu Boden.
Es wird ein Porträt von uns gemalt! »Er ist sechsunddreißig Jahre alt, genauso alt wie unser wackeres neues Jahrhundert.« Cornelis leert sein Glas und schenkt sich nach. Er ist trunken von der Vision: wir, unsterblich auf Leinwand. Von Bier wird er schläfrig, Wein dagegen macht ihn patriotisch. »Wir, die wir in der großartigsten aller Städte leben, der Heimat der größten Nation auf der ganzen Erdkugel!« Ich allein sitze ihm gegenüber, doch er spricht wie zu einem großen Publikum. Die Wangen über seinem gelblichen Bart sind gerötet. »Beschreibt Vondel Amsterdam nicht mit den Worten: *Welche Gewässer werden nicht von ihren Segeln beschattet? Auf welchem Markt verkauft sie nicht ihre Waren? Welche Völker sieht sie nicht vom Mond bestrahlt, sie, die Recht und Gesetz für alle Meere spricht?*«
Er erwartet keine Antwort, denn ich bin nur eine junge Gemahlin, die außerhalb dieser vier Wände kaum etwas vom Leben kennt. Die Schlüssel, die an meiner Taille hängen, öffnen nur unsere Wäscheschränke; Wichtigeres aufzuschließen steht mir noch bevor. Ich überlege, welches Kleid ich für das Porträt tragen soll. Größer ist meine Welt noch nicht. Um Meere, Kaiserreiche geht es mir nicht.
Maria trägt eine Platte mit Heringen auf und zieht sich schnüffelnd wieder in die Küche zurück. Vom Meer treibt Nebel herüber, und sie hustet schon den ganzen Tag. Aber das konnte ihrer Stimmung nichts anhaben. Ich bin sicher, daß sie heimlich einen Liebsten hat; in der Küche summt sie vor sich hin, und manchmal ertappe ich sie dabei, wie sie sich vor dem Spiegel das Haar unter der Haube richtet. Ich werde es herausfinden. Wir sind Vertraute, zumindest so-

weit die Umstände das zulassen. Seit ich nicht mehr bei meinen Schwestern lebe, habe ich niemanden außer ihr.
Nächste Woche kommt der Maler! Was Gemälde betrifft, ist mein Gemahl ein Kenner; unser Haus hängt voller Bilder. An der Wand hinter ihm ist eine *Susanna im Bade.* Die alten Männer beäugen das nackte Mädchen. Bei Tageslicht sehe ich ihre wollüstigen Gesichter, aber jetzt, im Kerzenschein, haben sie sich in den Schatten zurückgezogen, und ich erkenne nur Susannas üppiges, blasses Fleisch, direkt über dem Kopf meines Gemahls. Er legt sich einen Fisch vor. Er sammelt schöne Gegenstände.
Ich sehe uns als Gemälde. Cornelis mit weißem Spitzenkragen vor schwarzem Hintergrund, der Bart, der sich beim Essen auf und ab bewegt. Der Hering auf meinem Teller, die glänzend gebräunte Haut aufgeplatzt, so daß das Fleisch freiliegt. Die geöffneten Lippen meines Brötchens. Weintrauben, kugelig und durchscheinend im Kerzenlicht; das matte Schimmern des Zinnkelchs.
Ich sehe uns am Tisch sitzen, reglos – erstarrt in dem Moment, bevor sich alles ändert.
Nach dem Essen liest er mir aus der Bibel vor. *»Alles Fleisch ist Gras, und alle seine Güte ist wie eine Blume auf dem Felde. Das Gras verdorrt, die Blume verwelkt; denn des Herrn Odem bläst darein. Ja, Gras ist das Volk …«*
Aber ich hänge bereits an der Wand und beobachte uns.

# 2

## Maria

*Mit Eifer muß sie auf das Gebaren der Dienstboten achten, auf ihren Verkehr und ihren Umgang, ihre Spaßereien und Spielereien, darauf welche Worte und Gesten zwischen Mannsbildern und Frauenzimmern fallen, denn wo solches vernachlässigt wird, ist Liederlichkeit in ihren Häusern die Folge, ja sogar Verderbtheit, und zeugt von großem Makel für die Herrschaft.*

J. Dod und R. Cleaver,
*A Godly Forme of Household Government, 1612*

Schläfrig vor Liebe, poliert das Dienstmädchen Maria die kupferne Wärmepfanne. Maria ist schwer vor Verlangen und bewegt sich träge, als würde sie unter Wasser treiben.

Ihr Gesicht, verzerrt von der Rundung des Metalls, lächelt ihr zu. Sie ist ein kräftiges, rotwangiges Mädchen vom Land, das mit einem gesunden Appetit gesegnet ist. Auch ihr Gewissen hat ein gesundes Anpassungsvermögen. Wenn Willem in ihr Bett steigt, das in die Wand hinter dem Küchenfenster eingelassen ist, zieht sie die Vorhänge zu, um Gottes Mißbilligung auszusperren. Aus den Augen,

aus dem Sinn. Schließlich werden sie und Willem eines Tages heiraten.
Davon träumt sie. Sie träumt, daß ihre Herrschaft umgekommen ist – ertrunken bei einem Schiffbruch – und daß sie und Willem mit sechs süßen Kindern in diesem Haus leben. Wenn sie putzt, putzt sie für seine Heimkehr. Wenn ihre Herrin ausgeht, schließt sie die unteren Fensterläden, damit sie von der Straße aus nicht zu sehen ist. Dann liegt der Salon im Dunkeln, als spaziere sie auf dem Meeresgrund entlang. Sie zieht die blaue Samtjacke ihrer Herrin mit dem Pelzkragen und den Pelzmanschetten an und schlendert durchs Haus, immer wieder in einem der Spiegel einen Blick auf sich erhaschend. Es ist nur ein Traum, was kann das schon schaden?
Jetzt ist Maria auf den Knien, im Salon. Sie schrubbt die blau-weißen Kacheln auf den Scheuerleisten. Auf jeder Kachel ist ein spielendes Kind abgebildet – eins spielt mit einem Reifen, ein anderes mit einem Ball. Eins, ihr liebstes, reitet auf einem Steckenpferd. Das Zimmer ist bevölkert von ihren Phantasiekindern. Zärtlich wischt sie sie mit einem Tuch ab.
Durch die Mauer hört sie die Geräusche von der Straße – Schritte, Stimmen. Sie ist auf dem Land aufgewachsen, und das rege Treiben auf der Herengracht, die Art, wie die Straße in ihre geheime Welt im Haus eindringt, überrascht sie immer noch. Der Ruf des Blumenverkäufers, unheimlich wie ein Kiebitz. Der Mann von der Zinngießerei klappert mit seiner Schüssel und schreit die Namen der Gefäße, die er reparieren kann, als wollte er Sünder zu sich rufen. Jemand hustet und spuckt erschreckend nahe aus.
Und dann hört sie seine Glocke. »Fisch, frischer Fisch!« singt Willem tonlos; er hat eine schreckliche Stimme.

»Rotaugen-Brassen-Hering-Kabeljau!« Dann läutet er seine Glocke. Sie erkennt den Klang ebenso unfehlbar wie eine Schäferin das Geläut ihres Lieblings in der Herde. Maria springt auf, wischt sich die Nase an der Schürze ab, streicht sich den Rock glatt und reißt die Tür auf. Es ist neblig an diesem Morgen, so daß sie die Gracht jenseits des Bürgersteigs kaum ausmachen kann. Aus dem Trüben taucht Willem auf.

»Guten Tag, meine Schöne.« Ein Lächeln strahlt auf seinem Gesicht.

»Was hast du denn anzubieten?« fragt sie. »Laß mal sehen.«

»Was möchtest du denn, Maria, mein Täubchen?« Er verrückt den Korb auf seiner Hüfte.

»Wie wär's mit einem schönen fetten Stück Aal?«

»Wie magst du's denn am liebsten?«

»Du weißt, wie ich's mag«, lacht sie.

»Gedämpft mit Aprikosen und süßem Essig?«

»Mmmm«, macht sie. Ein Stück weiter die Straße entlang werden Fässer von einem Kahn abgeladen. Maria hört das dumpfe Dröhnen, mit dem sie auf die Straße rollen, wie das Pochen ihres Herzens.

»Wie wär's mit einem Hering?« fragt er. »Wie wär's mit einem Kuß?«

Er kommt die Treppe herauf, immer näher. Pochender Herzschlag.

»Psst!« Sie weicht zurück. Leute gehen vorbei. Enttäuscht läßt Willem den Kopf hängen. Er ist ein einfacher Mensch mit einem langen, kummervollen Gesicht, das bei anderen Heiterkeit auslöst. Sie liebt es, wenn dieses Gesicht sich zu einem Lächeln verzieht. Willem ist ein liebenswerter, unschuldiger Mann, der ihr das Gefühl gibt, welterfah-

ren zu sein. Sie und welterfahren! Das zeigt, wie unschuldig er ist.
Willem kann nicht glauben, daß sie ihn liebt. »Ich war gestern hier. Warum hast du nicht aufgemacht?«
»Ach, der Gemüsemann hat mir gerade seine Möhren gezeigt.«
»Nimmst du mich auf den Arm?«
»Ich war auf dem Markt.« Sie lächelt ihn an. »Ich liebe nur dich. Ich bin wie eine Muschel, ich lebe zurückgezogen in meiner Schale. Nur du kannst mich öffnen.«
Sie tritt zurück und läßt ihn ins Haus. Er stellt seinen Korb auf den Boden und nimmt sie in die Arme.
»Igitt! Deine Finger!« Sie geht ihm voraus durch das *voorhuis,* den Gang entlang und die Stufen zur Küche hinunter. Während sie gemeinsam zum Wasserbecken stolpern, zwickt er sie in den Hintern.
Sie schiebt den Hebel zur Seite. Wasser spritzt aus dem Hahn auf seine ausgestreckten Hände. Er steht da, geduldig wie ein Kind neben seiner Mutter. Sie trocknet ihm die Hände ab und schnüffelt daran. Er drückt sich an sie, schiebt ein Knie zwischen ihre Schenkel – sie wird beinahe ohnmächtig – und küßt sie.
»Du kannst nicht lange bleiben«, flüstert sie. »Sie sind beide da.«
Sie zieht ihn zu ihrem Bett in der Wand. Zusammen fallen sie über den Holzrahmen und landen prustend auf der Matratze. Wie warm es hier ist! Das wärmste Bett im ganzen Haus. Auch wenn es ihnen gehört, werden sie noch hier unten schlafen, denn es ist Marias Höhle, der Mittelpunkt ihres Lebens.
Er flüstert ihr süße Worte ins Ohr. Sie kitzelt ihn. Er schreit auf. Sie bringt ihn zum Schweigen. Dann schiebt sie

seine Hand zwischen ihre Beine; sie haben keine Zeit zu verlieren. Sie kichern wie Kinder. Schließlich haben sie früher beide dicht an dicht mit ihren Geschwistern geschlafen, sich aneinandergekuschelt, sich mit Kniestößen traktiert.
»Und was haben wir hier unten?« flüstert sie. »Was Schönes?«
Aus der Ferne ist ein lautes Klopfen an der Haustür zu hören.
Maria fährt hoch, schubst Willem von sich hinunter und krabbelt aus dem Bett.
Einen Augenblick später schiebt sie, erhitzt und außer Atem, den Türriegel beiseite. Vor ihr steht ein Mann. Er ist klein und dunkel – glänzende schwarze Locken, blaue Augen und ein Samtbarett auf dem Kopf.
»Ich werde erwartet«, sagt er. »Ich bin gekommen, um ein Porträt zu malen.«

# 3

## Sophia

*Die reife Frucht fällt von selbst in die Hand.*

J. Cats, *Emblemata*, 1632

»Ich soll die Hand hierhin legen, auf die Hüfte?« Cornelis wendet sich halb dem Maler zu. Er wirft sich in die Brust. Mit der anderen Hand umfaßt er seinen Stock. Er trägt seinen Brokatmantel und den schwarzen Zylinderhut, hat sich den Bart gekämmt, den Schnurrbart gewichst und die Enden gezwirbelt. Heute trägt er eine Halskrause – hoch und schneeweiß. Sie trennt seinen Kopf von den Schultern, als würde der Kopf auf einem Tablett dargeboten. Cornelis versucht, seine Aufregung zu verbergen.

»Kennt Ihr das Sprichwort, daß man einen Bach nicht eindämmen kann, weil das Wasser nur an anderer Stelle hervorstürzt? Obwohl wir unsere Kirchen weiß getüncht haben, Abbilder der Heiligkeit verboten haben ...« Er neigt den Kopf in meine Richtung. »Hier muß ich meine Gattin um Verzeihung bitten, denn sie ist katholisch. – Obwohl unsere Reformierte Kirche den Malern ihre Schirmherrschaft entzogen hat, hat ihr Talent sich andere Wege gebahnt, und wir sind die Nutznießer. Jetzt bilden sie unseren Alltag ab, mit einer Leuchtkraft und einer liebevollen

Detailtreue, die – ohne gotteslästerlich sein zu wollen – an das Transzendentale grenzen kann.«
Der Maler begegnet meinem Blick, hebt die Augenbrauen und lächelt. Wie kann er es wagen! Ich schaue weg.
»Mevrouw, bitte haltet den Kopf still«, sagt er.
Wir werden in der Bibliothek meines Gemahls gemalt. Der Vorhang ist geöffnet, Sonnenlicht strömt herein und fällt auf sein Kuriositätenkabinett – Fossilien, Figurinen, ein Nautilus-Gehäuse auf einer Silbersäule. Auf dem Tisch, drapiert mit einem türkischen Läufer, stehen ein Globus, eine Waage und ein menschlicher Schädel. Der Globus versinnbildlicht das Unternehmen meines Gemahls, denn er ist Kaufmann. Im Hafen steht sein Speicherhaus; er importiert Getreide aus dem Baltikum und kostbare Gewürze aus dem Orient. Außerdem verschifft er Stoffe in Länder, die weit jenseits meines beschränkten Horizonts liegen. Er stellt seinen Wohlstand mit Stolz zur Schau, doch er ist ein guter Calvinist, und so erfüllt die Vergänglichkeit irdischen Reichtums ihn auch mit Demut – das erklärt die Waage, die am Jüngsten Tag unsere Sünden abwägt; das erklärt den Schädel. *Vanitas vanitatum.* Er wollte seine Hand auf dem Schädel ruhen lassen, aber der Maler hat eine andere Pose vorgeschlagen.
Cornelis redet. Aus dem Augenwinkel sehe ich, wie sein Bart sich auf und ab bewegt, ein kleines gelbes Pelztier über der Krause. Wortlos beschwöre ich ihn zu schweigen. »Es ist ein Glück, daß ich durch meine Anstrengungen eine wohlhabende und angesehene Position erlangt habe.« Er räuspert sich. »Ein weitaus größeres Glück ist es jedoch, daß ich ein Juwel besitze, neben dem selbst Rubine ihren Glanz einbüßen – ich meine damit meine teure Sophia. Die größte Freude, der schönste Trost eines Mannes ist ein

glückliches Zuhause, wo er nach des Tages Arbeit die Tür hinter sich schließen kann und am Kamin Frieden und Behaglichkeit findet, liebevoll umsorgt von seiner aufmerksamen Gemahlin.«
Ein ersticktes Prusten. Der Maler unterdrückt seine Belustigung. Wieder betrachtet er mich von seinem Platz hinter der Staffelei. Ich fühle seinen Blick auf mir ruhen, obwohl ich auf die Wand starre. Ich hasse ihn.
Es soll noch schlimmer kommen.
»Mein einziger Kummer besteht darin, daß wir das Getrappel kleiner Füßchen noch nicht hören, aber ich hoffe, das wird sich bald ändern.« Mein Gemahl lacht leise. »Mögen meine Blätter auch trocken sein, der Saft steigt noch empor.«
Nein! Wie kann er das nur sagen? Wieder begegnet der Maler meinem Blick. Er grinst – mit weißen Zähnen. Er mustert mich von Kopf bis Fuß, entkleidet mich. Mein Gewand löst sich auf, nackt stehe ich vor ihm.
Ich möchte am liebsten sterben, erröte am ganzen Körper. Warum tun wir das? Wie kann Cornelis nur so reden? Er ist aufgeregt, weil wir gemalt werden – aber wie kann er uns derart der Lächerlichkeit preisgeben?
Der Maler steht hinter seiner Staffelei und beobachtet mich. Seine blauen Augen bohren sich in meine Seele. Er ist ein kleiner, drahtiger Mann mit verwegenen schwarzen Haaren. Er hat den Kopf zur Seite gelegt. Kühl erwidere ich seinen Blick. Aber dann wird mir klar: Er sieht nicht *mich* an. Er betrachtet ein Arrangement, das er malen soll. Stirnrunzelnd wischt er seinen Pinsel an einem Lumpen ab. Ich bin nur ein Gegenstand – braunes Haar, weißer Spitzenkragen und blau changierendes Seidenkleid.
Das ärgert mich. Ich bin keine Hammelkeule! Mein Herz

klopft heftig; mir ist schwindelig, ich bin verwirrt. Was ist nur los mit mir?
»Wie lange dauert das noch?« frage ich.
»Seid Ihr schon müde?« Der Maler tritt zu mir und reicht mir ein Taschentuch. »Ist Euch unwohl?«
»Es geht mir sehr gut.«
»Ihr zieht schon den ganzen Vormittag die Nase hoch.«
»Das ist nur eine kleine Verkühlung. Ich habe mich bei meinem Hausmädchen angesteckt.« Ich will nicht sein Taschentuch benutzen, sondern hole lieber mein eigenes hervor und tupfe mir die Nase ab. Er kommt mir noch näher; der Geruch von Leinöl und Tabak steigt mir in die Nase.
»Ihr seid unglücklich, nicht wahr?« fragt er.
»Wie meint Ihr das, Mijnheer?«
»Ich meine, Ihr seid unglücklich darüber, stehen zu müssen.« Er zieht einen Stuhl heran. »Setzt Euch. Wenn ich das umstelle ... und das ...« Er verrückt den Tisch, gruppiert die Möbel mit raschen Bewegungen um. Den Globus schiebt er zur Seite, dann tritt er zurück und begutachtet sein Werk. Er arbeitet äußerst konzentriert. Sein braunes Wams ist mit Farbe beschmiert.
Und dann hockt er vor mir. Er kneift den Saum meines Gewandes, so daß die Spitze meines Pantoffels hervorblitzt. Dann nimmt er sein Barett ab und kratzt sich den Kopf. Ich betrachte seine Locken. Er kauert auf den Fersen, sieht auf meinen Fuß, dann umfängt er ihn mit einer Hand, schiebt ihn ein wenig nach rechts, stellt ihn auf das Fußöfchen und richtet die Falten meines Rockes. »Eine Frau wie Ihr hat es verdient, glücklich zu sein«, murmelt er.
Er stellt sich wieder hinter seine Staffelei. Dreimal wird er kommen, sagt er, damit wir hier in der Bibliothek für ihn Modell sitzen, dann wird er das Gemälde in seinem Atelier

fertigstellen. Mittlerweile redet mein Gemahl, erzählt ihm von einem Bekannten, einem Freund des Bürgermeisters, der ein Schiff auf See verlor und damit ein ganzes Vermögen – versenkt von den Spaniern. Cornelis' Stimme hallt aus weiter Ferne. Ich sitze da; meine Brüste pressen sich gegen die Baumwolle des Mieders, meine Schenkel unter dem Unterrock brennen. Ich spüre meine Kehle, meine Ohrläppchen, das Pulsieren meines Bluts. Mein ganzer Körper pocht, aber nur, weil ich Fieber habe. Das ist auch der Grund, warum mir alles weh tut, warum ich mich bleischwer und gleichzeitig federleicht fühle.

Der Maler arbeitet. Seine Augen wandern zu mir und wieder zur Leinwand. Während er malt, fühle ich, wie sein Pinsel meine Haut streichelt …

Ich liege mit meinen Schwestern im Bett. Ich kneife die Augen zusammen, denn ich weiß, er sitzt dort und beobachtet mich. Er fährt sich mit der roten Zunge über die Zähne. Wenn ich die Augen öffne, wird der Wolf neben meinem Bett sitzen. Mein Herz ist wie eingeschnürt. Ich murmele den Rosenkranz … *Gegrüßt seist du, Maria* … Ich spüre seinen heißen, fleischigen Atem auf meinem Gesicht. Ich umfasse meine knospenden Brüste. Ich murmele schneller, um ihn zum Näherkommen zu zwingen.

# 4

## Maria

*Die Pflicht verlangt von mir zu arbeiten, aber die*
*Liebe läßt mich nicht ruhen.*
*Nichts zu tun habe ich Lust;*
*Meine Gedanken sind erfüllt von Liebe, Liebe nährt*
*mein Denken,*
*Und kämpfe ich dagegen an, so bin ich machtlos.*
*Alles, was ich tue, tue ich gegen meinen Willen,*
*gegen meinen Wunsch,*
*Denn du, rastlose Liebe, hältst mich in deiner*
*Macht!*

J. H. Krul, 1644

Ich liebe ihn. Wenn er mich anfaßt, erschauere ich am ganzen Körper. Wenn er mich ansieht, schmelze ich dahin wie Gelee.« Maria lehnt sich gegen den Leinenschrank, ihre Augen sind geschlossen. »Ich platze noch vor Glück. Ach, Mevrouw, ich werde ihn immer und ewig lieben, und wir werden sechs Kinder haben. Heute morgen habe ich nämlich einen Apfel gegessen und dabei an ihn gedacht, und dann habe ich die Kerne ausgespuckt, und es waren sechs.«

Maria drückt die Laken an ihre Brust. Eigentlich wollte sie

das gar nicht bekennen, die Worte sind einfach aus ihr hervorgebrochen. Außer ihrer Herrin hat sie niemanden, dem sie das erzählen könnte; die Herrin ist ihre einzige Vertraute, denn Maria kennt in Amsterdam nur Händler und ihren Liebsten, ihren traurigen, herzigen, komischen Willem mit seinen Fischfingern.

»Ich liebe ihn bis zum Tod.«

Sophia erwidert nichts. Sie nimmt Maria die Wäsche ab und verstaut sie im Schrank. Der Kater reibt sich an ihren Beinen. Als sie nicht reagiert, stolziert er zu Maria und umstreicht deren Waden. Er geht von einer Frau zur anderen, wartet auf Zuwendung, aber die beiden sind weit fort, in ihren Träumen versunken.

Beide müssen gleichzeitig niesen. Maria lacht darüber, aber Sophia scheint es gar nicht gemerkt zu haben. Das verdrießt das Hausmädchen, das von der Herrin wißbegierige Fragen erwartet hat. *Wer ist er? Wann hast du ihn kennengelernt? Hat er ehrenhafte Absichten?* (Ja.)

Vor den Fenstern wird es Abend. Sophia schließt die Schranktür und lehnt sich dagegen, wie eine abgestützte Gliederpuppe. Sie trägt das blaue Seidengewand, das sie am Vormittag trug, bei der Sitzung; aber mittlerweile hat sie sich das goldene Kreuz um den Hals gehängt. Sie ist blaß, aber das kommt sicher nur daher, daß sie sich unwohl fühlt, wenngleich sie sich weigert, ins Bett zu gehen. Maria findet sie sehr hübsch, auf eine vornehme Art. Neben ihr kommt Maria sich vor wie ein Teigkloß. Sie sieht ihre Herrin an und denkt an Porzellan, das jederzeit zerbrechen könnte.

Maria ist kein neugieriger Mensch, und jetzt ist sie ganz mit ihrem eigenen Glück beschäftigt. Sie weiß wenig über ihre Herrin, außer, daß sie gleichaltrig sind – beide vierundzwanzig – und daß Sophias Vater, ein Drucker in Ut-

recht, jung starb und viele Schulden und mehrere Töchter hinterließ. Deshalb wurde Sophia mit einem wohlhabenden Mann verheiratet. Maria hält Cornelis für einen alten Langweiler, aber sie denkt praktisch. Man muß überleben, und dafür hat man immer einen Preis zu zahlen. Sie sind eine Nation von Kaufleuten – mit einem Erfolg, den die Welt nie zuvor gesehen hat –, und zwischen ihrer Herrin und Mijnheer ist ein Geschäftsabkommen geschlossen worden. Jugend wurde gegen Wohlstand eingetauscht, Fruchtbarkeit (mögliche Fruchtbarkeit) gegen ein Leben ohne Angst vor Hunger. In Marias Augen ist das ein vernünftiger Handel; sie mag zwar verträumt und abergläubisch sein, aber im Grunde ihres Herzens denkt sie bäuerlich und steht mit beiden Beinen fest auf dem Boden.
Trotzdem ist sie enttäuscht. Jetzt hat sie ihr Herz offenbart – und was hat sie dafür bekommen? Schweigen. Mit einem Wäschestapel auf den Armen stapft sie ins Schlafgemach. Ihre Herrin folgt ihr, um mit ihr das Bett zu machen. Sie arbeiten oft gemeinsam. Auf der Eichentruhe brennen drei Kerzen. Maria läßt das Leinen aufs Bett fallen und bläst eine aus.
»Warum tust du das?« fragt Sophia.
Maria schaudert. »Drei Kerzen sind ein böses Omen.«
»Was für ein Omen?«
»Tod.« Die Antwort ist knapp. »Wußtet Ihr das nicht?«

# 5

## Cornelis

*Von der (Bein-)Stellung der Weiber und jungen Bürschlein (oder Mägdlein):*
*Bei Weibern und jungen Bürschlein (oder Mägdlein) dürfen keine auseinandergespreizten und zu offenen Beinstellungen vorkommen; denn in denselben legt sich Keckheit an den Tag und gänzlicher Mangel an Schamhaftigkeit. Eng aneinandergeschlossene Beine aber beweisen Furchtsamkeit und Schamhaftigkeit.*

Leonardo da Vinci, *Traktat von der Malerei*

Schon wieder Fisch?« Cornelis sieht auf den Teller. »Wir essen die ganze Woche schon Fisch. Und letzte Woche auch, wenn ich mich recht entsinne. Bald werden uns noch Flossen wachsen.« Er lacht über seinen Scherz. »Ein Großteil unseres Landes lag einmal unter Wasser – wollt ihr uns in dieses Element zurückversetzen?«
»Mijnheer«, wendet das Dienstmädchen ein, »ich dachte, Ihr mögt Fisch. Das ist Brasse, Euer Lieblingsfisch.« Sie deutet auf Sophia. »Sie hat ihn mit Backpflaumen zubereitet, wie es Euch am besten schmeckt.«
Cornelis wendet sich an seine Frau. »Wie wäre es mit einem schönen Stück Schweinefleisch? Geh morgen zum

Fleischer, mein Herz, bevor wir alle zu beschuppten Kreaturen der Tiefe werden.«
Maria brummt – ob vor Lachen oder Verachtung, kann er nicht beurteilen – und geht wieder in die Küche. Welche Unverschämtheit! Seit der Diener Karel gegangen ist, lassen die Umgangsformen im Haus zu wünschen übrig. Cornelis muß mit seiner Frau darüber reden.
Sophia ißt nicht. Sie blickt in ihr Weinglas und sagt: »Ich möchte nicht, daß der Maler noch einmal ins Haus kommt.«
»Was hast du gesagt?«
»Ich will nicht, daß er wieder herkommt. Ich möchte nicht, daß unser Porträt gemalt wird.«
Er starrt sie an. »Aber warum denn nicht?«
»Bitte!«
»Warum nicht?«
»Es ist gefährlich«, erklärt sie.
*»Gefährlich?«*
Sie überlegt kurz. »Wir ... wir frönen damit nur unserer Eitelkeit.«
»Und was tust du, wenn die Schneiderin kommt, mein Herz?«
»Das ist etwas anderes ...«
»Wie viele Stunden verbringst du mit Anproben, bei denen du dich vor dem Spiegel hierhin und dorthin drehst?« Er beugt sich über den Tisch und streichelt ihr Handgelenk. »Und ich freue mich, daß du das tust, mein Liebchen, denn deine Schönheit zu sehen erfüllt mein altes Herz mit Freude. Das ist auch der Grund, warum ich diese Blüte auf Leinwand festhalten will – verstehst du das?«
Sie spielt mit dem Saum des Tischtuchs. »Es ist zu teuer. Achtzig Gulden!«

»Kann ich mein Geld nicht ausgeben, wie es mir beliebt?«
»Achtzig Gulden sind viele Monatslöhne für – sagen wir, einen Zimmermann ...« Sie zögert. »Für einen Matrosen.«
»Woher kommt diese plötzliche Besorgnis?«
Wieder herrscht Schweigen. Schließlich sagt sie: »Ich mag ihn nicht.«
»Er scheint ganz nett.«
Sie blickt auf; ihr Gesicht ist leicht gerötet. »Ich mag ihn nicht – er ist vorlaut.«
»Wenn dir der Mensch wirklich so unangenehm ist – nun, dann zahle ich ihn aus und suche einen anderen Maler.« Cornelis möchte nur, daß Sophia glücklich ist. »Nicolaes Eliasz käme in Frage oder Thomas de Keyser. Sie haben viele Aufträge, wir müßten uns vielleicht auf eine Wartezeit einstellen. Ich könnte mich sogar an Rembrandt van Rijn wenden, obwohl die Preise, die er verlangt, möglicherweise selbst meine Mittel übersteigen.« Er lächelt sie an. »Alles, um dich glücklich zu machen, mein teures Herz.«
Erleichtert ißt er weiter. Darum ging es also. Frauen sind merkwürdige Wesen; sie haben absonderliche Grillen. Und wie schwierig sie doch sind im Vergleich zu Männern. Sie sind wie ein Geschicklichkeitsspiel – man muß hier ein Rädchen bedienen, dort einen Schlüssel drehen, und erst dann offenbaren sie einem ihre Geheimnisse.
Cornelis liebt seine Frau abgöttisch. Manchmal, wenn er sie im Kerzenlicht betrachtet, zerreißt ihre Schönheit ihm das Herz. Sie ist seine Hoffnung, seine Freude, der Schwung in seinem Schritt. Sie ist ein Wunder, denn sie hat ihn ins Leben zurückgeholt, als er schon alle Hoffnung aufgegeben hatte. Sie hat ihn gerettet – genauso wie er, auf eine völlig andere Weise, sie gerettet hat.
Nach dem Essen legt Cornelis noch ein Stück Torf auf das

Feuer und zündet sich eine Pfeife an. *Der größte Trost eines Mannes ist ein glückliches Zuhause, in dem er die Fürsorge einer liebenden Gemahlin genießt.* Doch Sophia ist nicht da. Über ihm knarzt die Decke unter ihren Schritten. Dann herrscht Stille. Sie hat gesagt, sie habe Kopfweh, und sich früh zurückgezogen. Normalerweise bleibt sie bei ihm sitzen und näht; gelegentlich spielen sie ein Kartenspiel. Heute abend jedoch war sie unruhig, nervös wie eine Stute, die ein Gewitter nahen spürt. Die Anwandlung mit dem Maler war höchst ungewöhnlich für sie.

Besorgt fragt sich Cornelis, ob sie vielleicht krank wird; sie sah blaß aus. Vielleicht vermißt sie ihre Familie. Sie hat nur wenige Freunde in Amsterdam, und die Ehefrauen seiner Bekannten sind alle viele Jahre älter als sie. Sophia geht nicht oft genug aus, sie amüsiert sich nicht genug. In der ersten Zeit nach der Hochzeit war sie ein fröhliches, lebhaftes Mädchen, doch im Laufe der Monate ist sie verschlossener geworden. Vielleicht, weil sie die Verantwortung für den Haushalt trägt – sie müssen wirklich noch einen Dienstboten einstellen. Vielleicht fühlt sich seine Frau eingesperrt hier im Haus, wie der Goldfink, den er als Junge im Käfig hielt.

Cornelis klopft seine Pfeife aus und steht auf. Seine Gelenke schmerzen, der Rücken tut ihm weh. Es ist ein langer Winter gewesen. Er spürt die Schwere des Nebels, der auf der Stadt lastet wie der Deckel auf einem *hutspot*-Kessel. Er spürt sein Alter.

Er verschließt das Haus und bläst die Kerzen aus, bis auf eine, die er mit nach oben nimmt. Der Geruch von gekochtem Fisch hängt noch in den Zimmern. Gestern ist in Beverwijk ein Wal angespült worden, ein riesiges Tier, das größte, das in der Gegend je ausgemessen wurde. Die

Dorfbewohner gerieten in Aufruhr – das sei ein unnatürliches Omen, ein Anzeichen, daß ein Unheil bevorstehe: Das Meer habe ein Ungeheuer ausgespien, um sie für ihre Sünden zu bestrafen.

Cornelis weiß, daß dieser Glaube einfältig ist. Das weiß er aus eigener Erfahrung. Tragödien ereignen sich nicht auf das Stichwort hin, das eine Naturkatastrophe gibt, sondern suchen die Menschen rein zufällig heim. Den Tod seiner ersten, geliebten Frau Hendrijke mit kaum vierzig Jahren hat kein zerbrochener Spiegel verursacht; keine Sternenkonstellation war für den Tod seiner zwei kleinen Söhne verantwortlich.

Denn Cornelis hat schon eine Familie verloren. Wie alle, denen der Tod einen geliebten Menschen raubte, weiß er, daß die Welt ohne Sinn ist. Im tiefsten Inneren wissen sie das, auch wenn sie anderen und sich selbst sagen, es sei Gottes Wille gewesen. Cornelis kommt seinen religiösen Pflichten nach. Jeden Abend liest er Sophia aus der Bibel vor, und sie senken ihr Haupt im Gebet. Am Sonntag geht er in seine Kirche, und sie nimmt an der Messe teil, die im geheimen abgehalten wird; ihre Religion wird toleriert, solange sie in privatem Kreis ausgeübt wird. Doch es ist Cornelis, als kämen inhaltsleere Worte über seine Lippen, als würde ein Fisch sie sprechen. In seiner Welt gibt es keine Möglichkeit, Zweifel zum Ausdruck zu bringen, auch wenn er sich das nie so direkt eingestanden hat. Er weiß nur, daß die Todesfälle seinen Glauben eher geschwächt als gestärkt haben; daß die einzige Sicherheit, an der er festhalten kann, hier in seinem Bett liegt.

Cornelis betritt das Schlafgemach. Sophia kniet am Boden und betet. Das überrascht ihn; er hatte geglaubt, sie liege schon lange im Bett. Sie muß schon eine geraume Weile beten. Als sie ihn bemerkt, fährt sie zusammen, bekreuzigt sich und klettert ins Bett, legt sich auf den Rücken und starrt zur Decke empor. Vom Balken hängt ihre papierene Brautkrone, die mittlerweile verstaubt ist; sie sieht aus wie ein Wespennest.

Unter den Kissen vergraben, räkelt Sophia sich seufzend. Sie verströmt den Duft der Jugend, so daß Verlangen seine alten Knochen erwärmt und seinen kalten, trägen Kreislauf beschleunigt. Er entkleidet sich, leert seine Blase in den Nachttopf und streift sein Schlafgewand über. Das Bett ist sein Rettungsboot; jede Nacht bewahren ihre festen, jungen Arme ihn vor dem Untergehen.

Sophia liegt zusammengerollt da, den Kopf in die Kissen gedrückt, und tut, als würde sie schlafen. Er bläst die Kerze aus und steigt ins Bett. Er zieht ihr Hemd hoch und legt seine Hand auf ihre kleine Brust, spielt mit der Warze. »Meine liebe Frau«, flüstert er und führt ihre Hand zu seinem schlaffen Glied. »Mein kleiner Soldat ist heute abend müde. Zeit, ihn zum Dienst zu rufen.«

Sie hat die Hand zur Faust geballt. Er biegt ihre Finger auf und legt sie um sein Fleisch, bewegt ihre Hand auf und ab. »Auf in die Schlacht ...« Sein Glied wird steif, sein Atem geht schneller. »Strammgestanden, Mijnheer«, murmelt er; das ist ein kleiner Scherz zwischen ihm und seiner Frau. Er spreizt ihre Beine und bringt sich in Position. Als er sich in sie schiebt, erschaudert sie leicht. Er vergräbt sein Gesicht in ihrem Haar, legt seine Hände um ihr Gesäß und drückt sie an sich; die Bettfedern knarzen rhythmisch. Mit dem Hinein- und Hinauspleiten wird sein Atem immer schneller.

Minuten vergehen. Je älter er wird, desto länger braucht er, um seinen Samen zu vergießen. Wenn er ermattet, denkt er an ein Erlebnis aus seiner Jugend – die Verwerflichkeit bringt ihn noch immer in Wallung. Er ist ein Junge in Antwerpen, das Hausmädchen Grietje kommt, um ihm gute Nacht zu sagen. Unvermittelt hebt sie ihre Röcke und schiebt sich seine Hand zwischen die Beine. Er spürt drahtige Haare und feuchte Lippen. Sie bewegt seine Finger; die Lippen gleiten gegeneinander wie dicke Scheiben Rindfleisch. Dann schiebt sie einen seiner Finger gegen etwas, das sich wie ein in den schlüpfrigen Fleischfalten verborgenes Stück Marmor anfühlt, und läßt ihn diese Stelle reiben ... auf und ab, fester und immer fester ... Auf einmal preßt sie die Schenkel zusammen, so daß seine Hand gefangen ist. Sie ächzt. Dann zieht sie seine Hand hervor, versetzt ihm lachend einen Klaps aufs Gesicht und geht aus dem Zimmer.

Damals hatte er schreckliche Angst, empfand sogar Panik. Abscheu erfüllte ihn und Scham. Er war erst zehn Jahre alt. Seine feuchten Finger rochen nach Salzlake, ein wenig nach faulenden Melonen. Doch in der Erinnerung besitzt der Vorfall die Macht eines Zaubermittels. Cornelis erschaudert ob seiner eigenen Verworfenheit ... aber sie erregt ihn auch. »Es kommt ... es kommt ... feuert die Kanonen!« flüstert er, und dann ergießt sich sein Same in sie. In einer letzten Aufwallung krallt er sich in ihr Fleisch, seine mageren Schenkel zittern. Schließlich sinkt er ermattet zusammen, sein altes Herz klopft donnernd gegen die Rippen. »Gott sei gedankt«, keucht er.

Sophia liegt unter ihm, ohne sich zu bewegen. Offenbar sagt sie etwas. Er hört ihre Stimme, aber nicht, was sie sagt; sein Pulsschlag dröhnt ihm in den Ohren.

»Was hast du gesagt, mein Herz?«

»Ich sagte, ich habe meine Meinung geändert.« Sie wendet

das Gesicht ab, vergräbt es im Kissen. »Was ich dir beim Essen sagte ... Ich habe meine Meinung geändert. Ich will keinen anderen Maler.« Sie hält kurz inne. »Laß den Mann wiederkommen.«

# 6

## Maria

*Gestohlenes Wasser ist süß, und gut schmeckt Brot, das im Verborgenen gegessen wird.*

J. Cats, *Emblemata*, 1632

Unten in der Küche, im Bett in der Wand, schläft Maria. Auf dem Boden stehen ihre Schuhe, die Sohlen nach oben gedreht, um die Hexen fernzuhalten. Von der Gracht draußen steigt feuchte Kälte auf.

Der Nebel hat sich gelichtet. Der Mond schiebt sich hinter einer Wolke hervor und scheint auf die Häuserzeilen, die die Herengracht säumen. Es sind Häuser der Wohlhabenden, für die Ewigkeit gebaut; aus Ziegeln gemauerte Giebel ragen in den Himmel. Die Fenster glänzen schwarz im Mondlicht. Zwischen den Häuserzeilen liegt die Gracht. Eine Brise kräuselt das Wasser, wie ein Faltenwurf in Satin sieht es aus. In der Ferne bellt ein Hund – erst einer, dann ein zweiter. Das Gebell verbreitet sich wie die Nachricht, daß ein Krieg ausgebrochen ist, ein Krieg, von dem nur die Hunde wissen.

Der Nachtwächter stapft durch die Straßen. Er bläst in sein Horn, um die Stunden zu verkünden, während Maria in dem kinderlosen Haus schnarcht. Sie träumt, daß die Räume sich mit Wasser füllen und daß ihre Herrschaft, eingesperrt in ihrem von Vorhängen umgebenen Bett, davontreibt. Der Meeresspiegel steigt und über flutet die Stadt, aber sie ist ein Fisch geworden und schwimmt durch die Zimmer. Seht, ich kann atmen! Sie ist frei, während alle anderen ertrinken – alle bis auf ihre Kinder. Die Kleinen schwimmen schwänzelnd im Schwarm hinter ihr her, flitzen hierhin und dorthin, treiben über die Marmorböden mit dem Schachbrettmuster.

Maria, die Herrin des Unterwasserpalasts, lächelt. Andere sind gestorben, damit sie leben kann, und in der Welt der Träume erscheint ihr das nur recht und billig.

# 7

## Cornelis

*Und wenn der Dichter anführt, er entzünde die Menschen zur Liebe, die ein Hauptgegenstand für alle Gattungen lebender Wesen sei, so hat der Maler Macht, dasselbe zu vollbringen, und in um so höherem Grade, als er vor den Liebenden das eigene Abbild des geliebten Gegenstandes hinstellt, so daß jener oft anfängt, es zu küssen und es anzureden.*

Leonardo da Vinci, *Traktat von der Malerei*

Zwei Wochen vergehen bis zur nächsten Sitzung. Cornelis ist ein vielbeschäftigter Mann, ständig unterwegs. Er muß sein Kontor unten im Hafen leiten; mittags öffnet die Börse, und dann eilt er dorthin. In Amsterdam ist sehr viel Kapital im Umlauf, und an der Börse wird rasch, oft hektisch, gehandelt, denn um zwei schließt sie wieder. Darüber hinaus hat Cornelis Bürgerpflichten zu erfüllen; schließlich ist er ein bekannter, wohlhabender Einwohner dieser expandierenden Stadt. Amsterdam floriert in diesem Jahr 1636. Die Regierung sitzt zwar in Den Haag, aber die wahre Hauptstadt der Republik heißt Amsterdam. Der Handel blüht, die Künste gedeihen. Modisch gekleidete Herren und Damen flanieren durch die Straßen, und die

Grachten reflektieren die vornehmen Häuser, in denen sie leben. Hunderte von Spiegeln ziehen sich durch die Stadt und werfen den kalten Frühlingssonnenschein zurück. Unter den Brücken liegen reglos kupferfarbene Wolken. Die Stadt betrachtet sich in ihren eigenen Wassern, wie eine Frau, die in einen Spiegel blickt. Können wir einer so Schönen ihre Eitelkeit nicht vergeben?
Und in tausend Heimen spiegeln Gemälde das Leben wider, das sich dort abspielt. Eine Frau sitzt am Virginal und blickt dem Mann, der neben ihr steht, in die Augen. Ein schmucker junger Soldat hebt ein Glas an die Lippen; sein Spiegelbild schimmert in der silbernen Karaffe. Ein Dienstmädchen reicht der Herrin einen Brief ... Die Augenblicke, die hier gespiegelt werden, sind erstarrt, wie in Aspik gefangen. In späteren Jahrhunderten werden Leute diese Gemälde betrachten und sich fragen, was wohl im nächsten Moment geschehen ist. Dieser Brief – was sagt er der Frau, die am Fenster steht, das Gesicht in Sonnenlicht gebadet? Ist sie verliebt? Wird sie die Zeilen wegwerfen oder ihnen gehorchen, warten, bis das Haus leer ist, und sich hinausstehlen aus den Räumen, die in Sonnenstrahlen getaucht im Hintergrund des Gemäldes verschwinden?
Wer vermag das zu sagen? Ihr Gesicht ist abgeklärt, sie hat ihre Geheimnisse tief in ihrem Herzen verborgen. So steht sie da, begrenzt vom Bilderrahmen, eingefangen in einem Moment der Wahrheit. Sie hat ihre Entscheidung noch nicht getroffen.
Sophia steht am Fenster. Sie hat Cornelis nicht bemerkt. Sie steht auf halber Höhe der Treppe. Die in Blei gefaßten Scheiben sind aus gefärbtem Glas – bernsteinfarben und blutrot. In der Mitte das Bild eines Vogels, umgeben von einem Laubkranz. Sie kann nicht hinaussehen. Die Sonne

scheint herein, badet ihr Gesicht in Farben. Völlig reglos steht sie da.
Cornelis denkt: Sie ist bereits ein Gemälde – hier, jetzt, noch bevor sie auf der Leinwand verewigt wird. Dann empfindet er eine seltsame Regung: Seine Gemahlin ist verschwunden; ihre Seele ist aufgesogen worden, nur ihre äußere Gestalt steckt noch in dem kobaltblauen Gewand.
»Mein Herz ...« sagt er.
Erschreckt fährt sie herum.
»Hast du das Klopfen nicht gehört? Mijnheer van Loos ist da, er wartet unten auf uns.«
Sie fährt sich über die Haare. »Er ist hier?«

Cornelis hat eine Vase mit Tulpen auf den Tisch gestellt. Er möchte, daß sie in dem Bild erscheinen, denn er hat eine Vorliebe für Tulpen.
»Ich habe keine Kosten gescheut, um sie zu kaufen«, sagt er. »Es sind *Tulipa clusiana,* unter Glas getrieben. Deswegen können wir uns schon jetzt, im zeitigen Frühjahr, an ihnen erfreuen. Der portugiesische Jude Francisco Gomez da Costa hat sie gezüchtet.« Die weißen Blütenblätter sind von einem rosaroten Hauch überzogen. »Man kann gut verstehen, warum ein Dichter sie mit dem zarten Erröten der keuschen Susanna verglich, nicht wahr?« Er räuspert sich. »Erinnern sie uns nicht an die Vergänglichkeit der Schönheit – daran, daß alles, was uns bezaubert, eines Tages vergehen muß?«
»Deswegen sollten wir es vielleicht ergreifen, solange es uns möglich ist«, erklärt der Maler.
Es herrscht Stille. Sophia rutscht ein wenig auf ihrem Stuhl umher.

»Ich glaube kaum, daß man *die* Lehre in unserer Heiligen Schrift findet.« Cornelis räuspert sich wieder. Man weiß ja, daß Maler gottlose, verrufene Gesellen sind. »Überdies habe ich meinen Himmel auf Erden gefunden.« Eine Woge der Liebe zu seiner Frau überwältigt ihn. Er beugt sich vor und berührt ihre Wange.
»Bewegt Euch nicht!« sagt der Maler scharf. »Bitte nehmt Eure Position wieder ein.«
Gekränkt stützt Cornelis die Hand in die Hüfte. Gelegentlich läßt er sich hinreißen und vergißt völlig, daß gerade sein Porträt gemalt wird. Aber es ist auch harte Arbeit. Das aufrechte Stehen bereitet ihm Rückenschmerzen.
Jan van Loos steht hinter seiner Staffelei. Er malt lautlos. Das wischende Geräusch kommt aus dem Zimmer nebenan, wo Maria den Boden fegt.
»Ist die Manie, die uns alle befallen hat, nicht aberwitzig?« sagt Cornelis.
»Welche Manie?« fragt der Maler.
»Hat diese Leidenschaft Euch noch nicht ergriffen?«
Der Maler hält inne. »Das hängt davon ab, von welcher Leidenschaft Ihr sprecht.«
»Vom Spekulieren mit Tulpenzwiebeln.«
»Ah.« Der Maler lächelt. »Tulpenzwiebeln.«
Sophia rutscht wieder auf ihrem Stuhl umher. Cornelis kommt zu dem Schluß, daß der Maler ein wenig einfältig ist. »Ich habe uns immer für ein nüchternes Volk gehalten«, fährt er fort. »Aber im Verlauf der letzten zwei Jahre sind wir zu Besessenen geworden.«
»So sagt man.«
»Und diese Manie hat Menschen aller Stände in ihren Bann geschlagen – Torfstecher und Schutenschiffer, Fleischer und Bäcker. Und viele Maler.«

»Mich nicht«, erwidert der Maler. »Ich kenne mich mit Geldgeschäften nicht aus.«
»Ach, die anderen auch nicht. Aber Leute haben große Summen gewonnen und wieder verloren. Diese neuen Hybriden, die sie züchten – dafür werden horrende Summen bezahlt. Tausende von Gulden, sofern man weiß, wann man kaufen und wann man verkaufen muß.« Vor Aufregung überschlägt Cornelis' Stimme sich beinahe; auch er hat mit der Tulpenhysterie schon Geld gemacht. »Letzte Woche hat sich eine Semper-Augustus-Zwiebel – das sind die schönsten und wertvollsten –, eine einzige Zwiebel, für sechs edle Pferde, drei Oxhofte Wein, ein Dutzend Schafe, zwei Dutzend Silberkelche und ein Seestück von Esaias van de Velde verkauft!«
Der Maler hebt die Augenbrauen und arbeitet weiter. Von einer Tulpe fällt ein Blütenblatt herab, wie ein Rock beim Entkleiden. Nun liegt es auf dem Tisch. Marias Besen macht rhythmisch fegende Geräusche. Man hört sie summen.
Die Atmosphäre ist schläfrig, betäubt. Plötzlich hat Cornelis das Gefühl, allein zu sein, so als reise er in einer Kutsche und alle anderen Passagiere seien eingeschlafen. Warum sagt seine Frau nichts?
»Es ist keine einheimische Pflanze, natürlich nicht – sie kommt aus der Türkei. Als ich ein junger Mann war, kannten nur Fachleute Tulpen – Aristokraten und Gartenbaumeister. Aber wir sind ein erfinderisches Volk und haben grüne Hände, nicht wahr? Genährt von unserer fruchtbaren Erde, hat die bescheidene Zwiebel immer üppigere, immer aufsehenerregendere Spielarten hervorgebracht. Kein Wunder, daß Leute nahezu den Verstand verlieren, denn selbst im Tod ist die Tulpe noch eine Schönheit. Eure Kol-

legen haben sie auf Leinwand festgehalten ... die Brüder Bosschaert, Jan Davidsz de Heem – unglaublich naturgetreue Darstellungen, die im Gegensatz zu den abgebildeten Blüten noch viele Generationen frisch sein werden ...«

»Bitte redet nicht«, sagt Jan. »Ich male gerade Euren Mund.«

Von Sophia ist ein unterdrücktes Hüsteln zu hören. Sie lacht! Rasch faßt sie sich wieder.

Cornelis brennt das Gesicht, als sei er geohrfeigt worden. Wo bleibt der Respekt? Es gibt so vieles, was er seiner Frau beibringen kann, er lebt schon so viele Jahre auf dieser Welt. Manchmal vermutet er, daß ihre Aufmerksamkeit abschweift. Sie ist so jung – ein bildhübsches Ding mit nichts als Unsinn im Kopf. Plötzlich fehlt ihm seine erste Gemahlin Hendrijke. Wie solide und zuverlässig sie war! Hendrijke brachte nie sein Blut in Wallung, aber sie war ihm eine echte Gefährtin. Sophia hingegen ist so launisch – einen Moment liebevoll, dann wieder fahrig und sprunghaft. In den letzten Tagen hat sie sich ausgesprochen seltsam verhalten.

Er setzt eine strenge Miene auf, wirft sich in die Brust und umfaßt entschlossen seinen Stock. Er weiß nicht recht, ob er diesen Kerl mag. Auch Sophia hat Zweifel bekundet. Aber sie haben die Sache begonnen, jetzt müssen sie sie auch zu Ende führen.

# 8

## Das Gemälde

*Wie viele Gemälde haben das Abbild einer göttlichen Schönheit bewahrt, deren natürliche Gestalt rasch von der Zeit oder dem Tod eingeholt wurde. Daraus folgt, daß die Arbeit des Malers erhabener ist als die der Natur, ihrer Herrin.*

Leonardo da Vinci

Jan van Loos malt nicht den Mund des alten Mannes. Er malt Sophias Lippen. Er mischt Rosa auf seiner Palette – aus Ocker, Grau und Karminrot – und trägt die Farbe liebevoll auf die Leinwand auf. Sophia betrachtet ihn. Als der alte Mann redete, verzogen sich ihre Lippen einen Augenblick lang zu einem Lächeln – einem konspirativen Lächeln. Er malt die Andeutung dieses Lächelns, auch wenn es mittlerweile verschwunden ist.

Im Haus ist es still geworden. Wenn das Gemälde fertig ist, wird es eine sehr friedliche Szene darstellen. Maria ist im Untergeschoß eingeschlafen. Erschöpft von der Liebe, döst sie in der Küche auf einem Stuhl. In der vergangenen Nacht ist Willem zu ihr ins Bett geschlichen, und im Morgengrauen hat er sich wieder davongestohlen. Während sie schläft, schleift der Kater eine Scholle über den Boden. Das

tut er völlig lautlos. Der kleine Diebstahl wird nicht bemerkt.
Im Stockwerk darüber wird ebenfalls etwas gestohlen. Auch Cornelis ist schläfrig. Durch das Fenster fällt strahlender Sonnenschein in die Bibliothek. In dem Zimmer gibt es einen großen, gemauerten Kamin, der von Karyatiden gestützt wird. Sonnenlicht liegt auf ihren Brüsten. Die Fossilien warten wie schon seit vielen Jahrhunderten.
Eine halbe Stunde vergeht. Der Maler hat die Leinwand kaum berührt. Er betrachtet Sophia. An der Wand hinter ihr hängt eine *Kreuzabnahme.* Es ist ein italienisches Bild aus der Schule Caravaggios. Christus wird vom Kreuz genommen, Licht fällt auf seinen nackten Torso. Er ist kein bleicher, passiver, nördlicher Christus, sondern ein richtiger Mann mit breiten Schultern, kräftigen Muskeln, hervortretenden Venen. Er hat gelitten, er ist hingeschlachtet worden. Sein Gewicht mit dem nach unten hängenden Kopf füllt den ganzen Rahmen aus. Es sieht aus, als würde er jeden Augenblick auf die Köpfe der Eheleute gleiten.
Unter dem Christus steht der alte Mann, der Patriarch, die Brust über den dürren Beinen herausgestreckt. Sein Gesicht über dem Polster der Halskrause gibt dem Betrachter die ungehörige Frage ein, ob dieser Mann einer der Auserwählten Gottes ist. Neben ihm sitzt seine wunderschöne junge Frau. Sie hat die Haare sittsam aus dem Gesicht genommen, aber Perlen glitzern darin und zwinkern dem Betrachter zu. Sie sprechen eine andere Sprache. Um die Lippen der Frau spielt ein leises Lächeln. Für wen lächelt sie, für den Maler oder den Betrachter? Ist es überhaupt ein richtiges Lächeln?
Cornelis redet, aber niemand hört ihm zu. Sophia und der Maler blicken einander mit schrecklichem Ernst in die Au-

gen. Ein weiteres Blütenblatt fällt herab, so daß die feste Krone der Narbe zum Vorschein kommt.

Jan beginnt zu malen. Auf dem Bild wird die entblätterte Tulpe wieder in voller Blüte stehen. Jahrhunderte später werden Menschen im Rijksmuseum staunend vor diesem Gemälde verweilen. Was werden sie sehen? Ruhe, Harmonie. Ein Ehepaar, das zwar von Wohlstand umgeben ist, aber sehr wohl um die Flüchtigkeit des Lebens weiß (die Waage, der Totenschädel). Möglicherweise hat der alte Mann geredet, aber jetzt ist er verstummt. Damals haben sie ihm nicht zugehört, und jetzt kann ihn niemand hören.

Die junge Frau ist wirklich wunderschön. Ihr Blick so offen und voller Liebe. Ihre Wangen sind noch rot, aber sie selbst ist schon lange tot. Nur das Gemälde ist geblieben.

# 9

## Sophia

*Den grünen Papagei sah ich hängen im Salon.*
*Er saß in seinem Käfig und sprach doch wunderschön ...*
*So fröhlich war er in seinem Gefängnis, wie in einem hochzeitenden Haus ...*
*Wenn ich dein Sklave sein darf; so nimm mich in Sklavendienst.*
*Binde meine Hand an deine, laß den Ehering zum Bande werden.*

Van der Minnen, 1694

Ich gehe mit meinem Hausmädchen die Straße der Messer entlang. Der Morgen ist sonnig, aber böig. Die Messerscheiden vor den Läden glitzern in der Sonne wie Soldaten in Habachtstellung. *Mein kleiner Soldat ist heute abend müde ...*

Ich kneife die Augen zusammen.

»Habt Ihr nie Kopf im Schoß gespielt?« fragt Maria.

Ich öffne die Augen wieder. »Was ist das?«

»Der Junge sucht sich ein Mädchen aus und vergräbt den Kopf in ihrem Schoß. Die anderen schlagen ihn auf den Hintern, und er muß raten, wer es ist.« Sie lacht. »Je öfter sie zuschlagen, desto tiefer drücken sie seinen Kopf hinein.«

In der Nacht hat es geregnet, die Häuser wirken wie frisch gewaschen. Hoch über uns beugt sich ein Dienstmädchen aus dem Fenster und schüttelt ein Staubtuch aus. Wir sind auf dem Weg zum Markt, gehen die Straße der Zuckerbäcker entlang und atmen entzückt die Düfte ein. Ein Mann lüftet lächelnd seinen Hut.

»Kennt Ihr den?« fragt Maria.

»Du vielleicht?«

»Ich schlage ihn auf den Hintern, dann sehen wir, ob er mich erkennt.«

Wir lachen. Wenn wir gemeinsam einkaufen gehen, fühle ich mich manchmal wieder wie damals mit meinen Schwestern. Befreit von dem großen, kalten Haus. Sosehr man die Feuer auch schürt, es ist unmöglich, die Räume wirklich zu erwärmen.

*Wenn ich dein Sklave sein darf, so nimm mich in Sklavendienst.* Der Bankrott meiner Familie hat meiner Jugend ein vorzeitiges Ende bereitet. Meine Mädchenträume verflogen im rauhen Wind unserer beengten Verhältnisse. Natürlich empfand ich Zuneigung zu Cornelis, und Dankbarkeit; beschämt gebe ich zu, daß ich damals auch froh war, dem Elend zu Hause zu entkommen. Aber in letzter Zeit kommt es mir so vor, als hätte ich ein Gefängnis gegen ein anderes eingetauscht.

Es ist März, der Frühling ist gekommen. Maria und ich gehen unter einer Kastanie entlang. Die klebrigen Knospen sind aufgesprungen, die zusammengepreßten Blätter quellen hervor. Das zarte Grün versetzt mir einen Stich ins Herz. Als wir uns dem Marktplatz nähern, hören wir Gemurmel. Erst schwach, wie vom Meer, aber je näher wir

kommen, desto lauter wird es, wächst zum Tosen – die Marktleute preisen ihre Waren an, Karren rumpeln vorüber. Meine Stimmung hebt sich.
Ein Einbeiniger schwingt auf Krücken an uns vorbei. Er grinst uns zu und leckt sich die Lippen.
Maria lacht. »Hallo, Holzbein, hast du heute noch nichts zu essen bekommen?«
»Maria!«
Ich ziehe sie fort.
Sie lacht, ihr ist es egal. Heute sieht sie schamlos aus. Ihr Mieder ist nicht geschnürt, so daß man ihr sommersprossenübersätes Dekolleté sieht. Ich sollte sie dafür zurechtweisen, sollte ihr das Sprichwort von der Liederlichkeit zitieren: *Wer eine Zwiebel schält, erzeugt Tränen.* Und doch beneide ich sie – und wie ich sie beneide! Sie ist frei, sie ist jung – weit jünger, als ich mich fühle. Im Vergleich zu mir kommt sie mir vor wie eine saubere Tafel, während ich voll durchgestrichener Kritzeleien bin, die ich nicht mehr entziffern kann.
Um die Wahrheit zu sagen: Ich weiß nicht, wie man mit Dienstboten umgeht. Manchmal sind wir Vertraute, dann wieder erinnere ich mich an meine Stellung und mache meine Autorität geltend. Maria nutzt meine Unbeständigkeit aus, denn ich habe mich noch nicht daran gewöhnt, Herrin eines Hauses zu sein.
Ich bin mir mit allem unsicher. In letzter Zeit war meine Stimmung unstet, ging auf und ab wie eine Wippe. Nächste Woche, so habe ich beschlossen, werden Maria und ich einen Frühjahrsputz machen. Ich werde noch ein Mädchen anstellen, das uns zur Hand gehen soll. Wir werden auf dem Boden knien und meine bösen Gedanken fortschrubben; wir werden den Schmutz wegbohnern. Ich werde

mich meiner Pflicht widmen und meinen Körper bis zur Erschöpfung bestrafen.

Wir erreichen den Marktplatz. Meine Stimmung schwingt sich auf, Liebe zu allem durchflutet mich – zu den Möwen, die wie Papierfetzen durch die Luft gewirbelt werden; zu den Frauen, die unter den knatternden Markisen der Stände Früchte befühlen. Ein Hund schleift sein Hinterteil über den Boden; seine Augen sagen *schau her,* als würde er zu meiner Belustigung eine Zirkusnummer aufführen. Ich lächle über die Marktschreier und die fliegenden Händler. »Frischer Kohl, frische Karotten! Frisches Zimtwasser! Frischer Anislikör – Geld zurück, wenn er Euer Magenleiden nicht kuriert! Frische, fette Kapaune, zwei zum Preis von einem, nur solange der Vorrat reicht!« Ein Junge spielt zwischen den Röcken der Frauen Kreisel, taucht hierhin, schlüpft dort hindurch, treibt den Kreisel mit seinem Stock voran.

Die Sonne gleitet hinter eine Wolke. Plötzlich steigt Ekel in mir auf. Der jämmerliche Hund vollführt keinen Scherz zu meiner Unterhaltung; er hat Würmer. Die Glocke oben im Turm schlägt die Stunde für mich, ruft mich, damit ich für meine Sünden büße; es überrascht mich, daß niemand sich umdreht und mich anstarrt. Das massige Bauwerk der Waage ragt drohend wie eine Flutwelle vor mir auf.

»Mevrouw!« Maria stößt mir den Ellbogen in die Rippen. Wir stehen vor einem Stand. »Ich habe gesagt – wie viele Steckrüben?«

Der Gemüsehändler ist ein dicker Mann mit dunkelrotem Gesicht. Sein eines Auge ist tot, zu einem ständigen Blinzeln geschlossen. Ich kenne ihn gut, doch heute habe ich das Gefühl, daß er mich anstarrt, als kenne er mein Geheimnis. Plötzlich fühle ich mich nackt, geschält wie die

Zwiebel, die unweigerlich Tränen erzeugt. Die Menschen um mich her – sehen sie denn nicht bis in mein tiefstes Inneres?
Maria hält dem Mann den Eimer hin, und er kippt die Rüben hinein. Ich suche in meiner Geldbörse nach Münzen. Und dann sehe ich ihn. Mein Herz klopft wild gegen die Rippen. Es ist Jan van Loos, der Maler. Er schiebt sich durch die Menge, zu mir. Er trägt einen grünen Umhang und ein schwarzes Barett. Jetzt bleibt er stehen, um einen Mann ein Faß vorbeirollen zu lassen. Er hält meinen Blick fest. Die Geräusche weichen zurück wie eine Welle, die sich zischend ins Meer zurückzieht. Einen Augenblick denke ich: Er ist nur zufällig hier. Wir werden einander höflich grüßen.
Ich weiß, daß das nicht stimmt. Er ist gekommen, um mich zu suchen; er hat mich aufgespürt. Hinter einem Geflügelstand bleibt er stehen. Die nackten Hühnerleiber baumeln vor seinem Gesicht, die Klauen wie in einer Zuckung des Erkennens zusammengekrallt. Er hebt die Augenbrauen und schaut vielsagend auf mein Dienstmädchen.
Ich berühre Maria an der Schulter. »Ich gehe in die Apotheke, etwas Schnupftabak kaufen.« Ich drücke ihr meine Geldbörse in die Hand. »Erledige du die restlichen Einkäufe.«
»Wie wollt Ihr Tabak kaufen, wenn Ihr kein Geld habt?«
»Ach.« Ich nehme ein paar Münzen heraus. Meine Finger sind wie Gummi, wollen mir nicht gehorchen. Ich drücke ihr das Geld in die Hand und gehe rasch davon, die Börse an die Brust gedrückt, als könnte sie mich schützen.
Ich haste in eine Nebenstraße. Ein Mann, der einen mit einem Ochsenkadaver beladenen Karren vor sich herschiebt, versperrt mir den Weg. Ich drücke mich an die Wand, um

ihn vorbeizulassen – hervorquellendes, stinkendes gelbes Fett. Hinter mir höre ich Schritte. Ich warte mit klopfendem Herzen. Und dann steht er neben mir.
»Ich mußte Euch sehen«, stößt er hervor. »Gestern, den ganzen Tag, als Ihr dort saßt – ich war wie von Sinnen.«
»Bitte geht.«
»Das wollt Ihr nicht wirklich.«
»Doch! Bitte!«
»Sagt, daß Ihr mich nicht fortschicken wollt.« Schwer atmend steht er da. »Wollt Ihr in das lebende Grab zurückkehren?«
»Hütet Eure Zunge!«
»Ich kann nicht schlafen, nicht arbeiten, ich sehe nur Euer süßes Gesicht ...«
»Nicht ... bitte nicht ...«
»Ich muß wissen, ob Ihr auch empfindet, was ...«
»Ich bin verheiratet. Ich liebe meinen Mann!«
Die Worte hängen in der Luft. Atemlos stehen wir da. Über uns schließt jemand ein Fenster. In der Gasse riecht es nach Abwasser.
Jan sieht mich an und sagt: »Ihr habt mir mein Herz gestohlen.« Er ergreift meine Hand und betrachtet sie, als sei sie etwas Wundersames. Dann legt er sie auf seine Wange. »Ich kann ohne Euch nicht leben.« Er preßt meine Finger an seine Lippen.
Ich entreiße ihm die Hand. »Ihr dürft nicht so zu mir sprechen. Ich muß jetzt gehen.«
»Bitte nicht!«
Ich zögere. »Wann kommt Ihr wieder zu uns?«
»Nächste Woche.«
Ich eile davon. Meine Haut brennt, es dröhnt in meinen Ohren. Als ich das Ende der Gasse erreiche, blicke ich zu-

rück. Mit aller Macht wünsche ich mir, daß er noch dasteht.
Die Gasse ist menschenleer. Zwischen den Häusern hängt Wäsche zum Trocknen. Die Laken flattern im Wind, als wollten sie die Aufmerksamkeit der Menschen hierher lenken. *Schaut, was hier passiert! Gebietet Einhalt, bevor es zu spät ist!*

# 10

## Jan

*Welcher Verlust für die Kunst, daß eine solch meisterliche Hand*
*Die ihr eigene Begabung nicht zu beßrem Nutzen anzuwenden wußte.*
*Wer hätte ihn im Malen übertroffen?*
*Doch ach! Je größer das Talent, je mehr der Irrwege,*
*Wenn es an keine Prinzipien sich hält, an keine Regeln,*
*Sondern alles von selbst zu wissen glaubt.*

Andries Pels über Rembrandt, 1681

Sobald Jan wieder in seinem Atelier ist, läßt er sich schwer auf einen Stuhl fallen. Er stiert auf einen Hühnerknochen, der inmitten von Walnußschalen auf dem Boden liegt. Er kann sich nicht erinnern, ihn fallen gelassen zu haben. Der Knochen ist mitsamt dem faserigen Fleisch grau von Staub.

Jan denkt über die Liebe nach. Er hat viele Frauen gehabt – törichte Jungfrauen, törichte Ehefrauen. Für einen Mann, der sein Leben der Schönheit weiht, ist er nicht wählerisch gewesen. *Es gibt keine häßlichen Frauen, es gibt nur zuwenig Weinbrand.*

Natürlich hat er sie geliebt, auf seine Art. Er ist ein leidenschaftlicher Mann. Er flüstert ihnen heiße Worte ins Ohr und ist ihnen auf sinnliche Weise dankbar für ihren Körper, der auf den seinen reagiert. Doch hinterher wünscht er sich immer, daß sie nach Hause gehen. Wenn eine Frau zum Schlafen bei ihm bleibt, stiehlt er sich aus dem Bett, schlüpft in seine Kniehose und macht sich an die Arbeit.
Er hat sich angewöhnt, nachts zu malen, wenn die Stadt schläft. In der Stille vertrauen die Bilder – schlaflos wider Willen – sich dem Pinsel an, der sie zum Leben erweckt. Aber um genug sehen zu können, muß Jan viele teure Kerzen anzünden, und davon wacht die Schlafende in seinem Bett manchmal auf. Allein das Wissen, daß eine Frau ihn beobachtet, stört seine Konzentration. Manchmal flüstern sie: *Komm wieder ins Bett!* Manchmal machen sie sich Vorhaltungen, weil sie der Sünde verfallen sind. Und manchmal, und das ist das Schlimmste, drängen sie ihn, sie zu heiraten. Wenn Frauen nur nicht so unwiderstehlich wären! Wieviel einfacher ist es doch, eine Auster auszuschlürfen und die Schale einfach fallen zu lassen.
Gelegentlich arbeitet er die ganze Nacht hindurch und schläft bei Tagesanbruch ein. Im Morgenlicht überrascht ihn sein Gemälde, als würde er es in flagranti betrachten. Dann wirkt es bloßgestellt mit seinen derben Farben. Einige Stellen müssen nachgemalt werden. Wenn eine Frau da war über Nacht, ist sie mittlerweile fort, aufgelöst vor Reue. Nur seine wahre Geliebte ist noch bei ihm – verschmiert zwar und überrascht, aber bereit, sich wieder seinem Pinsel zu überlassen.
Jan steht auf. Er hat keine Lust zu arbeiten, was sonst nie vorkommt. Er geht im Atelier auf und ab, lehnt den Kopf gegen den Kamin. Meinte Sophia Sandvoort es ernst, als sie

ihn fortstieß? War ihre Abwehr aufrichtig? Vielleicht hat er sich schrecklich getäuscht. Er konnte nicht anders, er mußte sie sehen. Es liegt nicht mehr in seiner Hand.
Bei der ersten Sitzung war es reine Begehrlichkeit. Sophia stellte eine Herausforderung dar, aber keine unüberwindliche. Letztendlich läßt sich fast jede junge Frau, die mit einem hochtrabenden alten Mann verheiratet ist, erobern. Solche Frauen sind wie eine Handelsware, wie ein Ballen Flachs, und auch wenn sie sich pflichtbewußt verhalten, lieben sie ihren Ehemann nicht wirklich – wie könnten sie auch? In einer solchen Situation ist ein Maler eine romantische Verheißung, und selbst wenn sie ewige Verdammnis fürchten, geben sie sich ihm schließlich doch hin, solange die Regeln befolgt werden.
Doch gestern, beim zweiten Besuch, ist etwas passiert. Der Alte schwadronierte ... *Tulpenzwiebel ... de Heem* ... Wie gestelzt seine Landsleute doch reden! Sie saß da, ergeben wie die Madonna selbst in ihrem blauen Gewand. Und plötzlich sahen sie einander mit einem verschwörerischen Blick an. Sophias Gesicht sprach zu ihm, sprach von Erheiterung, von Mißvergnügen. Und von etwas Dunklerem, von etwas, das sein Herz durchbohrte.
Er überrascht sich selbst. Zum erstenmal seit er mit Frauen Umgang hat, sagt er die Wahrheit. Er ist wie von Sinnen. Sophia hat die Fesseln um sein Herz gelöst, und er ist ihr verfallen. Noch nie hat er sich derart geöffnet; seine Hingabe hat etwas Üppiges, Sinnliches. Es ist ein völlig neues Gefühl. Auf dem Heimweg kam er an einem Jungen vorbei, der auf einer Tröte spielte. Bei der Musik steigen ihm Tränen in die Augen. Was soll er tun? Ist es möglich, daß sie ihn liebt?
Es klopft heftig an der Tür. Jan erstarrt. Sophia! Schweiß bricht ihm aus allen Poren. Nein. Es ist ihr Mann.

Sie hat ihm von Jans Unverschämtheit erzählt, und jetzt kommt er, um ihn zu töten. Er kommt in Begleitung von zwölf Männern der Bürgerwehr, und sie machen ihn einen Kopf kürzer.
Jan öffnet die Tür. Sein Freund Mattheus schlendert ins Atelier. »Der übliche Schweinestall«, sagt er fröhlich.
»Gerrit ist verschwunden.«
»Dein Diener ist ein Trunkenbold. Du solltest ihn hinauswerfen.«
»Wenn ich ihn finde. Das Problem ist, er ist nie da.«
Mattheus läßt sich auf einen Stuhl fallen. »Ich habe den Jungen mitgebracht.«
Ein Junge kommt herein, blaß, mit langen blonden Haaren.
»Er heißt Jacob.«
Jan besinnt sich. Das hatte er völlig vergessen. Jacob ist der Lehrling, der heute bei ihm anfangen soll. Mattheus hat das in die Wege geleitet, weil er selbst bereits drei Lehrlinge hat und keinen weiteren aufnehmen kann. Mattheus ist sehr großzügig – er hat ein großes Herz, einen großen Appetit. Er verdient sehr gut mit seinen derben Szenen aus Tavernen und Bordellen. Seine Kunden finden die Gemälde unterhaltsam, und meist taucht irgendwo eine Moral auf, so daß die Käufer sich beim Betrachten geläutert fühlen können. Mattheus hat unendlich viel Energie und malt ein Bild nach dem anderen.
Jan sucht ein paar Gläser zusammen und wischt sie an seinem Mallappen ab. Mattheus greift einige Bilder aus einem Stapel und lehnt sie eins nach dem anderen gegen die Wand, um sie dem Jungen zu zeigen.
»Sieh dir die Pinselführung an – schau, wie zart –, die Wolken, das Laub! Sieh nur, wie das Gewand schimmert, wie perfekt alles ist! Fast kann man es fühlen. Dieser Mann

kann alles malen«, er grinst, »vorausgesetzt, er bekommt genug Geld dafür.«
»Du mußt gerade so reden«, gibt Jan zurück.
Mattheus kippt den Weinbrand hinunter und deutet dann auf Jan. »Mein alter Freund kennt die oberste Regel der Maler sehr gut.«
»Und wie heißt sie?« will der Junge wissen.
»Mit Schmeichelei bringt man es weit ...«
»Ach ja?« sagt Jan.
»Zeig die armen eitlen Irren in ihrem Sonntagsstaat.«
Mattheus deutet auf die erste Skizze von Sophia. »Schau dir zum Beispiel diese Frau an – ihr Gesicht. Ich wette, in Wirklichkeit ist sie häßlich wie ...«
»Das ist sie nicht!« widerspricht Jan.
»So schön soll sie sein?« sagt Mattheus feixend.
»Sie ist wirklich schön ...«
Mattheus grinst. »Nur, weil du deine Hand unter ihren *rok* schieben willst.« Er wendet sich an den Jungen. »Dein Meister wird dir noch andere Techniken beibringen ...«
»Hüte deine Zunge«, mahnt Jan. »Er ist noch ein Knabe.«
Mattheus zündet seine Pfeife an und stößt eine Rauchwolke aus. »Geliebter Freund, du bist ein außerordentlich begabter Maler. Du wirst diesem Jungen alles beibringen, was er zu wissen braucht. Außer, wie man es zu wahrer Größe bringt.« Er richtet seine Pfeife auf Jan. »Du bist so begabt, du kannst es dir leisten, dein Leben lang so weiterzumachen. Dir ist alles zugefallen.« Er greift nach einem Pinsel.
»Weißt du, was das ist?« fragt er Jacob.
»Ein Pinsel, zum Auftragen von Farbe.«
»Zum Wegnehmen von Farbe.«
»Schenk dir noch etwas Weinbrand nach«, fordert Jan ihn auf.
»Unser Freund Rembrandt, der kennt sich aus. Je mehr

Farbe er aufträgt, desto mehr entfernt er, um die Wahrheit zu enthüllen. Verstehst du, was ich meine?«
Der Junge nickt stumm.
»Das Leiden, das Menschliche ...« Mattheus wendet sich an Jan. »Aber man muß Mut haben, mein Freund, und darf sich nicht vor Schmerz fürchten. Denn nur durch Schmerz offenbart sich die Schönheit der Welt.« Er steht auf und drückt Jan auf jede Wange einen Kuß. »Ich sage das nur, weil ich weiß, daß ich selbst es nie so weit bringen werde. Allem Gerede zum Trotz bin ich ein Feigling – ein Maler, der gefällt. Und es ist zu spät, noch etwas daran zu ändern.« Mattheus leert sein Glas mit einem Zug, fährt dem Jungen übers Haar und geht. Der Junge blickt Jan an. »Macht es Euch nicht zornig, daß er so mit Euch redet?«
»Zornig?« Jan schüttelt heftig den Kopf. »Natürlich nicht. Er redet nur so mit mir, weil er mich liebt.«
In Wahrheit ist ihm äußerst unbehaglich zumute. Außerdem ist er gekränkt. Er tut, als sei es ihm gleichgültig, streckt die Beine von sich und lehnt sich im Stuhl zurück. Sein Blick wandert zur Decke; zwischen den Balken hängen zahllose Spinnweben. Neben dem Fenster hat er etwas nachlässig ein weißes Laken aufgespannt, um das Licht einzufangen. Dort steht Sophia, die Hand am Fensterriegel. Sie stößt das Fenster auf und schöpft tief Luft, atmet die Morgenluft ein. Allein wegen dieser Vorstellung liebt er den Riegel. Dann wendet er sich zu ihm um, schließt das Fenster und lächelt.
Jan sagt: »Reich mir bitte das Blatt Papier.«
»Gebt Ihr mir jetzt eine Zeichenstunde?« fragt der Junge.
Jan schüttelt den Kopf. »Ich schreibe einen Brief.«

# 11

## Maria

*Ein Küchenmädchen muß ein Auge auf die Pfanne haben und eines auf die Katze.*

Johan de Brune, 1660

Maria sitzt neben dem Küchenfenster und rupft eine Ente. Sie hat sich den Vogel fest zwischen die Oberschenkel geklemmt, sein Kopf hängt nach unten, als suche er den Boden nach Krumen ab. Aber er ist tot. Plötzlich ist ihr nach Weinen zumute. Sie möchte, daß er lebt, damit sie ihm ihre Geheimnisse erzählen kann.
Das ist lächerlich. Sie hat schon Hunderte von Enten gerupft. Auf dem Land, wo sie aufgewachsen ist, hat sie ihnen vorher noch unbekümmert den Hals umgedreht. Doch in letzter Zeit empfindet sie immer Mitleid mit Geschöpfen, die leiden, selbst mit stummen Tieren. Das ist wie ihre Liebe für Willem – »Willem ... Willem ...« Sie flüstert seinen Namen. Sie fühlt sich ungeschützt, weinerlich. *Wer Zwiebeln schält, muß weinen,* pflegte ihre Großmutter zu sagen. Jetzt weiß sie, was sie damit meinte.
Ihre Großmutter kannte viele kluge Sprüche. Maria weiß noch, wie sie Butter machte: Mit hochgekrempelten Ärmeln beugte sie sich über das Faß und stieß den Stößel im-

mer wieder hinein, auf und ab in alle Richtungen. *Nur durch Aufruhr entsteht Fett*, sagte sie. *Harte Arbeit findet ihren Lohn.* Als Maria älter wurde, sagte ihre Großmutter, die Sahne sei der Geist, die Molke das fleischliche Vergnügen. Damals verstand Maria diese Worte nicht.
Die Katze beäugt die Ente, ihr Schwanz zuckt. Maria ist abergläubisch. Wenn die Katze sich kratzt, wird Willem an die Tür klopfen. Die Katze hat Flöhe, es wird nicht mehr lange dauern.
Es klopft. Maria springt auf, legt die Ente auf den Tisch und eilt hinaus.
Sie öffnet die Tür. Draußen steht ein Junge. Er reicht ihr einen Umschlag. »Bitte gib das deiner Mevrouw«, sagt er.
Enttäuscht nimmt Maria den Brief entgegen und schließt die Tür. Dann geht sie die Stufen zum Schlafgemach hinauf. Seit sie vom Einkaufen zurückgekommen sind, fühlt ihre Herrin sich unwohl und ist in ihrem Zimmer.
Unten in der Küche springt die Katze auf den Tisch und gräbt ihre Krallen in das Fleisch der Ente.

# 12

## Der Brief

*Dein Weib wird sein wie ein fruchtbarer Weinstock drinnen in deinem Hause, deine Kinder wie junge Ölbäume um deinen Tisch her. Siehe, so wird gesegnet der Mann, der den Herrn fürchtet.*

128. Psalm

Sophia steht am Fenster. Sie liest den Brief. Sonnenlicht liegt auf ihrem Gesicht. Ihr Haar ist aus der Stirn gebunden. Winzige Perlen im Haarreifen fangen das Licht ein und strafen die Strenge ihrer Haartracht Lügen. Sie trägt ein schwarzes, von Samt- und Silberstreifen durchsetztes Mieder. Ihr Kleid ist aus violetter Seide, deren zinngrauer Schimmer die Sonnenstrahlen einfängt.

Hinter ihr, an einer Holzleiste befestigt, hängt ein Gobelin. Im Schatten sind Gemälde auszumachen. Die grünen Samtvorhänge um das Bett sind geöffnet und geben den Blick auf eine prächtige Decke frei. Der Raum ist in ein ruhiges goldenes Licht getaucht.

Reglos steht sie da, gefangen zwischen Vergangenheit und Gegenwart. Sie ist Farbe, die darauf wartet, gemischt zu werden; sie ist ein Gemälde, das jeden Augenblick mit einem Pinsel zum Leben erweckt wird. Sie ist ein Augenblick, der in Kürze für immer unter einem glänzenden Firnis fixiert werden wird. Ist dies ein Moment der Entscheidung? Wird sie den Brief zerreißen, oder wird sie sich durch die stillen Räume davonstehlen, zum Haus hinaus? Ihr Gesicht, im Profil zu sehen, verrät nichts.

Draußen herrscht reges Treiben. Zwei Regenten rattern in einem geschlossenen Wagen über die Brücke. Sie unterhalten sich und nicken einander gewichtig zu; ihr Gespräch ist für sie von großer Bedeutung. Durch die Tür hoch oben in einem Lagerhaus wird ein Faß hinabgelassen und auf einen Kahn gerollt; es ist ein Objekt im Hintergrund, sein Inhalt bleibt für immer unbekannt. Eine Gruppe Mennoniten kauert wie ein Schwarm Krähen in der Ecke; Kinder flitzen schreiend an ihnen vorüber.

Draußen herrscht emsige Geschäftigkeit. Drinnen bleibt ein Herz stehen.

Der Brief lautet: *Es ist zu spät. Das wissen wir beide. Ich muß Dich sehen, mein Herz. Komm morgen um vier in mein Atelier.*

# 13

## Jan

*Willst du, daß ich weine, so trauere erst einmal selbst.*

Horaz, *Die Dichtkunst*

Die Sanduhr ist leer. Jan dreht sie zum zweitenmal um. Es ist fünf Uhr. Sie wird nicht kommen.

Wie töricht zu glauben, sie könnte kommen! Gerrit hat das Zimmer gefegt und aufgeräumt. Am Morgen ist der Diener reumütig und purpurwangig von seiner Zecherei zurückgekehrt; Jan war zu sehr mit sich beschäftigt, um ihn ins Gebet zu nehmen. Reue macht Gerrit immer pedantisch; er hat sogar, auf seine Art, die Fenster geputzt. Der Tisch ist für zwei gedeckt: geräuchertes Fleisch, Käse, Wein und mit Zucker bestäubte Marzipantörtchen. Jan hat am Vormittag selbst eingekauft. Gerrit ist in die Küche gegangen, der Junge nach Hause geschickt worden.

Sophia wird nicht kommen. Verrückt, auch nur einen Augenblick lang zu glauben, sie könnte kommen. Warum sollte sie für ihn alles aufs Spiel setzen? Er hat ihr nichts zu bieten, außer Liebe.

Der Sand rieselt als dünnes Rinnsal durch die schmale Taille des Stundenglases. Bis jetzt hat sich am Boden erst ein winziges Häufchen angesammelt. Jan verfolgt, wie es im-

mer größer wird. Er kennt Sophia nicht einmal. Aber er hat das Gefühl, sie schon sein ganzes Leben lang zu kennen, sie hat sich in seinem Herzen eingenistet, aber er ist nur ein wirrköpfiger Narr. Einen flüchtigen Moment lang ist er sogar froh, daß sie nicht kommt, denn wenn sie fortbleibt, entgeht sie dem möglichen Verderben. Er ist tatsächlich *ihretwegen* besorgt. Das sieht ihm gar nicht ähnlich. Aber nichts von dem, was in den letzten Tagen passiert ist, sieht ihm ähnlich.
Das Sandhäufchen wächst. Je größer es wird, desto mehr schwindet seine Hoffnung. Draußen grölen zwei Betrunkene. Jans Viertel, Jordaan, ist zu übel beleumundet, als daß eine Dame wie Sophia sich herwagen würde. Er blickt sich in seinem Atelier um und sieht es mit ihren Augen. Das durchhängende weiße Laken, das mit Nägeln an den Deckenbalken befestigt und von Spinnweben überzogen ist. Die mit einem Tuch drapierte Säule, auf der seine Modelle sitzen. An den Wänden hängen eselsohrige Drucke; vom Boden bis zur Decke zieht sich ein langer Riß hin. Gipsmodelle – eine Hand, ein Bein – baumeln von Haken herab. Im ganzen Zimmer stinkt es nach Leinöl.
Jan stammt aus einer Handwerkerfamilie. Sein Vater ist Silberschmied, seine beiden Brüder Glasmaler. Er ist es gewöhnt, zwischen all den Arbeitsmaterialien seiner Zunft zu leben – aber wie konnte er erwarten, daß eine Dame wie Sophia dafür das Risiko auf sich nehmen würde, ihren Ruf zu verlieren? Er hat sogar, törichterweise, sein Bett mit frischen Leintüchern bezogen, damit alles bereit ist.
Das Sandglas ist halb voll. Sie wird nicht kommen. Jan setzt sich auf die Truhe und zieht die Schuhe an. Ein letztes Mal betrachtet er den Tisch – die hochstieligen Weinkelche, die Schale mit Obst, die gezuckerten Törtchen. Wie ein Still-

leben steht alles da, eingefangen um vier, es wird nie verzehrt werden. Die Gegenstände verheißen zahllose Möglichkeiten, darunter auch eine Zukunft, die nur in seiner Phantasie existieren wird. Er betrachtet den Tisch mit dem Auge des Künstlers: das weiße Tuch verzerrt durch die beiden Gläser, das metallische Glänzen des Messers und des Krugs. Trotz allem gefällt ihm die harmonische Anordnung.

»Gerrit!« ruft er. »Räum den Tisch ab. Ich geh in die Schenke.«

Er hört ein leises Geräusch. Zuerst glaubt er, es seien die Äste des Baums, die gegen die Scheiben schlagen. Er steht auf und wirft sich seinen Umhang um die Schultern. Seine Beine sind bleiern, als wate er durch Morast.

Dann hört er das Klopfen wieder. Es ist an der Tür.

Jan geht mit großen Schritten hinüber und öffnet sie. Draußen steht Sophia.

»Ich bin es«, sagt sie.

# 14

## Maria

*Liebe kann nicht gekauft noch verkauft werden – ihr einziger Preis ist Liebe.*

J. Cats, *Emblemata*, 1632

Maria und Willem sitzen auf den Stufen hinter dem Haus. Die Sonne geht gerade unter, der Hof liegt ganz im Schatten. Der kleine Garten ist rundum von hohen Mauern umgeben und bekommt in dieser Jahreszeit nur wenig Sonnenlicht. Marias Besen lehnt wie ein Wachposten an der Wand.

Willem streichelt ihre Finger, jeden für sich. »Du solltest sie mit Fett einreiben, meine Schöne. Mit Gänseschmalz. Dann wirst du eine Dame.«

»Dazu bräuchte es schon mehr«, lacht Maria.

Sie lehnt sich an ihn. Auf den Steinstufen wird ihr Hintern eiskalt; aber sie traut sich nicht, ihn ins Haus mitzunehmen; sie weiß nicht, ob die Herrin noch da ist. Offenbar hat der Brief sie sehr aufgewühlt; vielleicht waren es schlechte Nachrichten von ihrer Familie. Seit gestern verhält ihre Herrin sich merkwürdig. An diesem Nachmittag ist sie zweimal in ihren Umhang geschlüpft und hat ihn dann wieder abgelegt. Als Maria sie das letzte Mal sah, saß sie ne-

ben der Haustür und wickelte sich eine Haarsträhne um den Finger.
»Maria, mein Herz, ich muß dich etwas fragen.«
»Was?«
»Ich liebe dich, und du liebst mich.« Willem legt ihr die Hand um die Taille. »Ich glaube, das kann ich mit Recht sagen.«
»Natürlich liebe ich dich. Gestern habe ich wegen einer Ente geweint. Wenn ich dich sehe, werde ich ganz zitterig. Merkst du das nicht?«
»Also könnten du und ich ... laß uns heiraten.«
Sie nickt. Ein Glücksgefühl durchströmt sie. Jenseits der Mauer, im Apfelbaum des Nachbarn, flötet eine Amsel ihr Lied, ergießt es wie Münzen, wie süßen Wein. Ach, ihr dreht sich der Kopf.
»Natürlich will ich dich heiraten, Willem, aber wir haben kein Geld.«
»Wart's ab.« Er klopft gegen seinen Nasenflügel. »Ich habe einen Plan.«
»Was für einen Plan?«
»Das kann ich dir nicht verraten, nicht jetzt. Aber soviel kann ich dir sagen: Ich werde eine Dame aus dir machen, und wir werden ein Haus haben, und dann können wir Kinder bekommen.«
*Kinder.* Maria schließt die Augen. Es sind sechs, immer sechs. Sie spürt sie schon, wie sie auf ihren Knien um Platz rangeln. In ihren Träumen sind sie Fische, aber jetzt sind sie plötzlich greifbar real. Ihr Lachen hallt mit dem Amsellied wider.
»Wie willst du an das Geld kommen?« fragt Maria.
Er nimmt ihre Hand und drückt sie an sein Herz. »Hab Vertrauen zu mir, meine Schöne, mein Liebes.« Schon

übernimmt er die Verantwortung, wie ein richtiger Ehemann. Sogar seine Stimme klingt tiefer. »Nennen wir es einfach ein geschäftliches Vorhaben.«
Er will sie heiraten! Maria schaut verträumt auf das Blumenbeet. Triebe sind aus dem Boden geschossen, wie hoffnungsvoll sie sind! Ihr schierer, unbändiger Wille hat Erdklumpen aufgebrochen. Endlich ist der Frühling da. Sie legt den Kopf an Willems Schulter und denkt: In dieser ganzen großen Stadt gibt es keine zwei Menschen, die so glücklich sind wie wir.

# 15

## Sophia

*Wer durch unbekannte Gewässer watet, wird gewiß ertrinken.*

J. Cats, *Emblemata,* 1632

Jan lebt im Erdgeschoß eines Hauses in der Bloemgracht, keine Meile von meinem Zuhause entfernt. Er möchte mich ein Stück heimbegleiten, aber wir dürfen nicht zusammen gesehen werden. Also schlüpfe ich aus seinem Atelier auf die Straße und haste nach Hause. Die Sonne geht unter, der Himmel errötet für mich. Die ganze Stadt errötet, die Häuser sind rot vor Entsetzen. Die Gracht ist wie geschmolzenes Blei. Das Wasser spiegelt sich tanzend auf den Ziegeln der Hauswände. Die Fenster stehen in Flammen.

Zwischen den Beinen bin ich feucht von der Liebe. *Nur eine Stunde – ich kann nur eine Stunde bleiben.* Aber was für eine Stunde das war. Selbst wenn ich keine andere mehr habe, werde ich sie mein Leben lang nicht vergessen.

Ich überquere den Wester-Markt, den Kopf gesenkt, und biege in eine Nebenstraße ein. Meine Schritte sind eilig wie die einer Verbrecherin, die sich vom Ort ihrer Tat entfernt. Hier ist die untere Hälfte der Häuser geweißelt – die Farbe wurde nachlässig um Fenster und Türen gepinselt. Könnte ich meine Makel nur auf diese Art verbergen!

»Sophia! Meine Liebe! Welche Überraschung, Euch hier zu sehen!«

Ich taumele rückwärts; beinahe wären wir zusammengestoßen.

»Geht Ihr diesen Weg? Was für ein reizendes Kleid, Ihr müßt mir verraten, wo Ihr den Stoff gekauft habt.«

Es ist Mevrouw Mijtins, die Frau unseres Notars. Sie geht neben mir her.

»Ihr müßt mir Euer Geheimnis verraten.«

»Was meint Ihr?« frage ich scharf.

»Ihr habt es wirklich gut gehütet. Dabei hattet Ihr versprochen, es mir zu sagen.«

»Euch was zu sagen?«

»Den Namen Eurer Schneiderin natürlich! Wißt Ihr noch, bei unserem Musikabend? Meine Schneiderin ist unfähig; Mevrouw Overvalt hatte sie mir empfohlen, aber sie kann kaum ein Kleid säumen. Außerdem hat das erbärmliche Ding immer eine Erkältung, ständig läuft ihr die Nase. Aber Ihr seht wirklich gut aus! Burgund steht Euch – und so ein hübscher Stoff – er betont die Farbe Eurer Wangen. Wenn nur meine Töchter so hübsch wären wie Ihr – nicht so schnell, meine Liebe! Ach, diese jungen Beine! Ich kann kaum mit Euch Schritt halten.«

# 16

## Jan

*Den Gewändern, welche die Figuren umhüllen, muß man ansehen, daß die Figuren wirklich darinnenstecken. Mit bündigem Faltengang der Hülle umschreibst und zeigst du die Stellung und Bewegung der Figur und meidest die Verworrenheit vieler Falten, sonderlich über allen Erhabenheiten, damit diese deutlich werden.*

Leonardo da Vinci, *Traktat von der Malerei*

Malen ist ein Akt der Inbesitznahme. Alle Gegenstände, so schlicht sie auch sein mögen, werden mit derselben konzentrierten, sinnlichen Empfindsamkeit betrachtet. Ob animalisch, vegetabilisch oder mineralisch, sie sind alle gleich – die Rundung eines irdenen Topfes wird mit derselben liebevollen Aufmerksamkeit dargestellt wie eine Frauenbrust. Die Leidenschaft eines Künstlers ist in Wahrheit sachlich.

Doch jetzt ist alles anders, denn er hat sie besessen. Heute findet die dritte und letzte Sitzung statt; danach wird er die Leinwand mit nach Hause nehmen und das Bild in seinem Atelier fertigstellen. Jetzt, da Jan den Körper unter dem Kleid berührt hat, da er Sophia nackt in den Armen gehalten hat, ist er wie gelähmt. Diese sittsam dasitzende Ehefrau ist seine Liebste. Sie ist kein Arrangement mehr aus kobaltblauem Kleid, pelzbesetztem Jäckchen und hellen Hauttönen. Seine Komposition ist durch die Liebe in Unordnung geraten.

Sophia strahlt, sie glüht vor Leben. Spürt ihr Mann, der neben ihr steht, das nicht? Cornelis mag ja ein pedantischer alter Narr sein, aber kann ihm die Spannung im Raum wirklich entgehen?

Diese Fragen lenken Jan ab. Ihm wird bewußt, daß er seit Minuten mit dem Pinsel in der Hand dasteht, ohne sich zu rühren. Das fällt Cornelis bestimmt auf. Die Figuren auf Jans Leinwand, die gespenstisch Gestalt annehmen – Auswüchse seiner Phantasie, die eine gewisse Ähnlichkeit mit tatsächlich existierenden Menschen haben –, sehen aus, als hätten sie eine Zurückweisung erfahren, als hätte er auch sie hintergangen. Sein Pinsel malt Sophia ins Leben, doch auf dem Gemälde wird sie für immer als Gemahlin eingefangen sein, eine Frau, die tugendsam neben ihrem Ehemann sitzt.

Das ist seine Entschuldigung, daß er sie verloren hat. Doch er befürchtet, daß er nicht imstande ist, sie mit ihrem wahren Gesicht zu malen; das geht über seine Macht. Er gibt dem Korsett der Konvention die Schuld, aber wenn er ein großer Maler wäre, würde Sophia lebendig werden und jedem, der ihr Abbild anschaut, von Liebe sprechen. Die Betrachter würden verstehen, daß diese Frau zu Leidenschaft fähig ist. Wenn Jan das nicht vermitteln kann, hat er versagt.

Während er malt, hört er ihre Stimme. *Ich habe dich vom ersten Augenblick an geliebt.*

Wie hat sie ihn überrascht! Er hatte gedacht, sie würde vor Schuld und Reue fast vergehen.

*Dafür ist es jetzt zu spät. Ich wollte herkommen. Ich möchte hier sein. Nichts zählt, nur dies.*
Als sie in seinem Bett lagen, war er zunächst derart überwältigt, daß er versagte. *Was – ich habe mir für nichts den Ruf ruiniert?* hatte sie lachend geflüstert.
*Ich kann nicht glauben, daß du hier bist,* hatte er geantwortet.
Sie hatte seine Hand genommen. *Ich bin nur eine Frau – hier, spür mich ... nur Fleisch und Blut.*
Die Welt ist ein Chaos. Das wissen alle Künstler, aber sie versuchen, sie mit Sinn zu erfüllen. Für ihn hat Sophia der Welt einen Sinn gegeben. Sie hat die Welt durch ihre Liebe zusammengefügt, als würde sie den schönsten Umhang nähen, und jetzt können sie sich in diesen Umhang hüllen und vor der Welt in Sicherheit sein. Sie sind unangreifbar. Außer, daß sie nur eine einzige Stunde zusammen hatten und daß Sophias Leben in diesem Haus stattfindet, daß Cornelis existiert. Und warum kann er nicht sterben?
Der Fußboden in der Bibliothek besteht aus quadratischen Marmorplatten in Schwarz und Weiß. Ein Menschen-Schachbrett. Jan kneift die Augen zusammen, bis der Raum verschwimmt. Er greift nach seiner Königin Sophia und stellt sie auf die andere Seite ihres Gemahls. Dann nimmt er den Gemahl und wirft ihn vom Brett.

Jan packt seine Sachen zusammen. Cornelis verabschiedet sich von ihm und geht in einen anderen Raum. Sie hören, wie seine Schritte verhallen, wie in der Ferne eine Tür ins Schloß fällt.
Sophia begleitet Jan hinaus. »Beinahe wäre ich ertappt worden«, flüstert sie. »Eine Frau hat mich gesehen; eine Frau, die ich kenne.«

Sie wirbeln herum.
Eine tränenüberströmte Maria kommt quer durch den Raum auf sie zu. In der Hand hält sie einen Vogel am Bein.
»Die Katze hat ihn umgebracht. Seht – die Amsel, die im Apfelbaum nebenan immer gesungen hat.«
»Der arme Vogel.« Sophia betrachtet ihn. »Aber deswegen brauchst du doch nicht zu weinen.«
»Die Amsel hat mir so viel bedeutet«, schluchzt Maria. »Und Ihr wißt, was passiert, wenn eine Amsel stirbt ...«
»Maria! Hör auf!« Sophia bringt Jan auf die Straße.
»Morgen vormittag um elf«, flüstert Jan. Er läßt seinen Mallumpen fallen. Sophia bückt sich, ebenso wie Jan, und gemeinsam heben sie ihn auf. »An der Fußbrücke ...« Er flüstert den Namen der Straße.
»Ich werde sie im Blumenbeet begraben«, sagt Maria.

# 17

## Sophia

*Die Tugend einer Frau besteht vor allem in der Sorgfalt, die sie auf ihren Haushalt verwendet. Denn die Schildkröte ist stets zu Hause und trägt ihr Haus unter allen Umständen bei sich.*

J. van Beverwijck, 1639

Es regnet. Ich haste die Kaasstraat entlang zum Hafen. Die Gasse ist verwaist, in den Geschäften liegen die riesigen Goudalaibe wie Felsbrocken da, als würden sie zu Gericht sitzen.

Vielleicht kommt er nicht – jetzt, da es regnet. Vielleicht liebt er mich nicht genug. Ich wünschte, es wären Menschen unterwegs. Die Menge bietet Sicherheit. Ich fühle mich wie auf einem Tablett, während ich allein durch die Straßen eile. Trotzdem klopft mein Herz vor Aufregung.

In der letzten Woche hat sich die Stadt völlig verändert. Selbst wenn er heute nicht kommt – es gibt ihn, er atmet diese Luft, er geht durch diese Straßen. Ich liebe jedes Gebäude, weil auch er es kennt. Und doch ist es eine Stadt, die unendliche Gefahren birgt. Die Häuser gehen bis an die Straße, blicken direkt auf sie hinab. So viele Fenster – die Häuser bestehen fast nur aus Fenstern, riesige Fenster hier unten, direkt neben mir, schmale Fenster dicht nebeneinander in den oberen Stockwerken, aneinandergereihte Fenster für Spione und hoch darüber, in den Giebeln, Gucklöcher. Einige Fensterläden sind geschlossen, andere stehen halb offen. Schatten warten jenseits des Rautenfensters. Hinter einem offenen Fensterflügel – warum ist er geöffnet? – bewegt sich ein Vorhang.

Und dann die vielen Straßenecken. Es ist, als wären sie mit Schießpulver geladen, hinter jeder lauert Gefahr. *Sophia! Welche Überraschung, Euch hier zu sehen.* Wie leicht könnte ich von Menschen verraten werden, die mir im Grunde gar nicht schaden wollen.

Ich biege um eine Ecke. Der Wind bläst mir ins Gesicht. Ich stemme mich gegen ihn, aber er versucht, mich zur Herengracht zurückzutreiben, dorthin, wo ich hingehöre. Es ist März, doch der Winter ist noch einmal zurückgekommen; mein Gesicht ist taub vor Kälte. Ich laufe die Gracht entlang, die salzige Luft brennt mir in der Nase. Die Häuser der Kaufleute hier sind sehr hoch, haben sechs Stockwerke. Ganz oben öffnen sich Türen, aus denen Lastenaufzüge ragen, ins Nichts; über meinem Kopf baumeln Haken.

Und dann sehe ich ihn. Vor mir liegt die Fußbrücke. Auf der anderen Seite der Gracht stürmt Jan mir entgegen. Er winkt, und mein Herz macht einen Satz. Ich wußte, daß er kommen würde. Ich gehe schneller. Ein Schiff nähert sich. In wenigen Minuten wird die Fußbrücke sich öffnen und mich von meinem Geliebten trennen. Lachend laufe ich auf sie zu.

Jan bleibt stehen. Den Bruchteil einer Sekunde frage ich mich, warum. Dann sehe ich die drei schwarzgekleideten Männer, die aus einem Speicher treten. Einer von ihnen ist

mein Gemahl. Er läßt seine Begleiter stehen und kommt auf mich zu.
»Mein geliebtes Herz, was machst du hier? Du bist ja völlig durchnäßt.«
Meine Gedanken rasen. In einer Seitengasse sehe ich vor einem Laden den Pfosten eines Chirurgen aufragen. Er ist rot, weiß und blau gestreift – Rot für Aderlaß, Blau für Barbieren, Weiß für Knochenbrüche und Zähneziehen.
»Ich muß mir einen Zahn ziehen lassen«, sage ich rasch. »Ich habe schreckliche Zahnschmerzen.«
»Aber warum hast du mir nichts davon gesagt? Und warum gehst du nicht zu dem Chirurgen in der Prinsengracht?«
»Mevrouw Mijtins hat mir diesen empfohlen.«
»Ich begleite dich.« Cornelis wendet sich an die Männer. »Habt die Freundlichkeit, im Kontor auf mich zu warten.«
»Nein, geh zu deiner Arbeit.«
»Aber ...«
»Bitte. Ich komme zurecht. Und schau – es regnet auch nicht mehr.«
»Aber du kannst doch nicht allein nach Hause gehen, du wirst dich nicht wohl fühlen ...«
»Maria holt mich ab. Bitte geh.«
Bedächtig streicht sich Cornelis den Bart. Die beiden Männer warten ungeduldig. Ich weiß, ich habe gewonnen.
Er gibt mir einen Kuß auf die Wange und verschwindet. Ich gehe in die Seitengasse, auf den Laden des Chirurgen zu. Hinter mir höre ich Schritte.
Es ist Jan.
Er umfaßt meinen Ellbogen und führt mich in eine Schenke. Wir setzen uns an einen Tisch. Die Taverne ist halb leer, die Gäste sind mir alle unbekannt. Außerdem suche ich nur

selten Wirtshäuser auf, und dieses liegt relativ weit von meinem Heim entfernt.
»Was sollen wir tun?« frage ich. »Wenn ich in dein Atelier komme, wird man mich sehen. Früher oder später wird jemand mich sehen.«
»Du bist wunderschön.« Jan betrachtet mich liebevoll und trocknet mir das Gesicht mit seinem Taschentuch. »Komm heim, in mein Bett.«
»Das geht nicht! Man wird mich sehen.«
»Dann komm, wenn es dunkel ist.«
»Man wird mich trotzdem sehen.«
»Liebste, ich kann ohne dich nicht leben.«
Ein Mädchen bringt uns Gläser voll Bier. An der Wand hängt ein Vogelkäfig. Innen auf der Stange sitzt ein Papagei und arbeitet sich Klaue um Klaue zu uns vor, bis er nicht mehr näher kommen kann. Dann legt er den Kopf zur Seite und späht uns aus einem Auge an.
»Und jetzt muß mir ein Zahn fehlen«, sage ich.
»Für dich würde ich mir alle Zähne ziehen lassen.«
»Nein! Einen alten Mann habe ich schon, reicht das nicht?«
Plötzlich schütteln wir uns vor Lachen; mit bebenden Schultern lehnen wir uns aneinander. Wie kann ich mich über meinen Gemahl lustig machen? Das Fegefeuer wird mich verschlingen.
»Wie kannst du es ertragen, wenn er dich küßt?«
»Sei still.«
»Die dürren Arme um dich ... *Ich* kann es nicht ertragen.«
»Hör auf!«
Natürlich hat Jan recht. Cornelis' saurer Atem ... seine graue, schlaffe Haut ... der andere Teil, an den ich nicht denken mag – aber ich schweige. Ist der Verrat, den ich begangen habe, nicht schon groß genug?

Unter dem Tisch nimmt Jan meine Hand. »Komm heute nacht zu mir.«
Ich sehe ihn an – seine wilden, nassen Haare, seine blauen Augen. Und ich bin verloren.

»Warum bist du noch nicht fertig?« fragt Cornelis. »Es ist sechs Uhr.«
»Ich möchte nicht hingehen.«
»Aber es macht dir doch Spaß, mit den Konicks Karten zu spielen. Beim letzten Mal hast du gewonnen, weißt du noch? Und sie haben gerade das Spinett angeliefert bekommen. Letzte Woche sagtest du noch, wie sehr es dir gefallen würde, darauf zu spielen.«
»Der Zahn tut noch weh.«
»Ach, mein armer Liebling ... Laß mich sehen ...«
Ich zucke zurück. »Nicht ...«
»Es tut bestimmt sehr weh ...«
»Das Kampferöl lindert die Schmerzen, aber ich möchte dennoch früh zu Bett gehen.«
»Dann bleibe ich bei dir.«
»Nein!«
»Ohne dich an meiner Seite macht es mir keinen Spaß.«
»Ich möchte lieber allein sein«, gebe ich zurück. »Ich bin heute abend keine unterhaltsame Gesellschaft. Wirklich, Liebster – ich werde mich früh schlafen legen. Bitte geh – die Konicks sind deine ältesten Freunde. Bitte, ich flehe dich an.«
Cornelis holt seinen Umhang und geht zur Tür. Plötzlich laufe ich ihm nach und werfe ihm die Arme um den Hals. Überrascht dreht er sich um, unsere Nasen stoßen zusammen. Dadurch verlieren wir ein wenig das Gleichgewicht.
»Es tut mir leid«, flüstere ich in seinen Bart.

»Es tut dir leid? Daß du mir soviel Zuneigung zeigst?« Er drückt mich an sich.

Einen Augenblick lang wünsche ich, all das wäre nicht passiert. Wenn wir nur die Uhr zurückdrehen und sein könnten, wie wir waren – zufrieden, geborgen in der Sicherheit dieser Räume. Ich erkenne diese neue Frau, deren Herz in meiner Brust schlägt, nicht – eine Heuchlerin, die in Schande aus dem Haus gejagt werden sollte.

»Ich bin deiner nicht würdig«, murmele ich.

»Wie kannst du das sagen?« Er streicht mir übers Haar. »Du bist mein Glück, mein Leben.«

Wir umarmen uns noch einmal, dann ist er fort.

# 18

## Willem

*Jeder Mensch ist der Baumeister seines Glücks.*

J. Cats, *Emblemata,* 1632

Es dämmert. Willem ist auf dem Weg in die Herengracht. Der Wind hat sich gelegt. Den ganzen Tag über hat eine stürmische Brise von der Ostsee hergeweht, und die Fischerboote konnten nicht auslaufen. Einige Meilen die Küste hinauf ist wieder ein Wal angespült worden. Im Gegensatz zu Maria weiß er, daß das ein gutes Omen ist. Er hat seinen Lebensunterhalt mit Fisch verdient, und was ist passiert? Ausgerechnet heute hat das Meer die allerprächtigste Beute ausgespuckt. Gott ist auf seiner Seite.

Willem schreitet rasch aus, geht mit federnden Schritten. Wie oft ist er, erdrückt vom Gewicht seines Korbs, diese Straßen entlanggeschlurft? Doch heute abend spürt er nur das Gewicht der Geldbörse in seinem Wams. Er kann es kaum erwarten, Marias Gesicht zu sehen. Sie wollte ihm nicht glauben, als sie im Garten saßen. *Nennen wir es einfach ein geschäftliches Vorhaben.*

Vor Schock ist er noch immer leicht benommen. Normalerweise ist er keine Spielernatur, aber dies sind auch keine normalen Zeiten. Bis heute, bevor sich alles veränderte, hat er sie für *kappisten* gehalten, die die Narrenkappe tragen, für Verrückte. Aber jetzt gehört er auch zu den Tulpenspekulanten, wie könnte er sie da verrückt nennen?

Geld kann sich vermehren, einfach so. Das ist wirklich ein Wunder! Einige Zusammenkünfte, bei denen seine neuen Freunde in einer Schwade von Tabakrauch beisammenhockten und Zahlen, die für ihn keinerlei Sinn ergaben, auf eine Tafel schrieben. Päckchen, die vom einen zum anderen gereicht wurden ... Wie leicht es doch war, erstaunlich leicht – er hat aufs Geratewohl gesetzt und jedesmal Glück gehabt. Bislang hat er Geld mühsam verdient, einen Gulden hier, ein paar Stuiven dort, eine Handvoll Münzen. Er hat bis zur Erschöpfung gearbeitet, ist im ersten Morgengrauen aufgestanden und zum Fischmarkt gegangen, ob Hagel oder Schnee, bei jedem Wetter. Er hat sich nie beschwert, so etwas tut er nicht, aber zu der Zeit gehörte er wahrhaftig zu den *kappisten.* Eiskalte Fische, denen er mit eisigen Fingern die schleimigen Gedärme herausriß. Gebückt unter seinem Korb, hat er sich im schneidenden Wind durch die Straßen gekämpft, hat an Türen geklopft und seinem verfrorenen Gesicht ein Lächeln abgerungen. Nur der Gedanke an Maria hat ihn gewärmt.

Maria! Nicht der Wal, sie ist seine beste Beute. Sie sagt, daß sie ihn liebt; er kann es immer noch nicht glauben. Er hat wenig Erfahrung mit Frauen. Sie haben ihn nie ernst genommen. Das hat etwas mit seinem Gesicht zu tun; sie haben immer angefangen zu kichern. Sie waren zwar freundlich, aber wenn er sie lieben wollte, brachen sie in Gelächter aus und nannten ihn »dummer August«. Und wenn er dann traurig dreinblickte, lachten sie nur noch lauter und sagten, jetzt sähe er noch komischer aus. Das hat ihn verletzt.

Aber jetzt hat er Maria. Kann das wahr sein? Ist es wirklich möglich, daß sie ihn liebt? Sie ist so hübsch – üppig und reif wie eine Frucht. Und sie kokettiert gern. *Der Gemüsemann hat mir seine Möhren gezeigt.* In der Straße gaffen Männer ihr nach, und sie wirft ihnen kecke Blicke zu. Darf er ihr trauen? *Natürlich liebe ich dich. Wenn ich dich sehe, werde ich ganz zitterig.* Aber sie will ihn erst heiraten, wenn er etwas Geld hat. Das kann er verstehen; sie ist eine praktisch denkende Frau. Gleich wird er ihr seine Geldbörse zeigen – und dann wird sie Augen machen!

Maria erwartet ihn nicht, er will sie überraschen. Heute abend ist ihre Herrschaft zum Kartenspielen ausgegangen, sie ist allein. Trotzdem geht Willem durch die Gasse zur Seitentür, wie immer, wenn er sich nach Einbruch der Dunkelheit ins Haus stiehlt.

Plötzlich bleibt er reglos stehen. Eine Gestalt tritt durch die Tür. Sie schließt sie hinter sich und eilt die Gasse hinunter. Es ist Maria. Wie ein Schatten huscht sie zwischen den Häusern dahin.

Willem will ihr zurufen, aber irgend etwas hält ihn davon ab. Maria wirkt zu zielstrebig. Mit einigem Abstand folgt er ihr. Irgend etwas stimmt nicht. Sie erreicht die Keisergracht und blickt sich nach rechts und links um. Jetzt kann er sie deutlicher ausmachen. Unter dem Schal trägt sie ihre weiße Haube mit den langen Schwingen; sie verbergen ihr Gesicht.

Sie biegt rechts ein und hastet weiter, schmiegt sich eng an die Häuser. Wie heimlichtuerisch sie sich verhält! Dabei schreitet sie schnell aus; fast muß er laufen, um mit ihr Schritt zu halten. Auch das paßt so gar nicht zu Maria. Normalerweise schlendert sie dahin, wiegt sich in den Hüften, läßt sich Zeit.

Für einen Moment verliert er sie aus den Augen. Sie ist links die Berenstraat hinabgeflitzt. Ein Hund wirft sich bellend gegen die verriegelte Haustür. Wohin geht sie, und warum geht sie so schnell? Mittlerweile ist es ganz dunkel geworden. Sie vermeidet die großen Straßen, hastet durch Gäßchen, heimlich wie ein Gespenst. Hinter geschlossenen Fensterläden hervor dringt dröhnendes Männergelächter auf die Straße. Einmal wird Maria kurz von einem Lichtstrahl aus einem der Fenster gestreift, dann ist sie verschwunden, verschluckt von der Nacht.

Mittlerweile läuft sie. Wie leicht sie ist; fast, als ob sie fliegt! Willem keucht hinter ihr her, hält aber gebührend Abstand. Doch sie dreht sich nicht um, scheint nichts zu bemerken. In Küchen klappern Töpfe, der Geruch von brutzelndem Fleisch vermischt sich mit dem Gestank der Kloaken. Hinter den Türen essen die Leute jetzt zu Abend, aber Willem fühlt sich seltsam unberührt von allem. Es ist, als wären er und diese hastende Gestalt losgelöst vom normalen Leben Amsterdams. Nur er und sie existieren, werden von einer mächtigen Flut angezogen. Seine Lunge brennt, die Geldbörse schlägt gegen seinen Oberschenkel.

Jetzt haben sie die Bloemgracht erreicht. Maria klopft an eine Tür. Willem versteckt sich hinter einem der Bäume, die die Straße säumen. Er hört ein leises, feuchtes Niesen, das fast menschlich klingt. Es ist ein junger Hund, der im Staub herumschnüffelt. Der Welpe schießt auf seine Beine zu, aber Willem schiebt ihn mit dem Fuß fort.

Die Tür geht auf. Kurz wird Maria vom Schein flackernder Kerzen erhellt, dann tritt sie ein.

Willems Herz klopft zum Zerspringen. Er überquert die Straße und tritt ans Fenster. Die untere Hälfte ist mit einem Laden verschlossen, doch durch den oberen Teil fällt Licht

nach draußen. Willem denkt: Vielleicht wohnt hier ein Arzt. Vielleicht ist jemand krank geworden, und Maria ist hergelaufen, um Hilfe zu holen. Er denkt: Vielleicht ist sie mit einem Dienstmädchen befreundet, das hier arbeitet und dem sie etwas aus dem Haushalt geborgt hat. Jetzt muß sie es holen, bevor ihre Herrschaft zurückkommt.
Aber warum pocht dann sein Herz so wild? Neben der Haustür ist eine Bank. Er stellt sich darauf.
Er schaut in das Zimmer. Er sieht blanke Dielen, eine Staffelei und einen Stuhl. Einen Augenblick denkt er, das Zimmer sei leer, aber dann hört er leise Stimmen. Zwei Personen kommen in sein Blickfeld.
Maria und ein Mann. Er kann Maria nicht sehen; sie steht direkt unter ihm, mit dem Rücken zum Fenster. Der Mann lacht. Sich schüttelnd vor Lachen, drückt er seine Stirn gegen ihre. Seine schwarzen Locken fallen auf ihre Haube.
Dann nimmt sie sein Gesicht in beide Hände. Es ist eine unendlich zärtliche Geste. Sie dreht sein Gesicht zu sich, fährt ihm mit den Fingern durch die Haare. Sie hält sein Gesicht umfangen, als sei es das Kostbarste, was sie je in Händen gehalten hat. Und dann küßt sie den Mann.
Willems Beine geben nach. Er rutscht an der Wand nach unten, bis er auf die Bank zu sitzen kommt. Dann steht er auf und taumelt blindlings davon.

# 19

## Sophia

*Frische Muscheln lassen sich*
*Mit den gepriesenen Frauenzimmern vergleichen,*
*Die züchtig und tugendsam sprechen*
*Und sich stets um ihren Haushalt bekümmern.*
*Alle Frauen müssen unablässig*
*Die Last ihres Muschelhauses tragen.*

Adriaen van de Venne, 1623

Jan hat das Sandglas schon wieder umgedreht. Die Zeit verrinnt; wenn diese Stunde durchgelaufen ist, muß ich gehen. Wie seltsam, daß ein Häufchen Sand derart viel Glück enthalten kann! Es enthält auch Jans Vergangenheit, in Körnchen gemessen, aber diese zwei Stunden gehören uns.

»Wenn du ein wirklich großer Maler wärst …«

»Wenn?« lacht er. »*Wenn?*«

»Könntest du eine Stundenuhr malen und das Bild mit solchem Glücksgefühl erfüllen, daß jeder Betrachter weiß, was gewesen ist?«

Er blickt mich voll Zärtlichkeit an. »Ist es für andere jemals so gewesen wie jetzt für uns?«

Wir liegen auf seinem Bett. Jan nimmt einen Schluck aus

seinem Glas, dreht mein Gesicht zu sich, öffnet mir die Lippen und träufelt den süßen Wein in meinen Mund. »Dich möchte ich malen – jetzt, genau so, wie du bist.«
»Geh nicht weg.«
Er streicht mir mit dem Daumen über die Wange. »Wie könnte ich?«
Marias Gewänder, meine abgestreifte Verkleidung, liegen auf dem Boden. Fast kommen sie mir leerer vor als normale Kleider, so als seien sie ausgelaugt von der Rolle, die sie spielen mußten. Sie sind meine Verpuppung – ich habe sie aufgebrochen und bin in veränderter Gestalt zum Vorschein gekommen. Ich bin ein Schmetterling, dessen Leben nur eine Stunde währt.
Jan schneidet Scheiben von einem Schinken. Ich sehe, wie sich die Muskeln an seinem Rücken unter der Haut bewegen. »Magst du das Fett?«
Ich nicke gierig. Er steckt mir die Scheibe in den Mund. Das ist die verderbteste Form des Sakraments. Aber ach wie köstlich!
»Ich begehe eine Todsünde«, sage ich mit vollem Mund.
»Hat Gott die Hände vor Sein Gesicht geschlagen und sich abgewandt?«
Jan schüttelt den Kopf. »Gott sieht uns. Wenn Er uns wirklich liebt, wenn Er ein gnädiger Gott ist, möchte Er dann nicht, daß wir glücklich sind?«
Ich schlucke das Fleisch hinunter. »Dein Glaube ist wie Wachs. Du modellierst ihn einfach entsprechend deinen Wünschen.«
Er träufelt mir wieder Wein in den Mund. »Dann trink Sein Blut und schau, ob es dir damit bessergeht.«
»Das ist schandbar!«
Fast spucke ich den Wein wieder aus.

Mit einem Schlag verändert sich die Stimmung. »Weißt du, was schandbar ist? Weißt du, was eine Sünde ist?« Jans Stimme wird schrill. »Daß du in diesem Mausoleum gefangen bist mit jemandem, den du nicht liebst …«
»Nein …«
»Der dich in einen Käfig gesperrt hat, der dir das Leben aussaugt, um seine alten Knochen zu wärmen …«
»Das stimmt nicht!«
»Der dich wie eins seiner kostbaren Gemälde gekauft hat, und du hast dich kaufen lassen!«
»Das habe ich nicht! Du weißt gar nichts. Er ist ein guter, netter Mann. Du darfst nicht so über ihn reden. Er unterstützt meine Mutter und meine Schwestern, er hat meine Familie gerettet, ohne ihn würden sie Not leiden …«
»Genau. Er hat dich gekauft.«
Ich breche in Tränen aus. Jan nimmt mich in die Arme. Er küßt mein nasses Gesicht – meine Nase, meine Augen. Ich schluchze, weil ich es nicht ertragen kann, daß er mir das sagt, und weil der wunderschöne Moment nun zerstört ist. Die ganze Zeit über rieselt der Sand.
»Verzeih, mein Herz«, murmelt er. »Ich bin bloß eifersüchtig.«
»Auf *ihn?*«
»Auf das, was er hat – dein süßes Gesicht, dein süßes Wesen in seinem Haus …« Er bricht ab.
Ich kann ihm nicht die Wahrheit sagen, noch nicht. Daß es mich ekelt bei dem Gedanken, in das Bett meines Gemahls zurückzukehren. Ich empfinde noch immer Loyalität gegenüber Cornelis, selbst während ich ihn betrüge.
Darum sage ich: »In Wirklichkeit bin ich gar nicht in dem Haus. Ich lebe dort nicht. Ich bin nur eine leere Hülse, wie die Kleider dort am Boden. Ich bin aus dem Haus ver-

schwunden.« Diese Worte sind ebenfalls ein Verrat, aber jetzt habe ich sie ausgesprochen, es ist zu spät.
Jan betrachtet mich. Ich deute auf den Druck, der neben den Gipsgliedmaßen an der Wand hängt. Es ist ein *Jüngstes Gericht.* Gott thront in einem Lichtstrahl über den sich windenden Leibern. »Kannst du das Bild umdrehen?« wispere ich.
Jan springt hoch und reißt es von der Wand. Es fällt zu Boden. Dann kommt er ein letztes Mal zu mir, bevor der Sand verrinnt.

# 20

## Willem

*Wo der Wein herrscht, kommt der Verstand zu Fall.*

J. Cats, *Emblemata,* 1632

Willem torkelt durch die Straßen. Er schluchzt, sein Herz ist gebrochen. Es ist pechschwarz; das Licht in seinem Leben ist erloschen. Er hat eine weite Strecke zurückgelegt und ist irgendwo in der Nähe von Nieuwendijk. Er spürt die Kälte, die vom Wasser neben ihm aufsteigt. Warum wirft er sich nicht einfach in die Gracht und bereitet dieser Qual ein Ende?

Er hört dröhnendes Gelächter: eine Taverne. Durch die Fenster dringt warmes Licht in die Nacht. Er hört Musik und singende Menschen. Er zögert. Wohin soll er sonst gehen? Was soll er sonst tun, jetzt, wo sein Leben zerstört ist? Er stößt die Tür auf. Der Geruch von Schweiß und Tabak steigt ihm in die Nase. Der Raum ist voller Menschen; wie sorglos sie in ihrer Ausgelassenheit sind! Ein Fiedler kratzt auf seiner Geige. Frauen sitzen behäbig auf Männerknien, rutschen auf dem Gesäß herum und machen es sich behaglich. Paare tanzen, rempeln gegen Tische und Stühle. Gäste stellen donnernd ihre Krüge auf den Tisch und singen fidel.

*»Am Montag eh'lichte ich ein Weib,*
*Wollt' führen ein Leben in Gefälligkeit.*
*Doch keinen Tag mußt' ich mehr bereuen*
*als den, an dem ich entschied zu freien.«*

Serviermädchen mit schäumenden Bierkrügen in der Hand drängen sich zwischen den Leibern hindurch. Halb erstickt atmet Willem den Tabakqualm ein und setzt sich hin.

*»Am Dienstag ging ich in den Tann,*
*Zu sehen, was Gutes ich tun ihr kann.*
*Da schnitt ich 'ne Stechpalme grün und frisch,*
*So hart und stachlig kennst du sie nich'.«*

»Was ist denn mit dir los, du elender *gek?* Willste deine Sorgen ertränken?«
Der Mann, der neben ihm sitzt, zieht die Augenbrauen hoch. Willem wischt sich die Nase am Ärmel ab. In seinem Alter zu flennen! Wie demütigend!
»Frauen«, erwidert er. »Ärger mit Frauen.« Er spricht wie ein erfahrener Mann.
Der andere nickt. »Frauen! Die sind alle gleich. Den *sletten* kann man nicht über den Weg trauen.«

*»Auf Kopf und Beine hieb ich ein,*
*Bis es zerbrach, das Zweigelein.«*

Der Kerl hat ein freundliches Gesicht, auch wenn eine Seite von einer Narbe entstellt ist. Sie verläuft über die Wange bis zum Kinn und zieht das Augenlid nach unten. Dadurch sieht der Mann bekümmert aus. Er hat auch schon manches Leid erlebt.

*»Am Sonntag saß ich dann am Tisch*
*Ohne das Weib und ihr Gezisch.*
*Schnaps und Freunde, soviel ich nur wollte,*
*Und wochenends 'ne neue Holde!«*

Willem beschließt, sich seinem Zechkumpan anzuvertrauen. Er erzählt ihm, wie sehr er Maria geliebt hat und womit er sie an diesem Abend überraschen wollte.
»Weißt du, normalerweise spiele ich nicht, aber ich dachte, ich versuch mal mein Glück. Und dieser Mann, den ich kenne, hat mir einen Tip gegeben. Admiral Pottebacker, sagte er, die werden hochgehen. Nur 'ne kleine Investition, und in ein paar Monaten kannst du absahnen. Mir hat der Name gefallen, ich bin ja 'n Patriot, und da, wo ich herkomme, sind immer die Schiffe vorbeigefahren. Es hat auch andere Admiräle gegeben, unter denen ich hätte wählen können; viele Tulpen sind nach Admirälen benannt, aber ich hab mich für den entschieden.«
»Und?«
»Und was?« fragt Willem.
»Hast du abgesahnt?«
Willem nickt und klopft auf seine Börse. »Weißt du, womit ich angefangen habe, was ich mir vom Mund abgespart habe? Das hat mich fast ruiniert. Zehn Gulden.«
»Und wieviel sind da jetzt drin?«
Tränen steigen Willem in die Augen. »Heute abend wollte ich es ihr sagen – es reicht als Anzahlung für ein kleines Geschäft, vielleicht mit einer Wohnung darüber. Ich brauche nicht mehr von Haustür zu Haustür gehen, kann ihr ein Zuhause bieten, und wir können heiraten.« Schluchzend bricht er ab.
»Wieviel, du armes Schwein?«

»Achtundsiebzig Gulden, so viel isses.« Willem wischt sich die Nase ab. »Es ist ein großes Wunder. Soviel Geld verdiene ich sonst in einem halben Jahr nicht, außer ich habe gewaltiges Glück. Mir ist ein Wunder widerfahren, einfach so, nur ein paar mieslige Zwiebeln, aber wo ist mein Schatz?« Der Kerl hat ihm offenbar einen Weinbrand spendiert. Willem stürzt ihn hinunter; der Alkohol brennt in der Kehle.
»Weiber!« sagt der Mann. »Taugen alle nichts.« Er prustet schnaubend. »Außer zu einem!«
Er schnalzt mit den Fingern, und Willems Glas wird nachgefüllt.
»Trink aus. Wir sind alle schon mal von ihnen reingelegt worden, von diesen durchtriebenen Ludern, aber hier bist du unter Freunden. Und in dieser Schenke geht's ehrlich zu – man kann ja nicht vorsichtig genug sein, wenn man viel Geld in der Tasche hat –, hier geht es wirklich ehrlich zu, der Wein wird nicht mit Wasser gepanscht, und sie stopfen auch keine Lumpen in die Bierkrüge; nicht wie in manchen Spelunken, die ich kenne.«

*»Ein Junge kam in meine Lehr',*
*Die Eltern hatten kein Essen mehr.*
*Aus Haarlem, dem Armenhaus, kam er*
*Und segelt' nach Spanien wohl übers Meer ...«*

Willem schwimmt der Kopf, an starken Schnaps ist er nicht gewöhnt. Plötzlich sitzt ihm ein Mädchen gegenüber, wie aus dem Nichts aufgetaucht.
»Darf ich dir meine kleine Schwester vorstellen?« sagt der Kerl. »Annetje hat auch ein gebrochenes Herz, stimmt's, Schwesterchen?«

Das Mädchen seufzt. »Das kann man wohl sagen. Ich bin ganz schön reingelegt worden.«
»Meine arme, unschuldige kleine Schwester«, sagt der Kerl. »Das ist ...«
»Willem.«
»Ein netter Name.« Sie ist nicht so hübsch wie Maria; ihr Gesicht ist klein und knochig, und auf den Wangen hat sie rosa Flecken. Aber wenn sie lächelt, funkeln ihre Augen. »Woher kommst du denn, Willem?«
Er nennt ihr den Namen seines Fischerdorfs. »Es ist ein kleiner Flecken, den kennst du bestimmt nicht.«
»Aber natürlich kenne ich ihn«, widerspricht sie. »Ich bin ganz in der Nähe geboren.« Sie rutscht auf der Bank herum und setzt sich neben ihn, ganz eng und warm. »Du und ich, wir sind vom selben Schlag.« Sie macht eine umfassende Geste. »Die Leute hier wissen nicht, wie es für uns hier ist, für dich und mich, in dieser großen, verkommenen Stadt. Mich hat dieser Mann nach Amsterdam gelockt. Er hat gesagt, daß er mich liebt, aber als ich mich seiner verderbten Lust nicht hingeben wollte – ich bin nur ein armes Mädchen, aber ich passe gut auf mein kostbares Geschenk auf, das ist der einzige Schatz, den ich habe –, als ich mich ihm nicht hingeben wollte, hat er mich auf die Straße gesetzt, hat sich noch nicht einmal verabschiedet.« Tränen quellen ihr aus den Augen. »Ich habe ihn geliebt, genau wie du, wie du gesagt hast.«
Willem legt ihr den Arm um die Schultern. Sie sind knochig. Im Vergleich zu seiner fülligen Maria wirkt das Mädchen zerbrechlich wie ein Vögelchen. »Weine nicht«, sagt er. »Ich kümmere mich um dich.«
Wieder wird ihnen nachgeschenkt. Annetje hebt ihr Glas. »Auf uns und auf die Leute bei uns zu Hause.«

Er kippt den Weinbrand hinunter. Wärme breitet sich in ihm aus, der Raum schwankt. »Sie ist so hübsch«, sagt er. »Ich habe gewußt, daß sie eine Vogelscheuche wie mich nicht lieben kann.«
Annetje schmiegt sich an ihn. »Dann ist sie aber ziemlich dumm. *Ich* finde, daß du gut aussiehst.« Sie legt ihm die Hand aufs Knie.
Er ist auf einem Schiff, das Zimmer hebt und senkt sich. Hopfenbüschel, die von der Decke hängen, schwingen im Rhythmus der stampfenden Füße hin und her. Annetjes Bruder ist offenbar verschwunden.

*»Aufs Wohl des Burschen, aufs Wohl der Maid,*
*Hoch lebe der lust'ge Dragoner!*
*Wir tranken bis Sonnenuntergang,*
*Jetzt trinken wir noch den Mond hinab!«*

Er sieht sich um. Er liebt sie alle. Mit den Rauchschwaden scheint es, als würden sie durch einen Traum tanzen; und jetzt zieht Annetje ihn auch hoch und tanzt mit ihm, nur wollen seine Füße nicht gehorchen. Er taumelt, sie stützt ihn. Sie hält ihn fest; ihre dünnen Arme sind stark. Ein Regal mit Tellern, das an der Wand hängt, bekommt Schlagseite und krängt gefährlich – das Geschirr wird jeden Augenblick scheppernd zu Boden fallen.
Die Zeit vergeht, es ist, als wäre er schon seit Ewigkeiten hier. Die Musik wird schneller, und jetzt lacht Annetje. Ihre Zähne sind von Tabak verfärbt; mit einer gewissen benommenen Überraschung stellt er fest, daß sie noch sehr jung ist, kaum dem Mädchenalter entwachsen. Wo ist ihr Bruder? Der Kerl sollte sich um sie kümmern. Sie preßt sich an ihn, und beschämenderweise spürt er Verlangen in

sich aufsteigen. Wie kann er, wo er doch Maria liebt? *Flittchen. Metze. Taugen nur zu einem.*
»Jetzt bist du glücklich.« Annetje gluckst ihm ins Ohr. »Und ein kleines Vögelchen sagt mir, daß du heute abend noch *ganz* glücklich werden wirst.« Sie drückt ihn fester an sich, reibt sich an seinem Körper. »Magst du mich nach Hause begleiten?«
Er nickt. Er muß sich um sie kümmern. Sie ist verloren, genauso wie er; sie müssen sich gegenseitig trösten. Und ihr fester, beharrlicher kleiner Körper läßt ihn dahinschmelzen.
Sie führt ihn durch die Menge. Eine alte Frau grinst ihnen zu, so breit, daß ihre Gaumen zu sehen sind. Sie sagt etwas zu Annetje, die ihr zur Antwort ins Ohr flüstert. Jemand rempelt Willem an; taumelnd fängt er sich wieder. Als er die Frau noch einmal ansieht, merkt er, daß sie im Grunde gar nicht so alt ist – höchstens dreißig. Er ist verwirrt. An diesem Abend ist nichts, was es zu sein vorgibt.
Annetje zieht ihn die Treppe hinauf.
»Wo wohnst du?« fragt er.
»Mein Zimmer ist hier«, erklärt sie. »Ein kleiner Raum. Wir sind eine große, glückliche Familie.«
Sie stolpern einen schmalen Gang entlang, von dem rechts und links Türen abgehen. Hinter einer kreischt eine Frau vor Lachen, ein gespenstisches Geräusch, wie ein Vogel, den er früher nachts immer im Moor gehört hat.
Dann hat Annetje die Tür hinter ihnen geschlossen. Es ist ein winziges Zimmer, gerade groß genug für ein Bett. Selbst in nüchternem Zustand arbeitet Willems Gehirn eher langsam; betrunken, wie er ist, geht ihm erst jetzt auf, was für eine Frau Annetje in Wirklichkeit ist. Einen Augenblick ist er enttäuscht; ein weiterer Traum, der sich zer-

schlagen hat. Dann ist er erleichtert. Sie ist eine Prostituierte. Er braucht sie nicht zu beschützen; er kann mit ihr tun, wozu er Lust hat.

Diese Vorstellung erregt ihn. Er war noch nie bei einer Prostituierten, im Gegensatz zu allen anderen Männern, die er kennt – den Fischern, mit denen er zu tun hat, den Händlern unten am Markt. Sogar sein jüngerer Bruder Dierk war schon bei Huren, wenn man ihm glauben kann.

»Keine falsche Zurückhaltung«, flüstert Annetje, zieht ihn auf das Bett und legt sich neben ihn. Es ist sehr eng, er liegt direkt an der Wand. Sie führt seine Hand unter ihren Rock und schiebt seinen Finger in sich hinein. Wie warm und schlüpfrig sie ist!

»Siehst du, wie naß du mich gemacht hast?« ächzt sie. »Irgend etwas sagt mir, daß du ein großer Junge bist ... Muß ich mich auf eine Überraschung gefaßt machen?«

Mit raschen, geschickten Fingern öffnet sie Willems Kniehose und schiebt die Hand hinein. Sein Glied ist hart und steif. »Verdamm mich!« schreit sie. Ihre Überraschung klingt nicht gespielt. Sein Glied ist wirklich gigantisch. Früher war ihm das peinlich, dieses große, schwere Ding, aber mittlerweile ist er auf naive Art stolz darauf. »Du hast so ein komisches verknautschtes Gesicht«, sagt sie, »da würde man nie denken ... so ein Prügel!«

Sie streichelt es, ihr Atem geht schneller. Auch er kann es kaum erwarten. Er zittert; jeden Augenblick wird er zwischen ihren Fingern losspritzen.

»Hab ich heute abend doch wirklich das große Los gezogen«, murmelt sie.

»Wieviel?« Als Mann muß er diese Frage stellen.

»Mit einem Prachtstück wie dem deinen mach ich's umsonst.«

Sie dreht ihn auf den Rücken, schiebt ihre Röcke hoch und macht sich daran, ihn zu besteigen. Dann hält sie inne. »Oh, ein menschliches Bedürfnis«, sagt sie. »Ich muß mal pissen, bin gleich wieder da.« Sie steigt vom Bett, beugt sich über ihn und gibt ihm einen Kuß. »Bleib schön artig liegen, du großer, böser Bube.«
Die Tür schließt sich. Ihre Schritte verhallen auf dem Gang. Willem bleibt liegen, sein ganzer Körper pocht. In seinem Kopf herrscht ein solches Durcheinander, er kann sich kaum an die Ereignisse dieses Abends erinnern. Maria? Sie ist ihm verloren. Das Bett wiegt sich auf den Wogen seines Rausches. Er ist seekrank, aber das ist gar nicht unangenehm. Jetzt ist er ein Mann geworden; bald wird er in ihrer heißen kleinen *kut* stecken, und dann kann er mit ihr machen, was er will. Nichts wird sie überraschen. Er schaut an sich hinab. Der leuchtendrot glänzende Kopf ragt in Vorfreude stramm auf.
*Ich mach's dir umsonst.* Das Herz geht ihm auf. Wenn Maria ihn jetzt sehen könnte! Eine abgebrühte kleine Hure, und sie macht es ihm umsonst. Das ist der Mann, den Maria verschmäht hat. Grinsend liegt er da. *Hab ich heute abend doch wirklich das große Los gezogen!*
Vielleicht sollte er ihr ein Trinkgeld geben, zur Anerkennung. Er wühlt in seinem Wams.
Später wird er sich genau an diesen Moment erinnern. Die rhythmischen Stöße gegen die Wand, das gedämpfte Kichern. Der Deckenbalken, gegen den er beim Aufspringen mit dem Kopf anstößt.

Willem ist wieder unten in der Taverne. Dröhnendes Gelächter, die Fiedel jault. Gerötete Gesichter glotzen ihn an, als er sich durch die Menge drängt.

Er packt den Inhaber der Taverne am Kragen. »Wo ist sie?« brüllt er.
»Von wem redest du?«
»Von dieser *zakkeroller!* Sie hat meine Börse gestohlen!«
»Kenn ich nicht.« Der Mann tritt ein paar Schritte zurück. »Darf ich jetzt weiterarbeiten?«
»Wo ist ihr Bruder?«
»Wer?«
Er ist nicht ihr Bruder, natürlich nicht. »Sie haben mir mein Geld geklaut!« schreit Willem.
»Wen beschuldigst du da?«
Eine Faust trifft Willem am Kinn, reißt ihm fast den Kopf von den Schultern. Der Raum dreht sich. Es klingt, als würde jemand lachen – wie kann da jemand lachen? Willem fällt zu Boden, reißt einen Stuhl mit sich. Füße treten nach ihm. Jetzt wird er zur Tür hinausgeschleift, sein Rücken holpert die Stufen hinab. Er wird auf die kalte Straße gezerrt und dort auf die Füße gerissen.
»Verschwinde, du Dreckskerl!«
Wieder versetzt ihm jemand einen Hieb, mitten ins Gesicht. Er krümmt sich vor Schmerzen, seine Nase ist aufgeplatzt. Er versucht, sein Gesicht zu schützen, aber die Arme werden ihm festgehalten.
Und dann wird er nach hinten geschoben. An der niedrigen Mauer vor der Gracht stolpert er. Jemand hebt sein Bein hoch. Willem versucht, ihn wegzutreten, aber jetzt packen ihn mehrere Männer.
Er fällt rücklings, das Wasser trifft ihn wie ein Schlag. Er spuckt und hustet, seine Lunge füllt sich mit Wasser. Es ist eiskalt; es raubt ihm Luft und schließt sich über seinem Kopf. Er fühlt, wie er sinkt ... immer tiefer ... seine Kleider ziehen ihn hinab.

# 21

## Sophia

*Zügle dein Begehr, damit du nicht der Lotterei verfällst.*

J. Cats nach Aristoteles

Ich komme gerade noch rechtzeitig nach Hause. In der Küche hänge ich Marias Schal und Haube auf – sie schläft – und stopfe ihre Kleider in die Truhe. Zum Glück gibt es keine anderen Dienstboten im Haus. In dem Augenblick höre ich die Vordertür zuknallen.

Im Hemd laufe ich nach oben. Hier ist es dunkel. Nach Atem ringend, stoße ich gegen den Türrahmen, fange mich gerade noch und stolpere ins Schlafgemach.

Ich höre, wie Cornelis unten die Haustür zuschließt. Wie erstarrt vor Angst stehe ich da; der Samen meines Geliebten rinnt über meinen Schenkel. Geblendet von der Sünde, taste ich nach dem Bettpfosten.

Ich schaffe es eben noch rechtzeitig. Ich höre die Schritte meines Gemahls. Kerzenlicht flackert an der Wand, als er die Treppe heraufsteigt. Als er das Zimmer betritt, liege ich zusammengerollt unter der Zudecke, die Arme um die Knie geschlungen.

# 22

## Willem

*Schäumendes Wasser wirkt stets weniger weiß, je tiefer der Schaum unter der Wasseroberfläche ist, und das ist so, [weil] ... die natürliche Farbe eines Gegenstandes, der unter Wasser liegt, um so mehr vom Grünton des Wassers annimmt, je größer die Menge des Wassers über dem untergetauchten Gegenstand ist.*

Leonardo da Vinci

Im ersten Augenblick kämpft Willem nicht. Er überläßt sich dem Wasser. Er sieht sich selbst beim Ertrinken zu; seine Seele hat sich bereits von ihm getrennt. Erinnerungen treiben nach oben – das Gesicht seiner Mutter mit dem haarigen Leberfleck; seine Schwester, die feixend die Hand vor den Mund schlägt ... Er weiß, daß er stirbt, und begrüßt seinen Tod – blühen wir nicht süß einen Sommer lang, um dann zu vergehen? Wo immer er hingeht, Gott ist schon da, bereit, ihn in Seine Arme zu schließen.

Willem geht unter, weggeworfen von seiner Stadt wie ein Stück Treibgut, er und die toten Hunde und die Fleischknochen. Er sinkt, er und der Inhalt der Nachttöpfe von einhundertzwanzigtausend Männern und Frauen.

Im Gegensatz zu den meisten anderen Einwohnern der Stadt jedoch kann Willem schwimmen. Warum er leben will, wo ihm alles – seine Braut, seine Hoffnung, sein Geld – gestohlen worden ist; warum sein kruder Überlebensinstinkt seinen Wunsch zu vergessen niederringt – diese Fragen zu beantworten, hat er keine Zeit, denn er kämpft sich an die Oberfläche, und dann schlägt er wild um sich, schnappt nach Luft. Er schwimmt ans Ufer und krallt sich an die Mauer. Die Wellen werfen ihn immer wieder gegen die schleimigen Steine. Er tastet sich vorwärts, bis er einen Ring zum Vertäuen von Booten zu fassen bekommt. An den klammert er sich und hustet das Wasser aus seiner Lunge. Schließlich hievt er sich ans Ufer. Wie schwer er ist: das ganze Gewicht eines Sterblichen. Durchnäßt bleibt er auf der Straße liegen.

Am nächsten Tag, zerschunden, zerschlagen und ohne jeden Lebenssinn, packt Willem seine Taschen und macht sich auf den Weg zum Hafen. Er meldet sich zur Marine, und wenige Tage später läuft sein Schiff nach Spanien aus – der letzte Feind, den zu bekämpfen ihm noch bleibt, und eine patriotische Zielscheibe für seine Wut.

# 23

## Jan

*Nimm Leinsaat und trockne sie in einem Topf ohne Wasser über dem Feuer. Gib sie in einen Mörser und zerstoße sie zu einem feinen Pulver, dann tue sie erneut in den Topf und gieße ein klein wenig Wasser dazu. Erhitze alles sehr stark. Dann wickle alles in ein Stück sauberes Linnen, gib es in eine Presse, wie sie verwendet wird, um Öl aus Oliven oder Walnüssen zu pressen, und presse die Masse ebenso aus. Mit diesem Öl vermahle auf einer Steinplatte Minium oder Vermillon oder jede andere beliebige Farbe … bereite Farbtöne für Gesichter und Stoffe zu … und verleihe ganz nach deiner Vorliebe Tieren, Vögeln oder Laub die ihnen entsprechende Farbe.*

Theophilus, 11. Jahrhundert

Jan hat dem Jungen gegenüber ein schlechtes Gewissen. Er ist zu aufgewühlt, um ihm viel Aufmerksamkeit zu widmen. Jacob hat für ihn Pigmente gemahlen und Pinsel gereinigt – einfache Aufgaben; Zeichenstunden hat er erst wenige bekommen. Der Junge besitzt Talent; beim Zeichnen stellt er sich geschickter an als Jan in seinem Alter, und er lernt begierig. Außerdem ist er nicht so launisch wie Jan,

weniger heftig. Jan kann sich nicht vorstellen, daß Jacob sich jemals Hals über Kopf in eine seiner Auftraggeberinnen verliebt. Eines Tages wird er als fähiger, fachmännischer Maler sein gutes Auskommen haben. Er wird kaum ein Großer werden, aber wer sagt denn, daß Jan zu Größe gelangen wird? Mattheus sicher nicht. *Man muß Mut haben, mein Freund, und darf sich nicht vor Schmerz fürchten.*
Also setzt Jan seinen Schüler vor das Doppelporträt und trägt ihm auf, Cornelis zu beenden – die Hände, die dürren Altmännerbeine. Jan kann sich nicht überwinden, die Beine zu malen, die zwischen Sophias Schenkeln gelegen haben. Das Gesicht des alten Mannes hat er gemalt, den Rest hat er nur skizziert; er will nichts damit zu tun haben.
Sophia ist fertig, aber es ist eine Sophia, die es schon lange nicht mehr gibt. Sie wird für alle Zeiten sittsam neben ihrem Mann sitzen, doch die wirkliche Frau ist aufgestanden, wie ein Gespenst, und zu ihm gekommen. Zum erstenmal in seinem Leben hat Jan seine Professionalität eingebüßt. Das Bild will ihm nicht gelingen. Er wird dem Jungen beim Hintergrund helfen, und dann ist es fertig. Ihn beschäftigt ein anderes Gemälde. Es heißt *Der Liebesbrief:*
*Beschreib mir den Raum, in dem du meinen Brief gelesen hast,* hat er sie gebeten.
*Im Schlafgemach ... vertäfelte Wände, ein gewachster und polierter Schrank. Hinter mir ein Gobelin,* Orpheus in der Unterwelt ... *das Bett* – nein, das Bett wird er nicht malen.
*Was hast du getragen?*
*Mein violettes Seidenkleid, du kennst es nicht. Schwarzes Mieder, bestickt mit Samt und Silber.*
*Was hast du gedacht?*
*Ich dachte: Die Welt ist stehengeblieben ... mein Herz wird zerspringen ...*

*Vor Freude?* hat er gefragt.
*Vor Angst.*
*Hab keine Angst, meine Liebste.*
*Ich dachte: Mein Leben lang habe ich geschlafen, und jetzt habe ich die Augen aufgeschlagen. Ich dachte: Er liebt mich auch! Ich hatte das Gefühl, als wäre mein Körper zu Wasser geworden.* (Wie wird er das malen?) *Ich dachte – wage ich es? Immer wieder wollte ich das Haus verlassen und bin dann doch zurückgeschreckt. Ich habe mich nicht getraut.*
*Aber dann hast du es doch getan,* hat er gesagt und ihr die Finger geküßt.
Er liebt Sophia wegen ihrer Kühnheit – sich wie eine Dienstbotin zu verkleiden! Er liebt sie wegen ihrer Tatkraft und ihres Einfallsreichtums. Sie ist eine Frau ganz nach seinem Herzen.
*Ich habe mir vorgestellt, wie es wäre, dich zu küssen,* hat sie gesagt. *Und ich habe dich dafür gehaßt, daß du mich dazu bringst, mich über meinen Ehemann lustig zu machen – ach, ich bin völlig durcheinander!*
Sophia ist in seinem Atelier. Sie ist immer bei ihm, im Kopf führt er Gespräche mit ihr. Er sieht sie am Fenster stehen und den Brief lesen. Malerei ist stets eine Illusion. Auch wenn Sophia nicht bei ihm ist, steht sie leibhaftiger im Raum als die Menschen, die früher tatsächlich hier saßen und sich von ihm porträtieren ließen. Die Kunst lügt, um die Wahrheit zu sagen. Blumen der unterschiedlichsten Jahreszeiten blühen zur gleichen Zeit. In einer Landschaft werden Bäume verpflanzt, damit sie der Komposition einen Rahmen geben. Zimmer werden wie Kulissen gestaltet, mit Gegenständen des Künstlers selbst ausgestattet, und die Modelle werden in einem wortlosen Moment des Schauspiels arrangiert. Selbst normale Porträts sind ledig-

lich eine Annäherung, gefiltert durch das Auge des Malers. Der Realismus, mit dem sie bis ins kleinste Detail gemalt sind – auch das ist Täuschung.
Im Vordergrund hat Jan auf dem Tisch ein Stilleben angeordnet, aus Kelchen und Schmuck, die er eigens für diesen Zweck in einer Truhe aufbewahrt. Sie gehören nicht Sophia, ebensowenig wie dieser Raum, aber auf dem Bild werden sie ihr gehören. Und sie haben auch keine moralische Bedeutung – kein Schädel, keine leere Muschel, keine Laterne, die offen am Boden liegt. Es sind schlichte, schöne Gegenstände, die für diesen Moment, für dieses Bild existieren. Sie sind nur da, um seiner Liebe zu huldigen.

Später kommt Sophia kurz zu Besuch. Eine Stunde kann sie bleiben, sie hat einige Besorgungen gemacht und ist auf dem Heimweg. Ihm zuliebe trägt sie das violette Kleid; er hat sie darum gebeten. Sie geben sich keinen Kuß – Jacob ist hier und malt pfeifend. Gerrit hantiert lärmend in der Küche.
Es ist ein sonniger Nachmittag. Sophia steht am Fenster, ihr Gesicht ist in Licht getaucht. Sie können nicht offen sprechen; Jan gibt ihr einen Brief zu lesen.
Sie schaut auf das Blatt Papier. *Du bist mein Leben. Komm zu mir und bleib über Nacht. Ich möchte Dich in meinen Armen halten und Dich beim Träumen spüren. Ich werde Dich lieben, bis ich sterbe.*
Sie liest und erstarrt. Er skizziert sie rasch mit Kohle. Sie liest die Zeilen noch einmal und dreht sich zu ihm.
»Schau nicht zu mir«, sagt er. »Lies den Brief noch einmal – dein Kopf, genau so.«
Jacob hat aufgehört zu pfeifen. Er hört ihnen zu.
Sophias Lippen zucken. »Ich lese ihn vor«, sagt sie.
Jan starrt sie an. »Ist das ratsam?«

Sie liest: *»Verehrter Cornelis Sandvoort, Euer Bild wird in Bälde fertiggestellt sein und kann am kommenden Dienstag geliefert werden. Ich hoffe, es findet Eure Billigung, und freue mich auf die Begleichung meines Honorars zu einem Euch genehmen Zeitpunkt.«*

Hinter vorgehaltener Hand schnaubt Jan vor Lachen. Sophia blickt weiter zum Fenster hinaus.

»Wie soll das Bild heißen?« fragt Jacob.

*»Der Liebesbrief«*, erwidert Jan.

*»Liebes*brief?« sagt der Junge. »In meinen Ohren hört sich das nicht so an.«

»Malerei ist immer Täuschung«, sagt Jan. »Ist dir das noch nicht klargeworden?«

Sophia kichert. Jan macht sich wieder an die Zeichnung.

Von nebenan dringen Essensgerüche herüber. Für einen kurzen Moment herrscht häusliche Behaglichkeit – Jacob pfeift, Gerrit ist in der Küche. Gerrit kocht sehr schlecht – meist bereitet Jan sich selbst etwas zu essen, oder er geht aus –, aber heute riecht es köstlich. Das ist natürlich alles reine Illusion. Sophia wird den *hutspot* nicht essen, sie muß bald gehen. Im Grunde sollte sie überhaupt nicht hier sein – es war ein großes Risiko, am hellichten Tag in sein Atelier zu kommen.

Aber was ist Wirklichkeit? Alles hier fühlt sich absolut wirklich an, absolut richtig. Durch Lügen malt er die Wahrheit. Er hat ein Leben hier für sie eingerichtet, und wie sie strahlt! Sie steht da und liest den Brief. Wenn sie gegangen ist, wird das Strahlen noch da sein.

Jan arbeitet flink. Er fühlt sich lebendig, aufgeregt bis in die kribbelnden Fingerspitzen, und es ist nicht nur Verlangen, es ist mehr. So oft hat er das Gefühl, nur Farbe auf die Leinwand zu bringen. Jetzt arbeitet er wirklich.

# 24

## Sophia

*Drum laufe nicht nach Ost noch Westen,*
*Für Mädchen ist's zu Haus am besten.*

J. Cats, *Emblemata,* 1632

Ich bin ungewöhnlich heiter – sorglos sogar –, als ich Jans Atelier verlasse. Die Straße ist leer, niemand hat mich gesehen. Eine gescheckte Katze streift an mir vorbei. Das deute ich als gutes Omen. Ich erfinde Omen nach Belieben; ich bin nicht wie Maria, die an altem Aberglauben festhält. Ich bin davon befreit; ich habe die Regeln übertreten, und schaut – niemand hat mich ertappt. Die Tür hoch oben im Speicherhaus – ich bin durch sie hindurchgetreten, und seht – ich bin nicht abgestürzt. Ich bin geflogen! Ich habe die luftige Unberührbarkeit eines Engels erlangt.

Es ist ein wunderbarer, sonniger Nachmittag; jetzt ist der Frühling wirklich da. *Komm zu mir und bleib über Nacht.* Ich liebe Jan mehr als mein Leben. Ich weiß, daß ich Schuldgefühle hegen sollte, aber den Teil meiner selbst habe ich abgestellt. Ich bin ein Wagen, der von galoppierenden Pferden gezogen wird, obwohl die Räder blockieren. Die Räder sind mein Glaube. Ich bin machtlos. Ich werde bestraft werden, aber noch nicht, nicht jetzt.

So fühle ich mich, als ich am Blumenhändler vorbeigehe (Hyazinthen, glänzend blau im Sonnenlicht), an den Haustüren (glänzend grün). Dieses Abschalten habe ich gelernt, als mein Vater mich prügelte. Ich löste mich von meinem Körper, und mein Geist schwang sich in die Lüfte; ich konnte mich aus der Ferne beobachten. Natürlich tat es weh, aber das machte nichts.
Ich habe seit langem nicht mehr an meinen Vater gedacht; ich habe an niemanden mehr gedacht. Durch die Liebe beschäftige ich mich nur mit mir selbst. Ich liebte meinen Vater, und er liebte mich; er schlug mich nur, wenn er betrunken war. Er war ein leidenschaftlicher Mensch, den das Leben enttäuscht hatte und der Zuflucht im Wein suchte. Als er starb, war ich untröstlich. Vielleicht habe ich deshalb nach einem älteren Mann gesucht oder mich heiraten lassen. Ich war vierzehn, als er starb. Damals dachte ich: Wenn Gott mich liebt, warum fügt Er mir dann solchen Schmerz zu? Natürlich war es Gottes Wille, daß mein Vater starb, aber warum kam mir sein Tod wie ein Verrat vor? Ich konnte diese Fragen nicht laut stellen, also schloß ich sie weg. Unser Land ist tolerant; Katholiken und Calvinisten leben Seite an Seite, wie ich mit meinem Gemahl. Doch welchem Glauben wir auch folgen, er ist tief in uns verwurzelt, die Grundlage unseres Daseins. Wir leben in der Allgegenwart Gottes. Die Pracht dieses Tages – die Sonne, die Hyazinthensträuße – gehört Ihm, und jede Darstellung von Schönheit geschieht allein in Seinem Namen. Wenn ich damit einen Scherz treibe, begebe ich mich in Gefahr.
Und ich habe mich in Todesgefahr begeben. Die Sonne lullt mich mit ihrer Wärme ein, mein Herz singt. Ich glaube tatsächlich, daß ich mein Geheimnis hüten kann. Am Samstag geht mein Gemahl zu einem Bankett der Bürgerwehr; er

wird sich betrinken und spät nach Hause kommen. Ich werde mich davonstehlen und den Abend mit meinem Geliebten verbringen; das haben er und ich geplant. Wenn Maria schläft, borge ich mir wieder ihre Kleider. In letzter Zeit schläft sie sehr viel – sie döst schon bei Tage, nickt ein, sobald sie mit der Arbeit fertig ist. Zerstreut frage ich mich, ob ihr wohl etwas fehlt. Dann wandern meine Träume wieder zu mir selbst zurück. Wie glücklich ich bin – blind vor Glück.

Denn vor mir liegt der Abgrund – und ich habe wirklich geglaubt, ich könnte fliegen.

Maria sitzt in der Küche und hackt Zwiebeln. Im Raum herrscht ein Durcheinander – das Feuer ist erloschen, Gemüseabfälle und ungewaschene Kochtöpfe liegen am Boden. Ich bin den ganzen Tag noch nicht in der Küche gewesen – vormittags hatte ich eine Gesangsstunde, und den ganzen Nachmittag war ich unterwegs.

Irgendwann muß auch Maria das Haus verlassen haben. Ihr Umhang liegt hingeworfen am Boden. Obenauf schläft die Katze, in Sonnenlicht gebadet. Maria sieht zu mir auf. Tränen strömen ihr über die Wangen. Zuerst denke ich, das käme von den Zwiebeln.

»Bist du fertig mit dem Bügeln?« frage ich.

»Mevrouw, ich muß Euch etwas sagen.« Ihr Gesicht fällt in sich zusammen. »Ich bekomme ein Kind.«

Ich habe ihr ein Glas Weinbrand eingeschenkt. Sie nimmt einen kräftigen Schluck.

»Ich habe ihm vertraut! Ich dachte, er wollte mich heiraten. Er hat gesagt, daß er es ehrlich mit mir meint und daß er mich heiraten will.«

»Wo ist er?«

»Ich habe mir Sorgen gemacht, daß ihm etwas zugestoßen sein könnte, es sieht Willem gar nicht ähnlich ...«
»Was ist ihm zugestoßen?«
»Er ist fort«, jammert sie. »Heute morgen bin ich zum Fischmarkt gegangen; ich habe ihn seit Tagen nicht gesehen.« Sie trinkt noch einen Schluck. »Er hat versprochen, mich zu heiraten.«
»Wo ist er, Maria?«
»Ich weiß es nicht! Er hat seinen Anteil am Geschäft verkauft – er hatte einen Partner, einen Freund –, vor einer Woche hat er den Anteil verkauft, und eines Morgens ist er nicht mehr auf dem Markt aufgetaucht. Er ist fort. Niemand weiß, wohin.« Sie beginnt zu schluchzen. »Er hat mich verlassen. Ich dachte, daß er mich liebt! Ich weiß nicht, was ich tun soll, und jetzt bekomme ich ein Kind von ihm.«
Der Kater öffnet sein rosa Mäulchen und gähnt. Dann erhebt er sich von dem zerknüllten Umhang und stolziert davon.
»Wie konnte er dir das antun?« frage ich. »Hat er gewußt, daß du ...«
Sie schüttelt den Kopf.
»Und du weißt nicht, wohin er gegangen ist? Was ist mit seiner Familie?«
»Sie lebt in Friesland.« Maria läuft die Nase, einzelne Strähnen haben sich unter ihrer Haube gelöst und fallen ihr ins Gesicht. Zusammengesunken sitzt sie auf dem Stuhl.
»Du mußt ihn finden und heiraten.«
»Aber ich weiß doch nicht, wo ich nach ihm suchen soll! Er hat mich verlassen, er will mich nicht ...«
»Aber wenn er erfährt, daß du sein Kind ...«
»Er ist fort! Versteht Ihr nicht, Mevrouw? Er ist fort.«

Sie sieht grau aus, ihr Gesicht wie schwerer Teig. Ungeschickt nehme ich sie in die Arme.
»Armes Mädchen«, sage ich.
Die Katze reibt sich an unseren Beinen.

Ich bin völlig durcheinander. Maria sollte mir leid tun – und ich fühle wirklich mit ihr –, aber ich bin auch meinetwegen beklommen. Ich könnte ebenfalls schwanger werden – wie leicht! Der Vater wäre einer der beiden Männer. Würde ich das Kind als das meines Gemahls ausgeben? Maria trägt die Folgen meiner Niederträchtigkeit. Wie leicht könnte ich an ihrer Stelle sein – und was würde dann geschehen? Eine andere Hand ist im Spiel und arrangiert das Schicksal für uns. Eine höhere Macht beobachtet mich und bestraft mein Dienstmädchen für meine Sünden.
Ich sitze auf dem Bett und versuche, meine Gedanken zu ordnen. Ich höre Marias Schritte auf der Treppe. Sie klingen jetzt schon schwerer. Eigentlich sollte sie das Abendessen zubereiten – ich sollte sie beaufsichtigen –, denn bald wird Cornelis nach Hause kommen und sich wundern. Im Haus herrscht eine drückende, starre Atmosphäre; er wird ahnen, daß etwas nicht in Ordnung ist.
Maria tritt ein, ohne anzuklopfen, und setzt sich neben mich aufs Bett. Diese Vertraulichkeit befremdet mich, aber schließlich ist das Mädchen sehr bekümmert.
»Du Armes.« Ich streichele ihre Hand – wie rauh sie ist. »Du mußt nach Hause.«
»Nach Hause?« Sie starrt mich an. »Ich kann nicht nach Hause. Die Schande!«
»Aber du kannst ...«
»Mein Vater bringt mich um!«
»Sicher nicht ...«

»Ihr kennt ihn nicht«, erwidert sie barsch.

»Mein Vater war auch jähzornig – aber letzten Endes wird er dir bestimmt vergeben, nicht?«

»Er bringt mich um.« Ihre tonlose Stimme hat etwas Endgültiges. »Was schlagt Ihr noch vor, Mevrouw? Daß ich das Kind abtreiben lasse? Daß ich es nach der Geburt ertränke? Daß ich ein Straßenmädchen werde, eine entehrte Frau, eine Ausgestoßene, daß ich in Schande Hungers sterbe?« Sie hebt den Kopf und sagt: »Bitte, laßt mich hierbleiben.«

»Das geht nicht, Maria, du weißt, das ist unmöglich.«

»Wollt Ihr mich hinauswerfen?«

»Natürlich kannst du noch ein paar Wochen bleiben, aber ...«

»Sagt – wollt Ihr mich hinauswerfen?«

Was tut man unter solchen Umständen? Ich habe keine Ahnung. »Wenn mein Gemahl davon erfährt, bleibt dir keine Wahl. Du kannst nicht hierbleiben, Maria, du weißt, daß das nicht geht.«

Sie holt tief Luft und sieht mich an. Ihre Augen verengen sich. »Wenn Ihr mich hinauswerft, sage ich Eurem Mann, was Ihr treibt.«

Stille.

»Was hast du gesagt?« frage ich.

»Ihr habt mich verstanden.«

Ich kann nichts sagen. Ich falle – ich falle durch luftleeren Raum.

Sie sagt: »Ich sag's ihm, Mevrouw. Ich habe nichts mehr zu verlieren.«

Meine Kehle ist wie zugeschnürt. Ich kann ihrem Blick nicht begegnen; ich starre in den riesigen Schlund des Kamins: der kalte Feuerrost, die verrußten Ziegel dahinter. Ich flehe ihn an, mich zu verschlingen.

Schließlich sage ich: »Woher weißt du es?«
»Ich bin nicht dumm.«
»Woher?«
»Der Brief, den Ihr zerrissen habt – ich habe ihn gelesen. Aber ich brauchte ihn gar nicht zu lesen. Es war mir klar, als er hier war, das mit ihm und Euch.«
»Es war dir klar?« flüstere ich.
»Und neulich nachts habe ich nicht geschlafen. Ich habe gesehen, wie Ihr meinen Umhang aufgehängt habt; ich kann zwei und zwei zusammenzählen. Ich hätte nichts gesagt, zu der Sorte gehöre ich eigentlich nicht, aber wenn Ihr mich zwingt ...« Sie glättet ihre Schürze, macht ein selbstgerechtes Gesicht. »Also seid nicht so überheblich.« Sie steht auf. »Wenn wir untergehen, gehen wir gemeinsam unter.«

# 25

## Cornelis

*Wenn der Mann der Kopf ist, dann ist die Frau der Hals, auf dem er sitzt.*

Buch zur Haushaltsführung aus dem 17. Jahrhundert

Sonntags freut Cornelis sich immer darauf, seine Frau von ihrem Andachtsort abzuholen, einem katholischen Privathaus in der Nähe der Oude Kerk. Es gefällt ihm, mit Sophia am Arm durch die Straßen seiner schönen Stadt – diese Schönheit, dieser Wohlstand! – nach Hause zu gehen. Das ist seine Belohnung nach der harten Arbeit der Woche. Männer sehen ihm neidvoll nach; seine Brust schwillt vor Stolz. Bekannte bleiben stehen, um ihn zu begrüßen. Es ist eine öffentliche Zurschaustellung seines wunderbaren Glücks.

An einem Sonnentag wie diesem scheint die ganze Stadt auf den Beinen zu sein – achtbare Bürger und ihre Gemahlinnen, Kaufleute im Sonntagsstaat. Der Gottesdienst hat sie geläutert; sie haben ihre Sünden bereut, es ist ihnen vergeben worden, und sie sind vor der ewigen Verdammnis errettet. Wie eine schwarze Welle bewegen sie sich durch die Straßen. Ihre Seelen sind ebenso sauber geputzt wie die Stufen vor den Haustüren; ihr Glaube glänzt hell wie die

Türklopfer. Wie reinlich sein Land ist, innen ebenso wie außen! Fremde bestaunen den Glanz.
Am Sonntag ist Cornelis sich seiner Vergangenheit stärker bewußt als sonst. An diesem Vormittag hat er, wie immer, für die Seelen seiner Söhne Frans und Pieter gebetet und für seine erste Frau. An Wochentagen, zu Hause, wenn Sophia neben ihm kniet, fühlt er sich gehemmt. Doch sonntags sind er und sie durch ihren Glauben getrennt; dann kniet er allein nieder und kann unbefangen mit der Familie reden, die er verloren hat. Jesus hat seine Söhne zu sich geholt; sie sind im Himmel, wo sie bis in die Ewigkeit als kleine Kinder mit Flügeln weiterleben.
Das sagt er sich zumindest. In letzter Zeit jedoch kommen ihm absonderliche Gedanken. Seine Söhne sind nur kleine Leichen, sie haben ihr Leben sinnlos ausgehaucht. Das ist alles. Darüber hinaus gibt es nur Leere. Manchmal, wenn er in seiner harten Kirchenbank sitzt – *Ich glaube an Gott, den Vater* –, manchmal befällt ihn Panik. Es gibt keinen Himmel, nur einen durcheinandergeworfenen Stapel Karten. Das Leben ist ein Glücksspiel, nichts als eine Handvoll Tulpenzwiebeln, zwei Könige. Sogar der Gerechte kann den Joker ziehen.
Darüber kann er mit niemandem reden – ganz bestimmt nicht mit Sophia. Es würde sie beunruhigen, wenn er derart teuflische Zweifel äußerte. Seine Gattin ist eine unschuldige junge Frau, fest in ihrem Glauben. Es wäre ebenso undenkbar, wie ihr von Grietje zu erzählen, dem Dienstmädchen, das seine Röcke hob. Denn es war Gottes Wille, daß ihm seine Söhne genommen wurden; das anzuzweifeln ist Gotteslästerung.
Jetzt hat Cornelis ein neues Leben und eine neue, junge Frau. Sie ist jünger, als seine Söhne jetzt wären. Als Geister

gehen sie neben ihm einher. Im Lauf ihrer ungelebten Jahre sind sie groß und stark geworden. Die Ehefrauen, die sie nie kennenlernten, und die Kinder, die ihnen nie geboren wurden, schwebten gleichfalls irgendwo am Rande seines Lebens. Die Luft hallt wider von ihnen, wie Glocken nach dem Läuten in der Stille – sie hallt wider von den abgebrochenen Möglichkeiten. Seine Söhne sprechen zu ihm, ihre Mienen sind voller Mitgefühl, und sie versuchen, ihm die Wahrheit zu sagen, auch wenn er sich die Ohren zuhält. *Glaub uns, da ist nichts.* Sophia darf das nicht hören. Sie birgt all seine Träume, wie eine Knospe die Blütenblätter birgt. Sie ist jetzt seine einzige Hoffnung, denn seine Zukunft liegt allein hier, in dieser vergänglichen Welt.

Die Frage ist – wann wird die Knospe erblühen? Trotz seiner Bemühungen hat Sophia noch immer nicht empfangen. Am Abend zuvor hat er sich, als er vom Bankett zurück war, zwischen ihren Beinen abgemüht. Sie lag schweigend da, und als er erschauderte, hielt sie ihn fest. Lautlos flehte er zu Gott, Er möge seinen Samen fruchtbar machen. Doch hinterher hörte er sie weinen – lautloses Weinen, tief im Kissen vergraben, als sie ihn schon schlafend wähnte. Auch sie sehnt sich nach einem Kind. *Mein Gott, mein Gott, warum hast Du mich verlassen?*

Heute sind die Straßen voller Kinder, die von der Kirche nach Hause gehen. Ein Junge, der an der Hand seiner Mutter läuft, dreht sich nach einer Taube um. Zwillinge, zwei Mädchen, lutschen an dem gleichen Daumen, schauen auf ihre Füße und versuchen, im Gleichschritt zu gehen. Amsterdam ist voller Familien – der Geisterfamilie in seinem Kopf und der wirklichen, gesunden, lebenden Familien. Sie verspotten ihn mit ihrem Glück.

Cornelis ist ein Gewohnheitsmensch. Jeden Sonntag kauft

er Sophia an einem Stand am Dam einen mit Zucker bestäubten Pfannkuchen. Sie bleiben dort stehen, und er atmet den Duft von Vanille und Mandeln ein. Ein kleiner Junge zupft seinen Vater am Ärmel und drängelt ihn, eine Leckerei zu kaufen. Er hat flachsblonde Locken, wie ein Cherub, und rote Wangen, wie von Rubens gemalt. Cornelis wird das Herz hinter den Rippen schwer.

Sophia hat kein Wort gesagt. Sie war den ganzen Tag sehr schweigsam. Vielleicht denkt sie an dasselbe wie er. Cornelis reicht ihr den in eine gedrehte Papiertüte gewickelten Pfannkuchen. Dann deutet er auf die sonnenbeschienene Straße. »Was für ein wunderschöner Tag. Es fehlt nur eins, um mein Glück vollständig zu machen.«

Sophia führt gerade den Pfannkuchen zum Mund; jetzt starrt sie ihren Mann an. Sie sieht aus, als wäre sie aus einem Traum erwacht.

Nach kurzem Zögern beißt sie in den Pfannkuchen.

# 26

## Sophia

*Gute Bilder sind hier sehr üblich, und es gibt kaum einen gewöhnlichen Kaufmann, dessen Haus nicht mit ihnen geschmückt ist.*

William Aglionby, *The Present State of the Low Countries,* 1669

Gerrit, Jans Diener, öffnet die Tür und bittet uns herein. Mein Gemahl und ich betreten das Atelier. Jan steht neben dem fertigen Gemälde.

Meine Handflächen, meine Achselhöhlen sind schweißnaß. Ich wollte nicht mitkommen, aber Cornelis bestand darauf, und es wäre ihm vielleicht merkwürdig erschienen, wenn ich mich geweigert hätte.

»Darf ich Euch ein Glas Wein anbieten?« fragt Jan meinen Gemahl.

Cornelis ist ein Eindringling in meinem geheimen Leben. Spürt er nicht, daß ich hier gewesen bin? Das Bett ragt hoch auf; es wirkt unnatürlich groß, wie es dort in der Ecke steht, die Vorhänge zugezogen. Es zieht den Blick mit magnetischer Kraft auf sich.

Cornelis sieht sich um. Was, wenn ich aus Versehen etwas hiergelassen habe, einen Gegenstand, den er erkennt? Aber

selbst ohne sichtbare Spuren ist das Zimmer von mir erfüllt. Bestimmt kann er spüren, daß mein wirkliches Zuhause jetzt hier ist, daß mein Herz hier ist.
Gerrit bringt uns auf einem Tablett mit Wein gefüllte *roemer* – die besten Gläser. Ich nehme einen kleinen Schluck und sehe Jan über den Rand hinweg an. Er hat mich höflich begrüßt, unsere Blicke sind sich kaum begegnet. Falls er ebenso nervös ist wie ich, kann er seine Anspannung gut verbergen.
»Findet das Gemälde Eure Billigung, Mijnheer?« fragt er.
Cornelis tritt näher an die Leinwand – er ist kurzsichtig. Er nickt und murmelt etwas.
Der Lehrling Jacob deutet auf das Bild. »Es ist großartig ausgeführt, nicht wahr? Vor allem Eure Beine, findet Ihr nicht? Seht nur die Pinselführung.«
Cornelis nickt. »Sehr schön. Mein Liebling, gefällt es dir?«
Meine Hand mit dem Weinglas zittert. Alle schauen auf mich. Jacobs Gesicht ist blaß und klug; ihm entgeht nichts. Gerrit mit seinen derben, bäuerlichen Zügen sieht aus wie eine Kartoffel. Jeder kann mir auf seine Art gefährlich sein. Werden sie mich verraten? Und doch empfinde ich auch Zuneigung für sie – sie gehören zu diesem Atelier, meine Liebe gilt auch ihnen.
Ich will etwas sagen, doch Cornelis unterbricht mich. »Aber wie alt ich aussehe!« ruft er. »Ich bin erst einundsechzig, doch ich wirke wie ein alter Mann – sieht mich die Welt wirklich so?« Mit einem dünnen Lächeln wendet er sich an mich. »Wir sollten das Bild *Winter und Frühling* nennen.«
»Ich male, was ich sehe«, erwidert Jan brüsk. »Nicht mehr und nicht weniger.«
»*Ihre* Schönheit habt Ihr aber großartig eingefangen.«

Cornelis dreht sich wieder zu mir. »Die zarte Röte ihrer Wangen, ihre Frische und Jugend, wie Tau auf einem Pfirsich. Wer war es – Karel van Mander? Der ein Stilleben sah und versuchte, die Frucht von der Leinwand zu pflücken?« Er räuspert sich. »Er hat nicht erkannt, daß dieser Pfirsich nicht zum Essen bestimmt war.«
Es herrscht Stille. Draußen schlägt eine Uhr die Stunde. Hat Cornelis Verdacht geschöpft?
»Ich lasse Euch das Bild morgen anliefern«, sagt Jan und nimmt uns die leeren *roemer* ab. Er wirkt befangen und möchte nur noch, daß wir gehen.
Aber ich muß mit ihm reden. Ich muß ihm von Marias Schwangerschaft erzählen und von dem Plan, der mir nicht mehr aus dem Kopf geht – es ist ein derart tollkühner, wagemutiger Plan, daß ich ihn kaum in Worte zu fassen wage. Aber jetzt ist nicht die Zeit dazu; Jan bringt uns zur Tür. Es schmerzt mich, ihn zum Abschied nicht küssen zu können. Als ich an ihm vorbeigehe, flüstere ich: »Ich habe eine Idee.«

»Was habt Ihr gesagt?«
Maria starrt mich aus aufgerissenen Augen an. Den ganzen Tag war sie schläfrig, aber jetzt ist sie hellwach. Wir sitzen im Salon. Über ihr hängt ein Bild mit einem geschlachteten Hasen – das Gemälde, das ich von allen im Haus am wenigsten mag. Der Hase hängt mit dem Kopf nach unten an einem blutenden Hinterlauf. Sein Auge, von Tod getrübt, betrachtet uns gleichgültig, während ich Maria von meinem Plan erzähle.
Sie schlägt sich die Hand vor den Mund. »Aber Mevrouw – Ihr könnt doch nicht!«
»Ich schon – und was ist mit dir?«

»Aber ... aber ...« Ihre Stimme erstirbt. Meinem stämmigen, redseligen Hausmädchen hat es ausnahmsweise die Sprache verschlagen.
Dann verzieht sich ihr Gesicht zu einem Grinsen. Sie sitzt unter dem geopferten Hasen – einer erbärmlichen tierischen Variante der *Kreuzabnahme* – und schüttelt sich vor entsetztem Lachen.

# 27

## Cornelis

*Du mußt das unfruchtbare Land bestellen, damit es*
*Früchte trägt,*
*Du mußt umgraben, Furchen ziehen,*
*Vom ersten Tag an das Unkraut jäten,*
*Damit dein werter Gemahl dort später säen kann.*

J. Cats, 1625

*Und die Sintflut war vierzig Tage auf Erden, und die Wasser wuchsen und hoben die Arche auf und trugen sie empor über die Erde ... Da ging alles Fleisch unter, das sich auf Erden regte, an Vögeln, an Vieh, an wildem Getier und an allem, was da wimmelte auf Erden, und alle Menschen. Alles, was Odem des Lebens hatte auf dem Trockenen, das starb ...«*

Cornelis liest seiner Frau aus der Bibel vor. Diese Stelle aus dem ersten Buch Mose berührt ihn immer wieder. Auch sein Land stand einmal unter Wasser. Fluten bedeckten es, doch durch den Willen Gottes hat das Volk von Holland es dem Meer abgerungen; sie haben es wiedergewonnen und ein Paradies auf Erden geschaffen – fruchtbare Erde, schöne Städte, ein friedliches und tolerantes Land, in dem die verschiedenen Glaubensrichtungen sich vermischen dür-

fen: mennonitisch und katholisch, protestantisch und jüdisch; der Löwe, der sich neben das Lamm bettet. Wieviel Glück sie gehabt haben, und vor allem er selbst.
Sophia beugt sich über ihre Näharbeit, sie flickt ein Laken. Die Öllampe scheint auf ihr weiches braunes Haar, lockig an den Schläfen, geringelt im Nacken. Mittlerweile hängt das Porträt an der Wand; gestern ist es geliefert worden. Dieses Gemälde besiegelt ihre Verbindung. Und seine Geschäfte florieren. Er besitzt Anteile an mehreren Schiffen. In diesem Monat wird eine Flotte von zweihundert Schiffen in die Ostsee fahren, um von dort Getreide nach Südeuropa zu bringen. Im August soll eine Flotte von zwanzig Schiffen aus Ostindien eintreffen, beladen mit Gewürzen, Elfenbein und jeweils zweihundert Tonnen Gold. Wenn Gott ihnen eine sichere Reise gewährt, wird Cornelis einen beträchtlichen Gewinn machen.
*»Da gedachte Gott an Noah und an alles wilde Getier und an alles Vieh, was mit ihm in der Arche war, und ließ Wind auf Erden kommen, und die Wasser fielen … Da tat Noah das Dach von der Arche und sah, daß der Erdboden trocken war.«*
Cornelis schließt die Bibel. Es ist Zeit, schlafen zu gehen. Diesen Abend behält er als überaus glücklich in Erinnerung. Es ist, als ahne er bereits, welche Freude ihn erwartet. Als sie im Bett liegen und er seine Hand auf Sophias Brust legt, schiebt sie sie sanft beiseite.
»Lieber«, sagt sie. »Ich habe eine Nachricht, die dich ebenso erfreuen wird wie mich.« Sie streichelt seine Finger. »Ich habe heute den Arzt aufgesucht, und er hat meine Vermutung bestätigt. Ich erwarte ein Kind.«

# 28

## Sophia

*Wenn der Herr nicht das Haus baut, so arbeiten umsonst, die daran bauen. Wenn der Herr nicht die Stadt behütet, so wacht der Wächter umsonst.*

127. Psalm

Als ich klein war, gab es ein Bild, das mir Alpträume verursachte. Mein Vater hatte in Utrecht, wo ich aufgewachsen bin, eine Druckerei. Der vordere Raum, der zur Straße hinausging, diente als Laden; dort wurden unter einer Markise Drucke ausgestellt. Unterhalb der Straßenebene, im Gewölbe, klapperte und ratterte die Presse. Mein Vater druckte Pamphlete und Broschüren – moralische Gedichte, Predigten und erbauliche Werke, die von den Prädikanten empfohlen wurden: *Auf der Schwelle des Paradieses, Köstliche Frömmigkeit.* Außerdem druckte er Radierungen und Gravuren von Gemälden.

Das Bild, das mich verfolgte, hing an der Wand – vielleicht verfolgte es auch ihn, ich hatte ihn nie danach gefragt. Es war ein Druck der großen Überschwemmung von 1421, der Überschwemmung am Elisabethstag, bei der ganze Dörfer für immer von den Fluten vernichtet wurden. Auf dem Bild war eine weite Wasserfläche zu sehen, aus der

Baumkronen und Kirchtürme aufragen. Das Wasser hat alles verschlungen.
Ich konnte das Bild stundenlang betrachten – die unbewegte Wasserfläche, die Spitzen der Kirchtürme, das Grauen, das sich darunter verbarg. Gott hatte Noah errettet; weshalb wurden diese Menschen verdammt? Ich hörte die Glocken läuten, die die Ertrunkenen zum Gottesdienst riefen. Unten trieben aufgedunsene Rinder mit blinden Augen in der Strömung, stießen gegen Scheunendächer. Tief unten im Wasser taumelten die Toten hilflos umher; ihre Arme winkten wie Algen, aber niemand kam ihnen zu Hilfe.

Jan starrt mich an. »Der Herrgott steh uns bei! Das willst du wirklich tun?«
Wir sitzen am Rand eines Brunnens, einige Straßen von seinem Atelier entfernt. In dieser Gegend haben vor allem Handwerker ihre Betriebe – Schreiner, Goldschmiede, Maler. Neben uns ist die Werkstatt eines Metallarbeiters. Hammerschläge hallen durch die Luft. Wir treffen uns im Freien, das ist weniger gefährlich, so kann mich niemand beim Betreten seines Hauses sehen. Maria, unser Wachposten, steht am Ende der Gasse. Sie ist jetzt meine Mittäterin. *Wenn wir untergehen, gehen wir gemeinsam unter.*
»Aber das wird er doch merken, oder?« fragt Jan. »Daß Maria immer dicker wird?«
»Sie ist ziemlich kräftig. Wenn sie die Schürze höher bindet, wird man kaum einen Unterschied sehen.«
»Aber bestimmt ...«
»Mein Gemahl ist kurzsichtig«, entgegne ich sorglos. »Außerdem schaut er sie sowieso nicht an – sie ist eine Dienstbotin, fast ein Möbelstück.«
»Und was ist mit dir? Wie wirst du dicker werden?« Jan

wirkt erschüttert; als hätte er mehr Angst als ich. »*Dich* sieht er doch an.«
»Ich werde die Symptome vortäuschen. Nach ein paar Monaten stopfe ich mir ein Kissen unters Kleid ...«
»Aber er ist dein Mann, ihr teilt das Bett, er wird doch merken ...«
»Das ist ja das Wunderbare an meinem Plan. Du weißt, ich kann es nicht ertragen, wenn er mich berührt. Ich kann es nicht ertragen, wenn ...« Ich breche ab. »Ich habe ihm gesagt, daß uns bis zur Entbindung eheliche Beziehungen untersagt worden sind. Vom Arzt. Wegen meiner Gesundheit. Ich bin zart, mußt du wissen.«
»Wirklich?«
»Und mein Gemahl würde nichts tun, was das Kind gefährden könnte. Ich habe gesagt, wir brauchen getrennte Zimmer, damit ich ungestört schlafen kann, und er hat zugestimmt. Er ist so glücklich, daß er sich mit allem einverstanden erklären würde.«
Verwundert schüttelt Jan den Kopf und nimmt meine Hand. »Du bist eine außergewöhnliche Frau.«
Nur eine Frau, die verzweifelt etwas haben will – Jan. Sonst nichts. »Dann kann Maria bei uns bleiben, in unserem Dienst. Der Plan nützt uns beiden – sie hilft mir, und ich helfe ihr ...«
Was dann? Das habe ich noch nicht überlegt. Mein Plan fasziniert mich so sehr, daß ich nicht über meine Scheinschwangerschaft hinausdenke; allmählich wird sie so real, daß mir beinahe übel ist. Immerhin glaubt mein Mann, daß ich schwanger bin, und dadurch wird es schon halbe Wirklichkeit.
»Und was ist, wenn du tatsächlich schwanger wirst?« fragt er.

»Dann müssen wir uns einen anderen Plan ausdenken.«
Jan lacht hilflos. Er schließt mich in die Arme und küßt mich im hellen Tageslicht. Was könnte auch tollkühner sein als das, was ich in Gang gesetzt habe?
Hammerschläge hallen durch die Luft und besiegeln unser Schicksal.

Ich weiß, daß ich zornig sein müßte auf Maria, weil sie mich erpreßt und uns diesen kühnen Plan aufgezwungen hat – selbst wenn sie große Angst hat, daß etwas schiefgeht und unser Vorhaben aufgedeckt wird.
Andererseits bin ich ihr auch dankbar, weit dankbarer, als sie je ahnen kann. Sie hat mich aus dem Ehebett befreit. Drei Jahre lang habe ich die Zärtlichkeiten meines Gemahls ertragen, und ich hätte sie zweifellos bis an sein Lebensende ertragen, aber seit ich meinen Geliebten habe, empfinde ich so großen Abscheu vor Cornelis, daß ich mich geschändet fühle – sein säuerlicher Atem, seine kalten, bohrenden Finger. Schlimmer noch – ich komme mir vor wie eine Hure.
Wie durch ein Wunder hat sich eine Lösung gefunden – eine, die auch Maria nützt. Denn obwohl sie sich skrupellos verhalten hat, habe ich sie ins Herz geschlossen. Sie ist meine einzige Freundin, und ich freue mich, sie vor einem Leben in Armut, einem Leben als Ausgestoßene bewahren zu können.
Was dann geschehen wird? Daran denken wir beide nicht. Wir sind jung, wir haben impulsiv gehandelt, wir haben ein Spiel der Täuschung begonnen, aber bis jetzt kommen wir uns wie Schulkinder vor, die ihrem Lehrer einen Streich gespielt haben und nicht erwischt worden sind.
Wir sind blind. Wir sind tollkühn. Wir sind zwei verzwei-

felte junge Frauen; wir lieben. Und wie wir wissen, ist Liebe eine Form des Wahnsinns.

Maria und ich machen in dem Zimmer gegenüber von meinem Schlafgemach ein Bett für Cornelis. Es wird das Lederzimmer genannt; gelegentlich arbeitet er hier auch. Es ist kalt in dem Raum, aber es ist im ganzen Haus kalt. Die Wände sind mit geprägtem Leder bespannt, auf dem dunkle Landschaften hängen – Bilder von Hans Bols und Gillis van Coninxloo. In einem schweren Schrank stehen unzählige Porzellangefäße aus China.

Während wir die Kissen aufschütteln, kommt Cornelis herein. Er fährt sich durch den Bart. »Es ist ein kleiner Preis«, sagt er. Seine Freude sollte mir das Herz brechen. »Laß Maria das machen«, sagt er. »Du mußt auf dich achtgeben.«

Plötzlich greift Maria sich an den Bauch. Ächzend und würgend läuft sie aus dem Zimmer. Sie muß sich übergeben. So geht das schon seit einer Woche.

Rasch folge ich ihr ins Schlafgemach, das jetzt mir gehört, und schließe die Tür. Maria kann gerade noch nach dem Nachttopf greifen, da erbricht sie sich schon lautstark. Ich stehe hinter ihr, halte ihr den Kopf und streichele ihr die Stirn.

Als es vorüber ist, klopft es an der Tür. »Ist alles in Ordnung, mein Herz?« ruft Cornelis.

Maria und ich sehen uns an. Blitzschnell drückt sie mir den Nachttopf in die Hand.

Cornelis kommt herein. Er wirft einen Blick in das Gefäß – der Geruch ist ekelerregend – und sagt: »Mein armer Liebling.«

»Das ist nur normal in den ersten Monaten«, erkläre ich. »Ein kleiner Preis.«

Ich trage den Topf zur Tür. »Das soll das Mädchen machen«, sagt er mit einem wütenden Blick auf Maria. »Maria!«
Ich reiche Maria den Topf: Mit gesenktem Kopf nimmt sie ihn entgegen und trägt ihn nach unten.

Und damit beginnen die merkwürdigsten Monate meines Lebens. Wenn ich zurückblicke, von jenseits meines Todes, sehe ich eine Frau, die hilflos wie ein Zweig mit rasendem Tempo auf der Strömung dahintreibt. Sie ist zu jung, um sich zu überlegen, wohin sie treibt; sie ist zu blind vor Leidenschaft, um an das Morgen zu denken. Jemand könnte sie verraten – sie weiß, daß die Gefahr sehr groß ist. Sie könnte sich sogar selbst verraten. Gott wird das Urteil fällen. Er ist derjenige, den sie am meisten hintergangen hat. Aber das sperrt sie aus ihrem Denken aus. Nicht jetzt, denkt sie. Noch nicht.

Ich habe einen Arzt erfunden – einen Mann, den mein Gesangslehrer mir empfohlen hat und den Cornelis nicht kennt. Mein Gemahl macht sich große Sorgen wegen meines Zustands und möchte, daß sein Arzt mich untersucht, aber das habe ich ihm ausgeredet. Er beugt sich meinen Wünschen. Er erträgt all meine Launen und behandelt mich wie ein kostbares Stück Wan-Li-Porzellan.
In den ersten Wochen hat Maria ein unstillbares Verlangen nach Gewürznelken. Ich erzähle Cornelis von meinem Heißhunger. Er bringt mit Nelken gewürzte Marzipantörtchen nach Hause. Maria verschlingt sie in der Küche. Er trägt Maria auf, *hippocras* – mit Nelken gewürzten Wein – zu machen, und schaut liebevoll zu, wie ich ihn trinke. In der Küche stürzt Maria den Rest hinab.

Im Grunde glaube ich mir beinahe selbst. Schließlich bin ich eine Frau, zur Mutterschaft geboren. Ich bin mit dem Gedanken aufgewachsen, Kinder zu bekommen, und nach drei Jahren Ehe wäre dieser Zustand so natürlich, daß ich mich beinahe selbst von seiner Realität überzeugen kann. Im Verlauf der Wochen entdecke ich in mir die Fähigkeit, mich selbst zu betrügen. Eigentlich ist das nicht überraschend; seit ich zur Ehebrecherin geworden bin, habe ich gelernt, mich zu verstellen. Ich bin eine Schauspielerin im gefährlichsten aller Theater – dem eigenen Zuhause. Außerdem habe ich das Stadium der handfesten Täuschung – in dem ich mir ein Kissen um die Taille binden muß – noch nicht erreicht, so weit bin ich noch nicht. Bislang ist diese Scheinschwangerschaft eine Abstraktion, nicht mehr als Übelkeit und Heißhunger auf Nelken.
Maria und ich sind uns sehr nahe – näher, als ich es mit meinen Schwestern je kannte, nahe auf eine Art, die niemand sonst verstehen könnte. Nur Jan weiß um unser Geheimnis. Maria leidet an Übelkeit – nicht morgens, aber im Verlauf des Tags. Ich höre sie in der Küche würgen und laufe zu ihr, um ihre feuchte Stirn zu halten. Ich fühle mich für ihr Erbrechen verantwortlich, als hätte ich es verursacht; ich habe das Gefühl, ich wäre diejenige, die leiden müßte. Und tatsächlich ist mir übel.
Sie trägt mein Kind, und unsere Komplizenschaft verbindet uns. Wir sind mit unserem Geheimnis in dieses Haus eingeschlossen. Die schweigenden, durch Buntglasfenster in Licht getauchten Räume – sie bewachen unseren Verrat. Unsere einzigen Zeugen sind die Gesichter, die von den Gemälden herabblicken – König David; ein Bauer, der einen Bierkrug hebt; wir selbst, Cornelis und ich, in unserem früheren Leben. Sie alle sind unsere stillen Mithelfer.

Wenn wir allein sind, verkehrt sich unsere Position. Ich kümmere mich um Maria, bin ihre Dienerin. Wenn sie müde ist, bringe ich sie in ihr Bett in der Wand; bevor mein Gemahl heimkommt, scheuere ich die Töpfe und fege den Boden. »Poliert die Kerzenständer«, trägt sie mir auf. »Das merkt er immer.«

Für die Außenwelt jedoch ist sie meine Dienstbotin, und ich bin die schwangere Ehefrau. Cornelis, der stolze werdende Vater, hat unsere Freunde und Bekannten über die frohe Nachricht in Kenntnis gesetzt. Errötend habe ich ihre Glückwünsche entgegengenommen. Unsere Nachbarin, Mevrouw Molenaer, hat mir einen Kräutertrank bringen lassen, der die Übelkeit lindern soll. »Nach drei Monaten ist es vorbei«, sagt sie. »Das ist immer so.«

Ich gebe den Tee Maria zu trinken, die sagt, davon werde ihr noch übler. Später besucht Mevrouw Molenaer mich und fragt, ob es mir bessergehe. »Aber ja«, erwidere ich, während Maria uns mit grauem Gesicht Kuchen serviert. Aber wer achtet schon auf eine Dienstbotin?

»Wann ist die Entbindung?« fragt Mevrouw Molenaer. »Wann ist der glückliche Tag?«

»Im November.«

»Eure Familie lebt in Utrecht, nicht wahr? Sie freuen sich bestimmt.«

»Ja, sehr.«

»Wird Eure Mutter zur Geburt hier sein?«

»Mit ihrer Gesundheit steht es nicht zum besten. Ich glaube kaum, daß sie die Reise auf sich nehmen kann.«

Warum die vielen Fragen? Sie machen mich nervös. Eine Frau in meinem Zustand steht immer im Mittelpunkt. Ich hoffe, das wird sich bald ändern. Natürlich komme ich mir wie eine Lügnerin vor, als sei ich für ein Gedicht gelobt worden, das ich von jemandem abgeschrieben habe. Ich brauche alle Kraft, um nicht den Kopf zu verlieren. Zum Beispiel meine Familie. Cornelis denkt, daß ich meiner Mutter und meinen Schwestern einen Brief geschrieben und ihnen die frohe Nachricht mitgeteilt habe. Aus Feigheit habe ich das vor mir hergeschoben. Irgendwann muß ich vorgeben, ich hätte eine Antwort bekommen. Und er wird erwarten, daß zumindest eine meiner Schwestern mich bald besucht – schließlich liegt Utrecht nur fünfundzwanzig Meilen von Amsterdam entfernt. Zum Glück ist er den Großteil des Tages außer Haus, in seinem Lagerhaus unten am Hafen. Ich werde einen Besuch erfinden müssen, der stattgefunden haben soll, während er bei der Arbeit war.

Es ist ein überaus seltsames Gefühl, daß Maria mit meinem Kind schwanger ist. Ich habe die Welt der Mütter betreten, und jetzt fallen mir auf der Straße Kinder auf, ich betrachte sie mit mütterlichem Interesse. In unserem Land behandeln wir Kinder mit großer Zärtlichkeit; Fremde erklären sogar, wir ließen ihnen gegenüber übertriebene Nachsicht walten. Unsere Söhne und Töchter werden nicht der Fürsorge eines Kindermädchens überlassen, sondern am Busen der Familie erzogen. Jenseits der Gracht, gegenüber meiner Haustür, liegen die Häuser morgens im Sonnenlicht. Eine Frau trägt ihr Kind nach draußen. Sie sieht zu, wie es seine ersten Schritte macht. Die Bäume entlang der Straße tragen einen grünen Schleier, neues Leben beginnt. Sie wirft das Kind in die Luft und drückt es dann fest an sich; ich höre ihr Lachen über das Wasser schallen. Das berührt mich tief. Sie ist mein Phantomselbst mit meinem Phantomkind. Das ist das verlorene Leben, das ich

mit meinem Gemahl hätte führen sollen. Doch tückisches Wasser trennt uns, ich kann jetzt nicht zu ihr.
»Guter Gott, ist das schwer!« Drinnen im Haus versucht Maria, einen Eimer Torf zu heben. Ich nehme ihn ihr ab. Sie kichert. Ich weiß, daß sie mich ausnutzt, aber das stört mich nicht. Sie darf dieses Kind nicht verlieren. Sie hat keinen Arzt, der ihr zur Seite steht, sie hat nur mich. Während alle Aufmerksamkeit mir gilt, muß sie allein zurechtkommen. Und sie ist diejenige, die das unvorstellbare Grauen der Geburt durchstehen muß, allein. Unter der Last meiner Lügen vergesse ich das manchmal. Die Situation ist für uns beide gefährlich, aber nur sie wird die Schmerzen ertragen müssen.
Ich kippe den Torf in den Kasten neben dem Kamin. Meine Arme schmerzen – es ist schwere Arbeit, eine Bedienstete zu sein. »Fühlt meine *tieten* – sie werden größer.« Maria ist im dritten Monat. Ohne auf mein Erröten zu achten, legt sie meine Hand auf ihre Brüste. Ich habe sie nie zuvor befühlt, also kann ich den Unterschied nicht feststellen. Außerdem ist Maria ein dralles Mädchen.
»Ein paar Häuser weiter nistet auf dem Kamin ein Storch«, sagt sie. »Das ist ein gutes Omen.« Sie trinkt ein Gebräu aus Rinderurin und Kuhdung, das sie von einer alten Frau auf dem Markt gekauft hat. Sie ist abergläubisch wie die Bauern auf dem Land: Um den Hals trägt sie ein Amulett – eine Walnußschale mit dem Kopf einer Spinne darin –, das das Fieber vertreiben soll. Früher hätte ich darüber gelacht; ich stamme aus einer gebildeten Familie der Mittelklasse, in der man sich über derlei lustig machte. Aber jetzt zieht sie mich in diese Welt hinein. Ich möchte an ihren Zauber glauben, denn nur ein Wunder kann uns helfen, das alles zu überstehen. Wir sind durch Magie miteinander verbunden.

Es ist Mai, die Abende sind lau. An warmen Tagen stinken die Grachten, doch über dem Gestank schwebt der Duft der Blüten. In den Gärten stoßen die Tulpen lautlos in ihre Trompeten, Iris haben sich zwischen ihren Schwertern entfaltet. Selbst das Haus scheint erfüllt mit werdendem neuem Leben. An der Wand hängt Cornelis' Laute, rund wie eine Frucht; auf den Küchenregalen stehen die dickbäuchigen irdenen Krüge.

Jetzt, da ich von Cornelis' Umarmungen befreit bin, wächst meine Leidenschaft für Jan noch mehr. Ich schenke mich ihm mit ganzem Herzen. Mittlerweile besuche ich ihn am hellichten Tag in seinem Atelier. Natürlich bin ich vorsichtig und vergewissere mich, daß niemand mich beobachtet, wie ich durch die Tür schlüpfe. Eine Kapuze verbirgt mein Gesicht. Aber mein Vertrauen ist gewachsen. Mein großer Betrug macht mich kühn. Eine immense Lüge, und ich habe die Schwelle zu einer anderen Welt übertreten. So muß sich ein Verbrecher fühlen, der zum erstenmal einen Menschen getötet hat. Und schaut! Ich bin davongekommen. Niemand hat mich ertappt; noch nicht. Es gibt kein Zurück mehr, meine Freveltat treibt mich ohne mein Zutun der Zukunft entgegen. Mein irrwitziger Erfolg beflügelt mich.
Jan schickt seinen Schüler in die Küche. Dort hat er für ihn ein Stilleben aufgebaut, ein *ontbijtje,* einen Frühstückstisch – ein halbgegessener Schinken, ein irdenes Senfgefäß, Trauben. Jacob möchte einen Schmetterling hinzufügen. »Als Symbol für das sorglose Leben der Seele«, erklärt er, »wenn sie von fleischlichen Gelüsten befreit ist.«
»Mal einfach nur ein Frühstück«, sagt Jan.
»Wie wäre es mit einer geschälten Zitrone, die so schön ist, aber innen ganz sauer?«

»Betrachte nur, was auf dem Tisch liegt«, fordert Jan ihn auf. »Schau, wie die Trauben leuchten. Genügt das nicht? Finde Schönheit in dem, was du siehst, nicht in dem, was es uns lehren kann.«

Jacob ist ein ernsthafter junger Mann. Wie kann er Gegenstände losgelöst von ihren moralischen Eigenschaften sehen? Irdische Schönheit um ihrer selbst willen zu malen hieße, die Gegenwart Gottes zu leugnen.

Jacob hält Jan ohnehin für verderbt. Er weiß, daß zwischen Jan und mir etwas vorgeht, obwohl ich verheiratet bin. Ach, was würde er erst denken, wenn er die ganze Wahrheit wüßte?

Jan schließt die Tür hinter seinem Schüler. Er will mich malen. Er hat den *Liebesbrief* beendet. Ich habe das Bild zu mir ins Haus geschmuggelt und auf dem Speicher versteckt. Das ist ein Liebesbrief von ihm, den ich nie zerreißen werde. Jetzt malt er mich nackt. Ich ziehe mich aus, schäle mich aus meinen Kleidern wie eine Zwiebel. Doch die Tränen in meinen Augen sind Freudentränen.

»Soll ich dir sagen, wie sehr ich dich liebe?« frage ich, als ich auf dem Bett liege. »Wenn ich eine Lauchstange sehe, denke ich an dich. Weißt du warum?«

»Warum, mein liebes Herz, meine süße Geliebte? Heb deinen Arm ein bißchen – ja, genau so.«

»Weil ich Lauchsuppe trank, als ich deinen Namen zum erstenmal hörte. *Jan van Loos wird mich unsterblich machen.*«

»In der Tat! Verlaß deinen Mann, Sophia, komm und leb mit mir.«

»Wie kann ich meinen Ehemann verlassen, wenn ich von ihm ein Kind erwarte?« lache ich.

Jan ist schockiert. Daß ich so leichtfertig reden kann! »Frü-

her oder später wird dein Betrug entdeckt werden, das ist nur eine Frage der Zeit.«
»Warum sollte er entdeckt werden?«
»Und was soll werden, wenn das Kind geboren ist? Wirst du es als dein eigenes ausgeben und weiter mit deinem Mann zusammenleben?«
Davon will ich nichts wissen. Ich kann es nicht ertragen, an die Zukunft zu denken.
»Was tun wir, jetzt, wo wir einmal damit angefangen haben?« fragt er.
»Wenn ich mit dir weglaufe, findet er heraus, daß ich ihn betrogen habe. Außerdem, wohin sollten wir gehen? Hier können wir nicht bleiben, aber wenn wir in eine andere Stadt ziehen, kannst du nicht arbeiten, das verbietet dir deine Gilde.« Das ist wahr. Zum Schutz ihrer Mitglieder sind die Gilden des heiligen Lukas Malern aus anderen Städten verschlossen; sie können ihre Werke erst verkaufen, wenn sie bereits einige Jahre in der jeweiligen Stadt seßhaft sind. Jetzt hat Jan einen kühnen Plan. »Wir verlassen das Land. Wir reisen nach Ostindien.«
»Nach Ostindien?«
»Wir entfliehen diesem Leben und beginnen ein neues, du und ich – wir segeln ans andere Ende der Welt, wo niemand uns finden kann.« Er schließt mich in die Arme. »Mein Herz, wir werden glücklich sein.«
Und so wird der Keim gelegt. Jan redet von Sonnenschein und leuchtendblauem Himmel. »Berge – kannst du sie dir vorstellen?« Er hat Reiseberichte über die Kolonie gehört. »Und Bäume voll plappernder Papageien. Dort scheint die Sonne das ganze Jahr. Wir brauchen kein Geld außerdem, hat das Geld dich denn glücklich gemacht? Wir werden nackt, wie Gott uns geschaffen hat, unter Palmen liegen,

und ich reibe deinen wunderschönen schlanken Körper mit Myrrhe ein.«
In diesem Stadium ist es noch ein Traum – nicht fremder als die exotischen Drucke, die mein Vater mir zeigte. Zu viele Hindernisse stehen uns im Weg. Ich betrachte Jan – sein liebes Gesicht, seine wilden Locken, obenauf das rote Samtbarett, seine ausgetretenen Stiefel, das mit Farben verschmierte Wams. Ich versuche, ihn mir umgeben von Palmen vorzustellen, aber meine Phantasie versagt. Zu viele Meere liegen dazwischen.
Währenddessen malt er mich: *Frau, auf einem Bett liegend.* Zitternd vor Kälte liege ich da. Er malt rasch, auf einer Holztafel. Dabei sieht er mich an, als wäre ich ein Gegenstand – der versunkene, unpersönliche Blick, den ich von den Sitzungen für das Porträt kenne. Doch sobald wir miteinander reden, bekommt sein Gesicht einen weichen Ausdruck, wird er wieder er selbst. Ich sehe, wie in seinen Augen eine Art von Liebe durch eine andere ersetzt wird.
Draußen rumort die Stadt – Glocken läuten, Pferde wiehern, Wagen rumpeln vorbei. Hier drinnen herrscht stille Konzentration. Die Reflexionen des Wassers wandern über die Wände, tanzen wie mein Herz. Auf Kissen gestützt liege ich auf dem Bett, in dem ich größere Freude gefunden habe, als ich mir vorstellen konnte. Mein Herz ist voll. Ich weiß, daß ich meinen Gemahl verlassen werde; das weiß ich seit Wochen schon. Im Grunde wußte ich es, sobald Jan mein Haus betrat.
Er sagt: »Was immer mit uns passiert, dieses Bild lügt nicht. Es sagt die Wahrheit.«

# 29

## Das Bild

*Um ein Ding zu seinem Vorteil zu verzieren,*
*Umgebe man's mit allerlei hübschem Tand,*
*Auf daß der seine verdeckten Tugenden enthülle –*
*So treibt ein kunstvoll Spiel man mit der Kunst.*

S. van Hoogstraeten, 1678

Ganz in der Nähe, in seinem Haus in der Jodenbreestraat, malt Rembrandt ebenfalls eine Frau, die nackt auf dem Bett liegt. Zurückgezogene Vorhänge geben den Blick frei auf Danaë, die, lediglich mit Armbändern bekleidet, auf einem Stapel Kissen ruht. Sie wartet auf Zeus, der in einem Schauer von goldenem Regen zu ihr herabsteigen wird. Das Gemälde ist üppig golden – goldene Vorhänge, ein goldener Cherub, die warmgoldene Haut der Frau. Aber wo ist der Regen, und kann der Liebhaber, der sich da nähert, wirklich ein Gott sein? Eher sieht er aus wie ein alter Diener.

Sie hängt in der Eremitage, der schönste Akt, den Rembrandt je malte. Aber wenn nicht Danaë, wer ist sie dann? Sie war *Rachel, Tobias erwartend,* später wurde sie zu *Venus, Mars erwartend;* aber sie war auch *Delilah, Samson erwartend* und *Sarah, Abraham erwartend.*

Zu jener Zeit war Rembrandt sehr verliebt in seine junge Frau Saskia. Könnte die Gestalt auf diesem Bild vielleicht einfach eine Frau sein, die strahlend vor Verlangen auf ihren Gemahl wartet?
Im selben Jahr, 1636, malt Salomon von Ruysdael *Flußlandschaft mit Fähre.* Rinder werden auf eine Fähre getrieben; wie Glas spiegelt das Wasser den Himmel. Es ist ein Gemälde ohne jede mythologische Bedeutung – keine Seelen, die den Styx überqueren, nur Kühe, die über einen Fluß gesetzt werden, um am anderen Ufer auf besseren Wiesen zu weiden. Das Bild erzählt keine Geschichte außer seiner eigenen.
Und zur selben Zeit malt Pieter Claesz in Haarlem *Kleines Frühstück* – ein Hering auf einem Zinnteller, ein Brötchen, einige Krümel. Es ist ein Bild von transzendentaler Schönheit, das keinerlei Lektion enthält. Kunst um der Kunst willen.
Maler sind schlicht Kunsthandwerker, sie liefern eine Ware. Bilder über ein heroisches Thema – einen historischen oder religiösen Stoff – erzielen die höchsten Preise. Dann kommen Landschaften und Seestücke, bei denen der Preis vom Detail abhängt, und darauf folgen Porträts und Genrebilder – fröhliche Gesellschaften, Interieurs, Szenen aus Schenken. Den Abschluß, das untere Ende der Skala, bilden die Stilleben.
Doch Jans Gemälde hat keinen Wert. Zu welcher Kategorie es gehört, spielt keine Rolle, denn es ist unverkäuflich. Er arbeitet schnell, mit raschen Pinselstrichen; Sophia muß bald gehen, und er will sie so einfangen, wie sie jetzt ist. Außerdem fröstelt sie.
Jahrhunderte später wird sie im Rijksmuseum hängen. Kunsthistoriker werden sich über ihre Identität streiten. Ist

sie Venus? Oder doch Delilah? Über ihren Platz in van Loos' Werk werden ganze Aufsätze geschrieben werden. Einfache Besucher werden sich fragen: Wer ist sie? Seine Geliebte? Ein Modell? Sicher kein Modell; ihr Blick ist voller unverkennbarer, freimütiger Liebe.
Sie wird keinen Namen haben. Sie wird immer nur als *Frau, auf einem Bett liegend* bekannt sein. Denn genau das ist sie.

# 30

## Cornelis

*Du zeugest Kinder nicht nur um deiner selbst willen, sondern auch für dein Land, und sie sollen nicht nur dir Freude und Glück bereiten, sondern auch dem Gemeinwohle einträglich und gedeihlich sein.*

Bartholomew Batty, *The Christian Man's Closet,* 1581

Cornelis hält sich unten in seinem Gewölbe auf. Der Raum dient als Lager, wo Holz, Torf und alte Besitztümer aufbewahrt werden. Es ist dunkel hier; Cornelis hat eine Öllampe entzündet. Sein ganzes Haus liegt im Schatten, denn der Sommer ist gekommen, und die Linde vor dem Haus hat tiefgrünes Laub. Es ist Juli, seine Frau ist fünf Monate schwanger, und ihr Leib beginnt sich zu runden. Gestern hat er sie gefragt, ob das Kind schon stoße. Er hat die Hand ausgestreckt, um ihren Bauch zu berühren, aber sie wich zurück. »Noch nicht«, hat sie gesagt. »Es stößt noch nicht«,

Wie soll sie seine Furcht auch verstehen? Sie ist jung. Möge Gott ihr helfen, nie erfahren zu müssen, was es bedeutet, ein Kind zu verlieren. Sie weiß um seinen Verlust, natürlich weiß sie davon, aber die Jugend kann sich das Unvorstellbare nicht vorstellen; auf gewisse Weise tröstet ihn ihr blindes Vertrauen. Doch er braucht eine Bestätigung, daß unter ihrem Gewand ein lebendes Kind heranwächst; er braucht den Beweis eines stoßenden Fußes. Denn Gott hat ihm schon mehrfach Glück gewährt, nur um es ihm wieder zu entreißen.

Unten im Gewölbe schließt Cornelis die Truhe auf. Sie ist aus Teakholz und mit kupferner Einlegearbeit verziert, ein Import aus Ostindien. Er hat sie seit Jahren nicht mehr geöffnet, denn sie gehört zu einem anderen Leben. Er hebt den Deckel an und betrachtet die Kleinkinderkleidung. Der Duft von Waldmeister steigt auf; das Kraut, mittlerweile staubtrocken, wurde zwischen die Wollgewänder gestreut. Er greift nach winzigen Hemdchen und Jacken. Er holt Pieters samtenes Wams heraus und drückt es an die Nase. Der Geruch seines Sohnes hat sich längst verflüchtigt.

*»Hier ist Euer Kind«*, sagte die Hebamme und legte ihm den Säugling in die Arme. *»Möge der Herr Euch große Freude mit ihm gewähren oder es beizeiten zu Sich rufen …«* Der Duft von Punsch, der Geruch vom feuchten Kopf seines Sohnes. Seine Frau, die ein kräftigendes Mahl aus Butterbrot und Schafskäse zu sich nahm.

Wie gut der Herr es mit ihm meinte. Ein Sohn, ein Erbe. Die Freudenhymnen, die an jenem Abend in seinem Haus angestimmt wurden. Er sprach seine Gebete von Erntedank: *Wir entbieten Dir herztiefsten Dank, gütigster Vater …* Er küßte seine Frau. Er setzte sich die Federkappe der Vaterschaft auf, sie war aus Pikeesatin genäht. Sein Dank schloß sein ganzes Land mit ein. War nicht auch dessen Geburt ein Wunder – dem Meer entrissen, von Gott gesegnet? Constantijn Huygens, Dichter und Humanist, Sekretär des Stadholder – ein Mann, den Cornelis überaus

schätzt –, hat über ihr Land gesagt: *Die Güte des Herrn strahlt von jeder Düne.*
In der Ecke des Gewölbes, hinten im Schatten, steht der Laufwagen, mit dem seine Söhne das Laufen lernten – eine mit Rollen versehene Holzpyramide. Verstaubt, wie der Wagen jetzt ist, sieht er aus wie jedes beliebige Gerät. Dahinein stellte Cornelis seine Söhne und beobachtete, wie ihre Beine sich bewegten, während sie sich von einem Zimmer ins nächste vorarbeiteten, wie sie an der Treppe innehielten. Er denkt: Jetzt werde ich das Rattern der Räder über den Boden wieder hören.
Er sortiert die Kinderkleidung. Eigentlich ist das Frauenarbeit, aber er möchte sie selbst tun. Er dachte nicht, daß er die Truhe je wieder öffnen würde. Sophia weiß nicht einmal von ihrer Existenz. Er wird die Kleidungsstücke Maria geben, damit sie sie wäscht und lüftet und dann im Leinenschrank verstaut, damit alles bereitliegt.
Cornelis nimmt das Bündel mit nach oben. Aus dem vorderen Zimmer hört er Stimmen, also geht er hinein.
Vor ihm spielt sich eine merkwürdige Szene ab. Maria liegt auf der Bank unter dem Fenster, eine Zigeunerin beugt sich über sie.
Sophia wirbelt herum und starrt ihn an. »Liebster!« sagt sie. »Ich wußte gar nicht, daß du zu Hause bist.«
Sie stockt kurz. »Wir haben diese Frau auf dem Markt getroffen. Sie kann vorhersagen, ob es ein Junge oder ein Mädchen wird.«
Inzwischen ist Maria von der Bank aufgesprungen. Sie sieht erschrocken aus. »Verzeihung, Mijnheer.« Sie wendet sich an Sophia. »Bitte, Mevrouw.«
Sophia legt sich flach auf die Bank. Die Zigeunerin läßt einen Ring an einem Bindfaden über ihrem Bauch baumeln.

»Im Uhrzeigersinn ist es ein Junge, andersherum ein Mädchen«, erklärt Sophia.
»Liegt still«, sagt die Zigeunerin.
Ein Moment vergeht. Langsam beginnt der Ring zu kreisen. Alle beobachten ihn.
»Es ist ein Junge«, sagt die Zigeunerin.
Sophia setzt sich auf. Mit aufgerissenen Augen starrt sie Maria an. Warum? Maria preßt eine Hand auf den Mund. Cornelis lächelt wohlwollend. Die beiden sind einfach junge Mädchen, die ein bißchen Spaß haben wollen. Dieser Tage sind Sophia und das Mädchen offenbar unzertrennlich – ständig tuscheln sie hinter geschlossenen Türen. Ihm ist aufgefallen, daß Frauen sich während der Schwangerschaft anderen Frauen enger anschließen. Trotzdem, er würde sich wünschen, daß seine Frau eine standesgemäßere Vertraute hätte, eine Frau ihrer eigenen gesellschaftlichen Klasse.
Er bezahlt die Frau; sie geht.
*Es ist ein Junge.* Trotz seines Mißtrauens gegenüber der Zigeunerin möchte Cornelis ihr gern glauben. Er will sich zu seiner Frau umdrehen, aber sie ist geflohen, er hört das Trappeln ihrer Pantoffeln im oberen Stockwerk. Er wußte gar nicht, daß sie abergläubisch ist; er denkt: Schwangere verhalten sich gelegentlich höchst merkwürdig. Allerdings kann er sich nicht erinnern, daß ihm bei seiner lieben Hendrijke je etwas Derartiges aufgefallen wäre.
Er drückt die Kinderkleider an sich und lächelt nachsichtig. Es ist ein Junge. In seinem tiefsten Innern hat er das immer schon gewußt.

»Hast du auch nicht vergessen, daß ich morgen nach Utrecht fahre, um meine Mutter zu besuchen, mein Lieber?«

»Ich begleite dich«, sagt Cornelis.
»Nein.« Sophia legt ihm eine Hand auf den Arm. »Ich bin nur zwei Nächte fort, und du mußt dich um deine Geschäfte kümmern. Erwartest du morgen nicht eine Schiffsladung aus England?«
»Aber in deinem Zustand ...«
»Die Reise ist kein bißchen beschwerlich. Bitte, lieber Gemahl, das ist Frauensache. Meine Mutter und ich – wir sehen uns so selten, und es gibt so viel, worüber wir miteinander reden möchten. Außerdem ist sie zu schwach, um Gäste zu empfangen. Ich möchte sie lieber allein besuchen.«
Das kann Cornelis verstehen. Doch es kränkt ihn, daß seine Frau in ihrem Zustand fünfundzwanzig Meilen nach Utrecht und zurück fahren, aber nicht mit ihm das Bett teilen kann. Sie gestattet ihm nicht einmal, ihren Körper zu betrachten. Ihre Zurückhaltung in dieser Angelegenheit gibt ihm das Gefühl, ausgeschlossen zu sein. Wie gern würde er ihre geschwollenen Brüste berühren!
Sophia krault ihn am Bart. Sie weiß, daß ihm das gefällt. »Ich habe deinen Lieblings-*hutspot* zubereitet«, flüstert sie. »Riechst du es?«
»Die Übelkeit ist vorbei?«
Sie nickt. »Es geht mir viel besser.« In der Tat sieht sie blühend aus – gerötete Wangen, leuchtende Augen. »Hammel, Chicorée, Artischocken, Backpflaumen ... alles, was du magst, mit Zitronensaft und Ingwer gekocht ...«
Er ist noch immer verletzt. »Warum gibt es in letzter Zeit überhaupt keinen Fisch mehr?« fragt er in verdrießlichem Ton. »Du weißt doch, wie gern ich Fisch esse, und wir haben seit Wochen keinen mehr gehabt.«
»Du hast gesagt, du hättest genug davon, weißt du noch? Du sagtest, wir würden noch Flossen bekommen.«

»Das war nur ein Scherz.«
»Außerdem wollte ich keinen Fisch braten, weil mir von dem Geruch übel geworden wäre.«
Sie gibt ihm einen Kuß und geht, die Schlüssel an ihrer Taille klappern. Auf dem Weg zur Küche hört er sie summen. Wie kapriziös Frauen doch sind. Wer hätte gedacht, daß ein Besuch bei ihrer Mutter sie in so heitere Stimmung versetzen würde? Ihre Launen sind unberechenbar. Als er vor kurzem vorschlug, sie sollten einen weiteren Dienstboten einstellen, hat sie ihn angefahren.
»Ich komme gut zurecht. Maria genügt vollauf.«
»Das Haus ist zu groß für ein Dienstmädchen«, hat er freundlich erwidert.
»Ich will keinen Mann im Haus, nicht in meinem Zustand. Warten wir, bis das Kind da ist.«
Doch sie trägt sein Kind. Er liebt sie und sieht ihr jede Laune nach. Es ist ein wunderschöner Abend. Cornelis holt seine Pfeife und die Zeitung und setzt sich auf die Bank vor der Haustür. Der Sonnenschein, gefiltert von den Blättern der Linde, sprenkelt sein Haus mit warmem Licht. Sein Nachbar Mijnheer Molenaer sitzt auf der Stufe, nickt ihm lächelnd zu. Cornelis liest von der hinterhältigen Politik Ludwigs XIV. Wie korrupt der französische Hof doch ist, und wie bestechlich der spanische! Hier, in der goldenen Abendsonne, ist alles friedlich. Familien sitzen im Freien auf den Stufen. Kinder spielen zu Füßen ihrer Eltern. Maria kommt mit einem Eimer Schmutzwasser und kippt es in die Gracht. Wie drall sie dieser Tage aussieht, wie rundlich und blühend! In anderen Ländern werden Bedienstete wie Sklaven behandelt; hier, in dieser aufgeklärten Stadt, sind sie Teil der Familie. Er hört Sophia und Maria in der Küche wie Schwestern miteinander lachen. Sie haben ihre mäd-

chenhaften Geheimnisse – und warum nicht, wenn es sie glücklich macht?
Cornelis' Gedanken wandern. Er denkt an Sophias leibliche Schwestern und an die elenden Verhältnisse, in denen sie lebten, als er sie vor fünf Jahren das erste Mal besuchte. Ihr Vater war vor seinem Tod für bankrott erklärt worden. Die Gerichtsvollzieher hatten die Druckerpresse und andere Wertgegenstände aus dem Haus geholt; die oberen Stockwerke waren vermietet worden. Die Mädchen und ihre Mutter lebten in zwei Räumen im Erdgeschoß und verdienten den allerbescheidensten Lebensunterhalt mit Näharbeiten.
Ein Geschäftsfreund, mit dem Cornelis in Utrecht Handel trieb, hatte ihn bei der Familie eingeführt – schließlich war Cornelis ein reicher Witwer auf Brautschau, und in dem Haushalt gab es drei Mädchen im heiratsfähigen Alter. Sophia, die Älteste, hatte ihm gewürzte Brötchen angeboten. Wunderschön war sie – scheu und bescheiden, aber nicht ungebildet. Immerhin war sie inmitten von Büchern aufgewachsen. Sie kannte die alten Meister; an jenem Nachmittag hatten sie über die jeweiligen Vorzüge von Tizian und Tintoretto gesprochen.
Eine ganze Welt konnte er ihr nahebringen! Sophia war wie Lehm, der nur darauf wartete, in seinen erfahrenen Händen geformt zu werden; sie war fruchtbarer Boden, der mit den erlesensten Blumen bepflanzt werden wollte. Und sie ging auf seine Liebenswürdigkeiten ein. Überaus züchtig zwar, doch die Herzlichkeit, mit der sie seine Einladung zu einer Ausfahrt in seinem Wagen annahm, war unverkennbar. Cornelis kann sich an alle Einzelheiten dieses Tages erinnern, denn die Vergangenheit – selbst die nahe Vergangenheit – ist ihm lebendiger als die Gegenwart.

Sie fuhren aufs Land. Sophia umklammerte den Fensterrahmen und schaute berückt hinaus auf die Felder, auf die grasenden Kühe, die vielen Weiden, als sei sie ein Kind und sähe all dies zum erstenmal. Er dachte: Sie ist die Tochter, die ich nie hatte. Er betrachtete ihren Nacken – die flaumige Haut unter den sich ringelnden Löckchen – und sehnte sich danach, die Stelle zu streicheln. Eine Woge des Verlangens stieg in ihm auf. *Fleischliche Zwiesprache* – so hatte er den Beischlaf mit seiner Frau genannt. Eine einvernehmliche, freundschaftliche Wärme. Jetzt war es anders. Dieses junge Mädchen – er wollte nichts mehr als sie beschützen, aber er wollte sie auch besitzen! Sein Herz geriet in Aufruhr und Verwirrung.
Am Himmel, am weiten blauen Himmel, türmten sich Wolken. Darunter lag ein Feld, auf dem Linnen zum Bleichen ausgelegt war. Die Stoffstreifen zogen sich wie mit einem Lineal gezogen in die Ferne. Die Sonne kam hinter den Wolken hervor. Das blendendweiße Linnen, die Wolkenschatten, die darüber hinwegzogen. In der Ferne arbeiteten Menschen, legten eine weitere Bahn aus.
Sophia deutete. »Schaut. Es ist, als hätte die Erde Schmerzen und die Leute dort legten ihr einen Verband an, damit sie wieder heil wird.«
Tief im Inneren machte sein Herz einen Satz. In dem Augenblick verliebte er sich wirklich in sie.

Die Sonne sinkt hinter die Häuser jenseits der Gracht. Ihre Stufengiebel ragen empor, kantig wie Zähne. Zitternd steht Cornelis auf. Er denkt an das Feld mit den Linnenstreifen. Jetzt erscheint ihm die Welt wie sein Kind, ebenso lieb und ebenso kostbar. Die Linnenstreifen sind Windeln, die bereitliegen, um sein Kind zu umhüllen und zu schützen. Sein

Glaube ist ihm wiedergegeben worden; endlich hat Gott seine Gebete erhört.
Dieser Gedanke ist tröstlich. Warum hat er dann ein unbehagliches Gefühl?

# 31

## Sophia

*Verhalte dich stets mit demselben Bedacht, als würden zehn Augen dich verfolgen und zehn Finger auf dich zeigen.*

Konfuzius

*Ich möchte Dich in meinen Armen halten und Dich beim Träumen spüren.* Dieser Satz hat sich in mein Herz eingebrannt. Jan schreibt wie ein Kind – er ist ein Handwerker und verfügt über wenig Bildung, weniger noch als ich. Für mich werden Worte der Liebe immer unbeholfen formuliert sein.

Wir werden eine Nacht miteinander verbringen. Und nicht nur eine, nein, zwei Nächte! So unersättlich bin ich. Mein Gemahl glaubt, daß ich nach Utrecht fahre. Inzwischen habe ich meiner Familie geschrieben und ihnen von meinem Zustand berichtet. Sie würden sich freuen, mich zu sehen. Daß ich sie hintergehe, verursacht mir ebenso große Schuldgefühle wie mein Verrat an Cornelis. Irgendwann muß ich sie wirklich besuchen, aber ich schiebe die Reise vor mir her – sie kennen mich gut und würden meine Lügen sofort durchschauen. Vor allem meine kleine Schwester Catharijn ist sehr scharfsichtig; sie würde schnell Verdacht schöpfen. Ich werde mit ihnen reden müssen, aber nicht jetzt, noch nicht.

*Komm zu mir und bleib über Nacht.* Ich kann nicht glauben, daß es wirklich geschieht. Wenn ich tagsüber in sein Atelier schlüpfe, sind wir nicht allein – sein Lehrling ist da, manchmal sein Diener; einmal wurden wir von einem Mann gestört, der sich Jans Arbeit ansehen wollte, und ich mußte mich hinter den Bettvorhängen verstecken. Und abends – selbst wenn Cornelis ausgeht, ist es jetzt gefährlicher, das Haus zu verlassen, denn es ist Hochsommer, bis neun Uhr bleibt es hell. Die Dunkelheit – dieser Umhang, der mich zuverlässiger einhüllte als mein eigener – ist nicht mehr meine Verbündete. Selbst wenn ich mich zu Jan stehlen kann, bleibt uns nur eine Stunde. Um zehn Uhr ertönt das Trompetensignal des Nachtwächters, und alle, die unterwegs sind, kehren nach Hause zurück. Was sind wir doch für eine tugendhafte, schwerarbeitende Nation. Um zehn im Bett, treue Ehemänner, treue Ehefrauen. Amsterdam ist keine Stadt für Liebende, denn alle, die spät noch unterwegs sind, werden mißtrauisch beäugt.

Es ist heller Vormittag. Cornelis ist bei der Arbeit, als ich das Haus verlasse. Er hat mir Geschenke für meine Familie gegeben. Ich habe sie auf dem Speicher versteckt. Aus irgendeinem Grund kommt mir das ebenso schlimm vor wie mein großer Betrug.

Ich bekreuzige mich und bete um eine sichere Reise. Kein windgepeitschtes Meer kann größeres Grauen bergen als diese sonnigen Straßen. Keine spanische Flotte, selbst wenn sie ihre Kanonen auf mich richtet, kann so gefährlich sein wie meine Nachbarinnen auf dem Weg zum Markt.

Die Zeit kann sich ausdehnen und zusammenziehen. Wir horten sie wie Geizhälse oder beobachten, wie sie verfliegt, wie Krumen beim Ausschütteln eines Tuchs. Unsere Träume werden von ihr unterbrochen – nachts werden sie von der klappernden Rassel des Nachtwächters und seinem Singsang unterteilt, die uns zu jeder vollen Stunde aus dem Schlaf reißen. Dann breitet sich wieder Stille aus. Wenn ich allein im Haus bin, kommt mir die Zeit endlos vor – die Minuten schleichen dahin.

In Jans Atelier dagegen flehe ich sie an stehenzubleiben. Wie kann der Sand so schnell rieseln? Doch die Zeit, die ich dort verbringe, hat kein Ende; selbst wenn sie vorüber ist, begleitet sie mich. Und jetzt hat die Zeit noch etwas, das sie zusätzlich vorantreibt – das Leben, das in neun Monaten heranwächst und uns unaufhaltsam dem November entgegenbringt. Von dem Augenblick an ist die Zukunft unvorstellbar. Im November treten wir aus dem Gebäude in die Luft hinaus, und ich kann mir nicht vorstellen, daß ich diesmal auch fliegen werde.

Doch im Augenblick scheint die Zeit reglos. Jan und ich haben den Tag in seinem Bett verbracht. Ich habe keine Ahnung, wie spät es ist; die Geräusche von der Straße dringen wie aus meilenweiter Ferne zu uns, aus einem anderen Land. Jan hat Jacob heimgeschickt und Gerrit den Tag freigegeben. Er hat einen Vorrat an Lebensmitteln angelegt für die Belagerung der Liebe.

Auf dem Boden, zwischen meinen Kleidern, liegt mein Kissen. Ich bin erst im fünften Monat; es ist ein kleines Kissen aus grünem Samt, das ich aus der Bibliothek gestohlen habe. Jetzt, losgelöst von meinem Körper, wirkt es schrecklich banal. Ich habe mein Stoffkind, meinen fülligen Komplizen, regelrecht ins Herz geschlossen.

Ich sage: »Bald muß ich ein Kopfkissen benutzen.«
»Was sollen wir tun, Sophia? Früher oder später müssen wir uns etwas überlegen.«
»Genieße den Augenblick«, antworte ich leichthin. »Hast du nicht genau das gesagt, als du unser Porträt gemalt hast? Daß wir alles ergreifen sollen, solange es uns möglich ist?«
»Aber was passiert, wenn das Kind da ist? Selbst wenn wir weglaufen – er wird uns finden.«
»Psst – laß uns nicht jetzt darüber reden.«
»Er wird uns finden. Wo immer wir auch hingehen – nichts ist weit genug fort.«
Jan hat recht. Als wir darüber sprachen, ist uns klargeworden, daß unser Plan nicht aufgehen wird. Cornelis ist ein einflußreicher Mann mit vielen Verbindungen. Er kennt die Kapitäne der Schiffe – wie könnten wir unerkannt reisen? Und selbst wenn wir nach Ostindien gelangen sollten, wären wir auch dort nicht sicher. Cornelis kennt Kaufleute, die dort leben, er besitzt eine Gewürzplantage. Nirgendwo auf der ganzen Welt gibt es Sicherheit für uns.
»Gott wird uns eine Antwort geben«, sage ich.
»Glaubst du wirklich, daß Er auf unserer Seite steht?«
»Wo ist deine Bibel? Hol einen Schlüssel.«
Maria hat mir davon erzählt. So verhandelt sie mit Gott, wenn sie eine Entscheidung fällen muß. Jan steigt mit der Bibel ins Bett. Wie ein Pflasterstein liegt das Buch auf unseren Knien. Ich schließe die Augen, schlage auf Gutdünken eine Seite auf und lege Jans Hand mit dem Schlüssel auf eine Stelle.
»Lies vor.«
Er zitiert: *»Deine beiden Brüste sind wie junge Zwillinge von Gazellen, die unter den Lilien weiden … Von deinen Lippen, meine Braut, träufelt Honigseim. Honig und Milch*

*sind unter deiner Zunge.«* Jan klappt die Bibel zu. »Das ist unsere Antwort.« Lachend legt er sich auf mich. Die Bibel rutscht krachend zu Boden; das ganze Bett erzittert.

Vor dem Einschlafen wäscht Jan mir mit einem Schwamm und warmem Wasser das Gesicht. Ich hocke auf seinem Nachttopf. Dabei kniet er neben mir und löst mein Haar. Diese zärtlichen Vorbereitungen zur Nacht machen mich schwach vor Liebe. Alles hier rührt mich an, denn seine Hände haben alles angefaßt. Selbst die staubigen Fußbodendielen, denn sie tragen sein Gewicht. Der Geruch von Leinöl ist aromatischer als alle Gewürze des Orients.
In dieser Nacht schlafe ich in seinen Armen. *Mein Freund ist weiß und rot ... Seine Wangen sind wie Balsambeete, in denen Gewürzkräuter wachsen. Seine Lippen sind wie Lilien, die von fließender Myrrhe triefen.* Ich habe nie zuvor nackt neben einem jungen Mann geschlafen. Wie süß sein Körper ist, wie süß sein Atem! Wir schlafen ineinander verschlungen. Seine Haut ist fest und glatt. Er regt sich, dreht sich um, schmiegt sich an meinen Rücken und legt seine Hände um meine Brüste. Ich bin so groß wie er, wir sind füreinander geschaffen. Er drückt seine Füße gegen meine – Zwillingsfüße.
Durch meine Träume höre ich fern den Singsang: *Zwei Uhr! ... Drei Uhr!* Mein Glück ist nach Stunden bemessen. Überall in der Stadt liegen Bürger in ihren Wandschränken beieinander, Ehemänner und Ehefrauen. In den Schubladen unter ihnen liegen ehrbar gezeugt ihre Kinder. Familien schlafen behaglich in ihren Betten. Ich habe das alles hinter mir gelassen; ich bin aufs Meer hinausgefahren ... heute nacht treibe ich umher, eine Rückkehr zu meinem früheren Leben ist unmöglich.

Jan atmet in meine Haare. Er verströmt seine Träume, wie Meeresgischt sickern sie in mich ein. Ich habe den schändlichen Gedanken: Wenn Cornelis nur sterben würde. Dann könnten mein Geliebter und ich jede Nacht gemeinsam verbringen, für den Rest unseres Lebens.
Dieser Gedanke ist so monströs, daß ich ihn sofort aus meinem Kopf verbanne. Statt dessen träume ich, wie es gewesen wäre, wenn ich Jan früher kennengelernt hätte und es mir freigestanden hätte, ihn zu heiraten, ihn ohne Schuld zu lieben. Niemand hat mich gezwungen, Cornelis zu heiraten – natürlich hat meine Mutter mich ein wenig gedrängt, aber ich hätte mich ihrem Druck widersetzen können. Ich allein bin dafür verantwortlich, daß ich – wie ich es jetzt sehe – meine Jugend und meine Hoffnungen geopfert habe. Ich habe es getan, um meine Familie vor dem Ruin zu bewahren – aber was war das im Vergleich zu der Katastrophe, die bevorsteht, wenn es mir nicht gelingt, unseren tollkühnen Plan zu einem guten Ende zu bringen?
*Wenn Cornelis nur tot wäre.*
Mit einem Ruck setze ich mich auf, bin hellwach. Jan regt sich, fährt mir mit der Zunge das Rückgrat hinab.
»Ich habe einen Plan«, sage ich.
»Was für einen Plan?« murmelt er schläfrig.
»Es gibt nur eine Möglichkeit für uns zu fliehen – so, daß er nie auf die Idee kommt, nach uns zu suchen.«
Der Plan ist so offensichtlich, so atemberaubend einfach, daß ich mich frage, warum ich nicht früher darauf verfallen bin.
Wenn es gelingen soll, brauchen wir Geld, sehr viel Geld. Wieviel genau, müssen wir herausfinden. Einen Teil davon brauchen wir jetzt, um alles in die Wege zu leiten. Im No-

vember, wenn das Kind geboren ist, werden wir noch sehr viel mehr brauchen.

Wir sitzen auf dem Bett, die Fensterläden sind nur halb hoch, Sonnenlicht strömt ins Zimmer. Draußen singt ein Vogel, ein Kind ruft. Wir haben jedes Gefühl für Zeit verloren. Wir haben nichts gegessen. Ich bin noch immer benommen, als hätte man mir einen Schlag mit einem Sandsack versetzt.

»Weißt du noch, was mein Gemahl sagte, über den Wahnsinn, der unser Land ergriffen hat?«

»Du bist dieser Wahnsinn, meine Liebste.« Er streichelt mein Handgelenk. »Du bist diejenige, die mein Herz ergriffen hat.«

Ich gehe nicht darauf ein. »Diese Tulpenmanie.«

Natürlich hat er davon gehört. Alle sind davon angesteckt, die Hysterie hat sich ausgebreitet wie ein Fieber; im letzten Jahr ist sie außer Kontrolle geraten. In Schenken wird heimlich gehandelt, riesige Summen haben den Besitzer gewechselt. Unsere soliden Bürger sind einer Besessenheit erlegen.

»Eine Zwiebel – weißt du noch, was er sagte? Eine Zwiebel wurde für unendlich viele Wertgegenstände verkauft – Pferde, Silber ...«

»Was schlägst du vor?«

»Eine Zwiebel ist für den Preis von einem *Haus* verkauft worden – das habe ich letzte Woche gehört – die Grundpacht eines Hauses an der Prinsengracht ...«

Ich beginne zu schwitzen. Wir sitzen Seite an Seite auf dem Bett. Ich trage sein Nachthemd. Ein roter Tropfen fällt auf meinen Schoß. Kurz denke ich, daß er von der Decke kommt. Dann sehe ich noch einen Tropfen, einen dritten. Ich habe Nasenbluten. Das passiert, wenn ich aufgeregt bin.

Jan drückt ein Taschentuch unter meine Nase und legt meinen Kopf in den Nacken. Das Tuch zwischen seinen Fingern färbt sich rot. Nasenbluten ist merkwürdig; man blutet, ohne Schmerzen zu haben. Das Taschentuch wird durchweicht. Als Jan meinen Kopf schließlich losläßt, hat er Blut an den Händen.

# 32

## Der Tulpenzüchter

*Man sucht eine große Zwiebel mit mehreren gutentwickelten Ablegern aus, entfernt die Erde und trennt die Ableger ab, ohne daß Wurzeln verlorengehen. Die Ableger steckt man in Töpfe mit feuchtem, sandigem Substrat und bedeckt sie mit Substrat. Beschriften und gießen.*

Royal Horticultural Society, *Gartenenzyklopädie*

Claes van Hooghelande ist ein Besessener. Er schläft nur unruhig in seinem Haus in der Sarphatistraat. Er ist Tulpenzüchter. Früher war er Steuereintreiber, aber diese Arbeit hat er – sehr zum Leidwesen seiner Frau – aufgegeben, damit er zu Hause bleiben und seinen Garten bewachen kann. Es ist nur ein kleiner Garten, doch für ihn ist er der Nabel der Welt. Dort draußen in der Nacht wachsen unter der Erde seine Kinder heran.

Seine wirklichen Kinder liegen oben und schlafen, aber für sie hat er keine Zeit mehr. Es ist ihnen unter Androhung von Prügeln verboten, den Garten zu betreten, sie müssen auf der Straße spielen. Wenn er an sie denkt, was selten der Fall ist, sieht er sie als Knoten einer Tulpenzwiebel – Ableger, die sich an die Mutterzwiebel schmiegen. Alles, was er sieht, nimmt er in Tulpenform wahr. Hübsche Frauen sind Tulpen; ihre Röcke sind Blütenblätter, die um ihre pollenbestäubten Bein-Griffel schwingen. Die Steuern, die er früher eintrieb, sind wertvolle Knoten, die er von der fülligen Zwiebel des Jahresgehalts abgelöst hat.

Er ist besessen von Ablegern. Je mehr Ableger, desto schwerer die Zwiebel. Je schwerer die Zwiebel, desto mehr *azen* wiegt sie. Je mehr *azen* sie wiegt, desto mehr Geld bekommt er. Deswegen läßt er seine Tulpen auch länger im Erdboden als seine Konkurrenten, die anderen Amateurzüchter, deren Gärten schon leer sind. Sie haben ihre Zwiebeln im Juni aufgenommen, aber er hat noch viele Wochen abgewartet.

Doch das zehrt an den Nerven. Allen Vorkehrungen zum Trotz – den Stolperschnüren, der Wache rund um die Uhr –, solange seine Zwiebeln in der Erde liegen, sind sie gefährdet: Diebe, Hunde, Schnecken. Früher einmal war er ein korpulenter Mann mit gesundem Appetit; in der Zeit vor den Tulpen konnte er sich gerade noch durch die Haustür zwängen. Jetzt kann er nicht mehr essen, kaum schlafen; die Kleider schlottern ihm am Leib, seine Frau mußte sie enger machen. Er leidet an Sodbrennen und muß Tinkturen aus Pfefferminze und Weinbrand einnehmen. Früher schliefen er und seine Frau unten in einem Bett, das im hinteren Zimmer in die Wand eingelassen war. Mit dem Geld, das er in der letzten Saison verdiente, hat er sich ein freistehendes Bett gekauft und es in ein Zimmer oben neben das Fenster gestellt. Von dort kann er auf seinen Garten schauen.

Sein Geheimnis ist der Kompost. Den ganzen Herbst lang hat er den Boden vorbereitet und seine Zaubermischung untergehoben – karrenweise Kuhdung, säckeweise Hühnerexkremente, feinen Sand und Knochenmehl aus dem Schlachthaus. Seitdem hat er diesen Spezialdünger dreimal in der Woche verabreicht. Er hat das Verhältnis pro Elle ausgerechnet und in ein Buch notiert, das er in seiner Schatulle aufbewahrt.

»Du würdest deine Kinder untergraben, wenn du damit den Boden anreichern könntest«, murrt seine Frau. Sie versteht ihn nicht. Manchmal wirft sie ihm absonderliche Blicke zu. Es gefällt ihm, im Garten zu hocken, die Erde zwischen den Fingern zu zerkrümeln und an ihr zu schnuppern. Keine Süßigkeit duftet köstlicher; er könnte die Erde gut und gern essen.

»Vielleicht solltest du zum Arzt gehen, Liebster«, sagt seine Frau. Aber bald wird sie sehen, welche Preise er verlangen kann! Sechzigtausend Gulden in vier Monaten, soviel Geld hat ein Mann auf der anderen Seite der Stadt gemacht. Das ist das Sechzigfache seines jährlichen Einkommens. Dann wird sie Augen machen. *Und dieser Mann hat einen kleineren Garten.*

Den Großteil seiner Zwiebeln hat Claes schon aufgenommen und eingelagert – seine Wunder, seine Smaragde und seine Hauptart, die Goudas. Dieses Jahr hat er sich selbst übertroffen und mehrere neue Varietäten perfektioniert – selbstgezüchtete Mutationen, denen er noch keinen Namen gegeben hat. Eine von ihnen hat eine indigoblaue Schattierung, wie wenn ein Tropfen Tinte in Milch verläuft. Er hat die Ableger abgetrennt, gewogen und in Stroh verpackt in seinem Keller gelagert, hinter Schloß und Riegel; jetzt wartet er, bis die Preise steigen. Seine Admiräle – Admiral van Enckhuysen und Admiral van Eyck – sind noch draußen. Vergangene Nacht ist er mit der Hand unter die Erde gefahren und hat eine Zwiebel mit der Hand umschlossen, um zu spüren, wie sie gewachsen ist. Er spürte die Aufregung eines Pervertierten, der unter das Nachtgewand eines Mannes greift und seine Eier liebkost. Wenn Matrosen dabei ertappt werden, näht man sie in einen Sack und wirft sie über Bord. Welche Strafe erwartet jene, die einen Admiral liebkosen?

*Vielleicht solltest du zum Arzt gehen.* Warum? Er ist nur verliebt. Wie wunderschön waren sie doch, als sie in Blüte standen – wippend und verführerisch, wie sie sich im Wind wiegten. Und die Blüten waren so groß, gedüngt von seiner Geheimrezeptur (Ruß und sein eigener Urin). Sie waren seine kostbarsten Kinder. Sie waren seine himmlischen Heerscharen, die lautlos in ihre Fanfaren stießen. Wie er sie liebte, wobei die Leidenschaft je nach Wert variierte. Der finanzielle Rahmen ist folgender: zuerst die Gelbroten (Goudas); dann die Lilaweißen; und schließlich die faszinierendsten von allen: die Rotweißen.

Den Namen *Semper Augustus* kann er nur im Flüsterton aussprechen, als wäre er im Gotteshaus. Der König der Könige, der Heiligste der Heiligen. Fünf von ihnen schlummern in seiner Erde. Er hat sie von fünf Ablegern gezüchtet, die er im vergangenen Jahr gekauft hat – mehr als fünf konnte er sich nicht leisten. Fünf Blüten haben sie hervorgebracht – Blütenblätter so weiß wie die Stirn einer Jungfrau, Adern rubinrot wie Blut, der Kelch so blau wie der Sommerhimmel. Salomon selbst konnte sie nicht mit größerer Inbrunst besingen. *Siehe, meine Freundin, du bist schön und lieblich. Unser Lager ist grün.* Sie sind Seine fünf betörenden Jungfrauen. *Deine Lippen sind wie eine scharlachfarbene Schnur ... Du bist wunderbar schön, meine Freundin, und kein Makel ist an dir ... Du hast mir das Herz genommen.*

Jetzt sind sie abgestorben, nur hellbraune Blattfetzen sind noch von ihnen geblieben. Ihre Schönheit liegt unter der Erde, in die wir alle zurückkehren müssen. Morgen ist der große Tag. Morgen wird er sie aufnehmen ... wie Christus werden sie aus ihrem langen Schlaf auferstehen und ihn reich machen.
Claes schläft. Er träumt, daß die Erde aufbricht. Soldaten kommen hervor mit leuchtenden Speeren. Er dreht sich um, stößt gegen seine Frau, versinkt wieder im Schlaf. Er träumt von einem Eindringling. Ein großer schwarzer Hund. Heimlich streicht er durch die Straßen – mühelos setzt er über die Mauer ... landet lautlos im Garten. Er sieht sich um, fletscht die weißen Zähne zu einem Grinsen. Er springt ins Tulpenbeet und beginnt in der Erde zu wühlen. Er gräbt winzige Ärmchen und Beinchen aus, die Gliedmaßen von Claes' Kindern.
Die Glocke schrillt. Hellwach setzt Claes sich auf. Er springt aus dem Bett, reißt das Fenster auf und schreit: »Wer da?« Unten im Garten läuten noch mehr Glocken. Er sieht, wie sich etwas bewegt – ein dunkler Schatten im Mondlicht.
Schon ist er im Garten, fällt über seine eigenen Stolperschnüre, bringt die Glocken erneut zum Läuten. Sie bimmeln wie wild, rufen die Sünder zu ihrer gerechten Strafe. Claes untersucht die Erde. Im Mondlicht kann er einen Fußabdruck ausmachen. Nichts ist berührt worden. Dieser Sünder ist entkommen. Das Alarmsystem war Claes' Rettung.

# 33

## Sophia

*Diese Narren wollen allesamt nur Tulpenzwiebeln.*

Petrus Bondius, *Of de Moufe-Schans,* 1621

Es klopft. Gerrit, Jans Diener, steht mit einem Brief vor der Tür.

»Was ist passiert?« Ich habe eine schreckliche Vorahnung. »Ist ihm etwas zugestoßen?«

»Nein, Mevrouw.« Gerrit ist ein phlegmatischer Mensch, stämmig gebaut, mit einem derben Gesicht wie aus Gips. Er stammt aus den Sümpfen der Marken, wo die Bauern sich schwerfällig durch ewigen Nebel kämpfen. Nichts von all dem, was passiert ist, hat seine Neugier erregt, und dafür bin ich dankbar. Ich gebe ihm ein Trinkgeld. Kaum ist er gegangen, reiße ich den Brief auf. Jan hat kalte Füße bekommen. Er will es nicht zu Ende bringen.

*Vernichte diesen Brief, sobald Du ihn gelesen hast.* Ich täusche mich. Jan berichtet von seinem gescheiterten Diebstahl in der vergangenen Nacht. Seht ihr? Noch ein Verbrechen mehr. Aber er sei gestört worden, schreibt er. Der Mann sei aufgewacht. Zum Glück habe er entkommen können, ohne gesehen zu werden. *Wir werden die Zwiebeln kaufen müssen.*

Das ist ein kleiner Rückschlag, aber wir werden ihn überwinden. Irgendwie muß ich Geld beschaffen, um einen Teil der Zwiebeln zu bezahlen. Wir werden große Mengen kaufen müssen, um unsere Spekulation weit zu streuen und die unvermeidlichen Verluste wettzumachen. Ich gehe nach oben und öffne meinen Schmuckkasten. Perlenohrringe, meine Perlenkette, ein Armband und ein Anhänger aus Saphiren. Viel Schmuck besitze ich nicht. So großzügig Cornelis sich meiner Familie und auch mir gegenüber zeigt – was Schmuck betrifft, ist er sparsam. Edelsteine interessieren ihn nicht. Er gibt sein Geld lieber für Gemälde aus, für die Verschönerung seines Zuhauses und für unsere elegante Garderobe. Insbesondere für seine. In der Hinsicht ist er erstaunlich verschwenderisch. Als ich hier einzog, zählte ich staunend die vielen Kleidungsstücke, die in seinen Wäscheschrank gestopft waren: dreißig Unterhosen, siebzig Hemden, fünfundzwanzig Kragen, vierzig Paar Rüschenmanschetten, dreißig Halskrausen, neunzig Taschentücher ... Der Schrank ist zum Bersten voll; letzte Woche mußten wir den Schmied holen, die Scharniere waren zerbrochen.
Ich wähle einigen Schmuck aus und lege ihn aufs Bett. Alles kann ich nicht versetzen – das würde Cornelis auffallen –, aber diese Stücke kann ich aus dem Haus schmuggeln.
Maria kommt ins Zimmer. Sie kennt unseren Plan, natürlich haben wir sie eingeweiht. Sie muß Bescheid wissen, schließlich spielt sie die Hauptrolle. Sie hat eingewilligt, aber offenbar steht sie noch immer unter Schock.
Ich erzähle ihr von dem fehlgeschlagenen Diebstahl. Sie betrachtet die wenigen Schmuckstücke, die auf der Decke ausgebreitet sind. Sie sehen kläglich aus, wie kleine Vögelchen, hingeschlachtet an einem glücklosen Jagdtag.

»Ich habe Angst«, sagt sie.
So darf Maria nicht reden. Sie ist die Vernünftige, die Praktische. Ich tue, als verstünde ich sie nicht. »Wir bekommen schon genug Geld zusammen, mach dir keine Sorgen«, sage ich. »Wir werden die Zwiebeln kaufen, und dann verdienen wir noch sehr viel mehr.«
»Deswegen habe ich keine Angst.«

Es ist Nacht. Ich trete in den Garten. Die Blumen hauchen mir Mut ein. Im Gegenzug spreche ich ihnen Mut zu, denn ich weiß, daß ihr duftiges Leben bald zu Ende sein wird. Trotz ihrer Schönheit können sie nichts empfinden. Wie sollten sie wissen, daß ihre kurze Blüte uns hilft, die Eitelkeit menschlichen Strebens zu begreifen?
Ich bleibe stehen, atme ihren süßen Geruch ein. Unsere Liebe zu Blumen hat etwas Reines, sie ist ein Akt der Ehrerbietung, der nichts mit Gier zu tun hat. Nur Tulpen bilden eine Ausnahme. Wenn ich an sie denke, steigt Begierde in mir auf, eine schändliche Woge des Verlangens. Ich denke: Nächstes Jahr pflanze ich Tulpen in dieses schmale Beet. Dann wird mir bewußt, daß es kein nächstes Jahr gibt.
Wie ein Sträfling im Kerker schreite ich im Garten auf und ab. In der Dunkelheit fühle ich etwas unter meinem Fuß zerbersten. Als ich als Mädchen auf meine spätere Rolle als Ehefrau vorbereitet wurde, bekam ich auch die Redewendung von der Schnecke zu hören: Sie ist eine gute Hausfrau, denn sie trägt ihr Haus immer bei sich, wohin sie auch geht.
Nun, diese Schnecke ist ausgelöscht, und ihr Haus mit ihr.

# 34

## Jan

Pieter: *Ich mag dich sehr. Darum möchte ich dir eine einträgliche Transaktion vorschlagen. Ich tue das uneigennützig, aus purer Freundschaft.*

Hans: *Ich höre genau zu, mein Lieber.*

Pieter: *Ich habe eine Tulpenzwiebel* Harlekin. *Das ist eine sehr schöne Sorte und zudem auf dem Markt außerordentlich gesucht.*

Hans: *Aber ich habe mich nie mit Blumen beschäftigt. Ich besitze nicht einmal einen Garten.*

Pieter: *Du verstehst gar nichts. Bitte, hör mir genau zu und unterbrich mich nicht. Denn wer weiß, vielleicht klopft heute das große Glück an deine Tür. Kann ich fortfahren?*

Hans: *Ja, ja, natürlich.*

Pieter: *Also, die Zwiebel* Harlekin *ist hundert, vielleicht sogar noch mehr Gulden wert. Im Namen unserer, wie bereits erwähnt, ungetrübten Freundschaft gebe ich sie dir für fünfzig Gulden ab. Noch heute kannst du ohne Anstrengung viel Geld verdienen.*

Hans: *Das ist wirklich ein großartiger Vorschlag! Nur sag mir, was soll ich mit dieser* Harlekin *anfangen? Ich werde mich doch nicht an die nächste Straßenecke stellen …*

PIETER: *Ich enthülle dir das ganze Geheimnis. Halte es gut im Gedächtnis fest. Warum windest du dich so?*

HANS: *Ich höre, aber es dreht sich mir ein bißchen im Kopfe.*

PIETER: *Tu genau, was ich dir sage. Geh in den Gasthof* Zum Löwen. *Frag den Wirt, wo sich die Tulpenhändler versammeln. Geh in das angegebene Zimmer. Dann wird jemand mit rauher Stimme sagen (aber laß dich nicht irritieren): »Ein Fremder ist gekommen.« Als Antwort darauf mußt du gackern wie ein Huhn. Von diesem Augenblick an wirst du zum Kreis der Händler gehören.*

Zeitgenössisches Stück, zitiert in Z. Herbert,
*Stilleben mit Kandare*

Eine Woche ist vergangen. Jan steht in seinem Atelier und versucht, mit dem Mann, den er bestehlen wollte, ins Geschäft zu kommen.

Es ist ihm unangenehm, im hellen Tageslicht mit ihm zusammenzutreffen, auch wenn der Mann ihn unmöglich erkennen kann. Er ist der einzige Züchter, dessen Namen Jan kennt – ein Gast im ’t Haentje hat ihm erzählt, Claes van Hooghelande habe eine beträchtliche Sammlung, die er streng bewache. Mittlerweile weiß Jan das nur allzu gut.

Der Tulpenzüchter ist nervös und rastlos, als könne er es nicht erwarten, wieder nach Hause zu kommen. Er hat Jan erzählt, daß all seine Zwiebeln mittlerweile aufgenommen sind und hinter Schloß und Riegel lagern. Seine Augen funkeln manisch.

»Ich habe fünf Semper Augustus«, sagt er, heiser vor Aufregung. »Etwas außerhalb Eures finanziellen Rahmens.«
Leider liegen die Zwiebeln, die er mitgebracht hat, ebenfalls außerhalb von Jans finanziellem Rahmen. Er hat das Geld von Sophias versetztem Schmuck, seine eigenen Ersparnisse und ein Darlehen von Mattheus, aber es fehlt immer noch etwas. Und in diesem Stadium muß er reichlich kaufen. Er hat eine Tüte Goudas bestellt – rot und gelb, die billigsten geflammten – sowie mehrere tausend *azen* einiger Admiräle, deren vollständigen Namen er nicht verstanden hat. *Ich habe meine Zeit damit vergeudet, Steuern einzutreiben,* hat Claes gescherzt, *jetzt bin ich zur Marine gegangen.* Nur wenn Jan jetzt viel kauft, wird er das Vermögen verdienen, das er braucht, um es, buchstäblich, mit Leben und Tod aufzunehmen.
»Sucht Euch ein Gemälde aus.« Er packt Claes am Arm und führt ihn zu den Bildern. »Nehmt eine *Auferweckung des Lazarus.* Die ist dreißig Gulden wert.«
Er holt Leinwände hervor und Tafeln, lehnt sie an die Wand. Jacob mahlt Pigmente und starrt neugierig herüber.
»Nehmt *Abrahams Opfer,* nehmt die *Landschaf mit Kühen.*«
»Aber Mijnheer ...« protestiert Jacob.
»Sei still!« bellt Jan. »Nehmt eine *Ehebrecherin.*«
Claes van Hooghelande steht da und kratzt sich den Kopf.
»Was ist mit dem Stilleben dort droben? Die Blumen?« Er deutet auf eine Holztafel, die in der Ecke lehnt. »Schaut, seht da, zwischen dem Rittersporn und dem Schneeball – seht Ihr die Tulpe? Das ist eine General der Generale.«
»Wirklich?«
»Ihr Maler seid Einfaltspinsel.«
»Wir malen nur, was wir sehen.«

»Ach ja?« erwidert Claes. »Osterglocken und Lilien, die gleichzeitig blühen? Das ist unmöglich.«
»Nicht, wenn *ich* sie male.« Jetzt ist Jan nervös.
»Eine derart anmutige Tulpe, ein Gedicht von Blüte«, sagt Claes. »Ihr habt sie vollkommen eingefangen – der Tautropfen ...«
»Danke, aber ...«
»Seltsam, nicht wahr? Daß Blumen vergänglich sind, ein Bild aber für immer bestehen bleibt.« Claes' Stimme bebt vor Bewegtheit. »Und doch ist eine Zwiebel dieser Tulpe finanziell gesehen dreimal mehr wert als Euer Bild von ihr. Das versucht einmal zu erklären.« Er faßt sich und spricht schroff weiter. »Gebt das Gemälde dazu, und wir sind handelseinig.«
Jacob schnappt nach Luft. Jan ignoriert ihn.

In ihrer Tüte sehen sie aus wie Küchenzwiebeln. Und dafür hat Jan so viel bezahlt, wie er mit Glück in einem ganzen Jahr verdient. Sie sind so unscheinbar – und doch mehr wert als Geschmeide, als Gemälde, als Gold. In diesen von Sonne und Regen genährten Zwiebeln liegt seine Zukunft.
Jan ist zu unruhig, um arbeiten zu können. Er möchte so gern mit Sophia reden. Sie fehlt ihm entsetzlich – sie ist so nahe und doch so fern, eingesperrt in ihrem schaurigen Gefängnis. Er möchte ihr von Claes erzählen, dem manischen Blitzen in seinen Augen und den Kniehosen, die er ständig hochziehen mußte. Er möchte ihr alles sagen, was ihm durch den Kopf geht, die Worte, die er bis zu ihrem nächsten Treffen für sie aufbewahrt. Ob sie in diesem Augenblick an ihn denkt? Was tut sie wohl gerade – näht sie, sieht sie zum Fenster hinaus, den Sonnenschein auf der wunderhübschen Nase? Er sehnt sich so sehr nach ihr, daß ihm

beinahe die Luft wegbleibt. Er sagt sich: Nur ein paar Monate noch, dann sind wir zusammen, für immer.
Er geht an ihrem Haus vorbei, aber es scheint niemand dazusein, er sieht kein Gesicht am Fenster. Vielleicht ist sie einkaufen gegangen. Er wandert zum Marktplatz, doch es ist schon spät, die Händler packen zusammen. Es war ein so merkwürdiger Tag, daß er jedes Zeitgefühl verloren hat. Kutscher lungern neben ihren Pferden, warten auf Kundschaft. Wenn ein Passagier kommt, würfeln sie darum, wer ihn fahren soll. Jan denkt: Wie solide wir wirken, doch unter der Fassade sind wir alle Spielernaturen. Das ganze Volk ist besessen. Und ich habe mich auf das größte, das riskanteste aller Spiele eingelassen.

In der Nacht träumt er, alle Menschen seien Tulpen; Stiele wachsen als Hälse aus Rüschen hervor. Mit nickenden Köpfen wiegen sie sich in harmonischer Eintracht. Es kommt ihm völlig natürlich vor, daß die Einwohner von Amsterdam Blumen sind.
Er steht auf dem Hauptplatz und ruft nach Sophia. Nikkend kommt sie auf ihn zu. Es muß Sophia sein, er erkennt sie an dem violetten Kleid. Er fragt, ob sie mit ihm über die Meere segeln will. Sie nickt heftiger, ihre Blütenblätter fallen ab, und es bleibt ein kahler Stengel zurück.

Jans Freund Mattheus kennt einen geeigneten Arzt, Doktor Sorgh mit Namen. Er hat bei einem Hausmädchen, das Mattheus geschwängert hatte, eine Abtreibung vorgenommen und sich mit einem Gemälde von *Zechenden Bauern* bezahlen lassen.
»Wozu brauchst du ihn?« fragt Mattheus neugierig. »Hast du einem Flittchen 'nen Balg gemacht? Wann wirst du end-

lich aufhören rumzuhuren und dir ein nettes Mädchen suchen? Gerrit eignet sich nicht zur Hausfrau; dafür hat er schon die verkehrte Figur.«
Jan verabredet sich mit dem Doktor, im Laden eines Apothekers unten an den Docks. Das stellt sich als Fehler heraus. Ärzte hassen Apotheker, weil sie ihnen die Kundschaft wegnehmen. Sie gehören derselben Gilde an und geben sich als Ärzte aus; sitzen unter ihren ausgestopften Krokodilen und brummeln Diagnosen. Sie tragen sogar die gleiche Tracht – schwarzes Gewand, schwarzer Umhang, spitzer Hut.
»Warum wolltet Ihr mich hier treffen?« raunzt Doktor Sorgh.
Jan fand es passend. Der Doktor marschiert zur Tür hinaus, und die beiden setzen sich in eine Schenke.
»Worum geht es?« fragt der Arzt.
»Vor ein paar Jahren habt Ihr meinem Freund einen Dienst erwiesen. Beide Parteien waren zufrieden, und er hat mir Euch als diskret empfohlen.«
Doktor Sorgh hat ein schmales, listiges Gesicht und rötliche Haare. Jan muß Vertrauen zu ihm fassen. Dieser Mann hält das Leben von drei Menschen in der Hand – mit dem Kind sind es sogar vier. Mittlerweile hat Jan einen gewissen Beschützerinstinkt gegenüber Maria, die von allen Beteiligten am meisten gefährdet ist. Seine Verantwortung ihr gegenüber ist beinahe so groß, als hätte er selbst sie geschwängert.
»Ich möchte, daß Ihr bei einer Entbindung helft. Die Sicherheit der Frau ist von äußerster ...«
»Haltet Ihr mich für unfähig?«
»Nein!« Wie empfindlich dieser Mann ist. »Nein – aber es gibt ein paar ungewöhnliche Begleitumstände. Als ers-

tes, absolute Diskretion.« Jan hält inne. Er muß diesen Mann ins Vertrauen ziehen, er muß ihm die ganze Geschichte erzählen, sonst können sie ihren Plan nicht verwirklichen.

Er trinkt einen Schluck Bier und beginnt. Es verstört ihn, einem Fremden davon zu erzählen, seiner eigenen Stimme zu lauschen, wie sie das Vorhaben erläutert. Die ganze Idee klingt verrückt.

Dann herrscht Stille. Doktor Sorgh starrt in sein Bier. Jan sieht auf die Hände des Arztes: lange, weiße Finger. Sie fahren am Bierkrug hinab. Jan versucht, nicht daran zu denken, was diese Finger alles angefaßt haben.

»Die Gefahren«, sagt der Arzt schließlich. »Die Gefahren sind enorm.«

»Wir müssen sie auf uns nehmen. Das versteht Ihr doch, nicht wahr?«

»Gefahr für das Dienstmädchen, Gefahr für Eure Freundin.« Doktor Sorgh betrachtet ihn. »Ihr müßt diese Frau wirklich sehr lieben.«

Jan nickt.

Völlig unerwartet seufzt der Arzt. »Ihr habt großes Glück.«

Wieder herrscht Stille; wieder fährt der Arzt mit seinen schlanken, pedantischen Fingern an dem Krug hinab. Es ist früher Nachmittag. Die Schenke ist leer, bis auf drei Matrosen unauffällige junge Männer, die am Tisch sitzen und Karten spielen.

Doktor Sorgh blickt zu ihnen hinüber. »Ich habe einmal eine Frau geliebt«, sagt er. »Aber aus Feigheit ... Ich war zu feige. Ich konnte es nicht ertragen, von der Welt verurteilt zu werden ... meinen Beruf aufgeben zu müssen ... Zu viel stand auf dem Spiel. Ich habe es mein Leben lang bereut.«

Er hebt den Krug, aber seine Hand zittert, und er stellt ihn wieder ab. »Mut zu haben ...«
Seine Stimme verklingt. Jan schaut zu Boden. Dort liegen ein zerbrochener Pfeifenhals und eine leere Austernschale. Sie erinnern an Drucke in einem Emblem-Buch. Jan denkt: Wenn das ein Bild wäre, würde ich verstehen, was er mir sagen will.
»Deswegen versuche ich, Leuten in bestimmten Situationen zu helfen«, fährt der Arzt fort. »Das ganze Leben ist Gefahr – ich als Arzt weiß das nur allzu gut. Aber manche Menschen segeln härter am Wind als andere, und das sind die, für die mein Herz schlägt. Ich bewundere sie dafür, versteht Ihr, weil ich selbst nicht dazu imstande war.«
Das berührt Jan. Allmählich findet er Gefallen an diesem kratzbürstigen, gefühlvollen Mann. Dann sieht er das Zittern von Sorghs Händen und fragt sich: Kann er die Sache durchstehen?
Vielleicht ahnt der Arzt das, denn er sagt: »Sie ist in guten Händen.«
»Welche ›sie‹?«
»Beide.« Er strafft die Schultern. »Und nun – zum Geld.«
Er teilt Jan seine Konditionen mit. Eine Vorauszahlung für ihn und die Dienste einer Hebamme – er wird eine Hebamme empfehlen, eine Frau, der er voll und ganz vertraut.
Jan zählt dem Arzt das Geld mit einem nachlässigen Achselzucken vor. Es ist nur Geld; nur ein paar Zwiebeln. Doch unter der Fassade der Unbekümmertheit ist er unendlich aufgeregt. Die Tulpenmanie hat ihn in ihren Bann geschlagen, und was für eine Herrin sie ist! Sie kokettiert mit anderen Männern, sie macht ihnen falsche Verheißungen. Und am Ende, gerade wenn er glaubt, er würde sie verlieren, gibt sie sich ihm hin. Sie überläßt sich unbekümmert

seinen Armen, und eine Woge des Glücks durchflutet ihn. Eine Zeitlang ist er gesättigt. Dann meldet sich der Hunger zurück, der Hunger ist unstillbar. Genau diese Art Herrin ist sie. Wer könnte ihr widerstehen?
Vor einem Monat noch, im Juli, war er unschuldig, unberührt. Spekulanten waren *kappisten;* er hielt sie für verrückt. Jetzt ist er einer von ihnen, und seine Investition hat sich bereits verdreifacht. Seine Admiräle haben ihn in die Schlacht geführt – und welche Beute er gemacht hat! Ihr Preis ist hochgeschossen; jetzt hat er genug Geld, um den Arzt anzuzahlen und neue Zwiebeln zu kaufen. Er findet kaum noch Zeit zu malen. Jeden Tag geht er in die Schenke, wo seine neuen Freunde sitzen, Besessene wie er, und eingehüllt von fieberhaften Tabakschwaden kaufen und verkaufen.
»Außerdem müßt Ihr mir einen Schuldschein für die Abschlußzahlung geben«, sagt der Arzt.
Er nennt Jan die Summe. Jan bleibt der Mund offenstehen.
»Ihr dürft die Gefahr nicht vergessen«, erklärt der Arzt. »Die Gefahr für mich.«
Einen Moment lang, denkt Jan, habe ich diesen Mann tatsächlich für sentimental gehalten. Er holt ein Blatt Papier hervor. *Ich, Jan van Loos, erkläre hiermit …* Er schreibt die Summe in seiner großen, unbeholfenen Schrift nieder. So viele Nullen! Er schreibt die »O« mit dem Stolz des Malers – sie sind vollkommen rund. Sein Meister war in Rom gewesen, wo die Schule der Renaissance ihn solche Dinge lehrte. Sie sind rund wie der Vollmond auf einem *Seestück bei Nacht.* Sie sind rund wie die Seifenblasen, die ein Kind auf einem Gemälde von Frans Hals bläst, um uns die Eitelkeit und Kürze des Lebens zu verdeutlichen.
Doktor Sorgh faltet den Zettel zusammen und steckt ihn in

die Tasche. Jan reicht ihm die Hand. Das ganze Leben ist ein Glücksspiel. Schließlich ist es reiner Zufall, daß er überhaupt geboren wurde. Eine Nacht früher oder später, und seine Eltern hätten ein anderes Kind gezeugt. Es ist reiner Zufall, daß er Sophia begegnet ist, seiner großen Liebe.
Er wird das Geld bekommen. Er weiß, wie man mit der Herrin Fortuna spielt, er hat das Spiel gelernt. Und wenn es zum entscheidenden, zum letzten, zum größten Glücksspiel kommt, dann wird er gewinnen, das weiß er. Denn bislang war das Glück auf seiner Seite.

# 35

## Herbst

*Wenn die Hunde bellen, flüchtet sich der Hase in den Wald.*

J. Cats, *Emblemata,* 1632

Herbststürme fegen über das Land, Regen peitscht herab. Bäume werden entwurzelt, Flüsse sprengen Deiche und überfluten Felder. Weite Landstriche liegen unter Wasser, kehren zu dem Element zurück, dem sie entrissen worden sind. Boote versinken, die Wracks werden verächtlich an den Strand gespült, als schleudere Gott leere Walnußschalen weg. Cornelis' Schiffe kehren sicher zurück, aber der größte Frachter im Archangelsk-Moskau-Konvoi, beladen mit Zobeln, Ambra, Tranöl und Eisenerz, geht mit Mann und Maus unter. Kirchenglocken läuten für die Seelen der Ertrunkenen.

In Amsterdam stürzen Schornsteine auf die Straßen, Wäsche wird von den Leinen gerissen. Ein Handwerker wird vom Gerüst eines halbfertigen Hauses in der Keisergracht gefegt – ein Märtyrer des hybriden Wohlstands. Es ist gefährlich, die Grachten entlangzugehen – Leute verlieren im Wind das Gleichgewicht. Leichen treiben im Wasser, Opfer ihrer im Rausch ersäuften Verzweiflung; die Tulpenma-

nie hat viele in den Ruin getrieben, und nun ertränken sie ihre Sorgen ein letztes Mal.
Mitte Oktober hört es auf zu regnen. Nebel hüllt die Stadt ein. Die Geräusche sind gedämpft, Gebäude unsichtbar. Man sieht nicht, wo die Straße endet und der Kanal beginnt. Leute stürzen in die Grachten und treiben unbemerkt mehrere Tage im Wasser, bis der Nebel sich wieder hebt.
Die Nächte sind gespenstisch leise. Nebel steigt vom Wasser auf. Gestalten können unbemerkt durch die Gassen schleichen, denn die Schwaden sind so dicht, daß man kaum die Hand vor Augen sieht. Amsterdam ist eine Stadt der Gespenster, der Verbrechen, die keine Spur hinterlassen, denn wer sie verübt, wird von der milchigen Nacht verschluckt.

# 36

## Sophia

*Ein Narr und sein Geld sind bald entzweit.*

Sprichwort zum Tulpenfieber in Visschers *Sinnepoopen*

Ich schicke ein Dankesgebet zum Himmel. Dieser Nebel ist der Odem Gottes, der uns schützt. Ich kann ungesehen durch die Straßen huschen. Schemenhafte Gestalten tauchen auf, gehen an mir vorüber und verschwinden; sie halten den Kopf gesenkt, achten auf ihre Schritte. Wir sind jeder in einen Kokon gehüllt.

Jan und ich sind kühn geworden. Mein Schlafgemach geht zur Straße hinaus. Cornelis, der im Zimmer gegenüber liegt, hat einen tiefen Schlaf. Nachts wirft Jan ein Steinchen an mein Fenster, ich schleiche nach unten und lasse ihn ins Haus. Ich kann es nicht riskieren, ihn mit in mein Bett zu nehmen. Allerdings denken wir nicht mehr in erster Linie an unsere Lust. Eine neue Gier hat uns ergriffen; wir hocken flüsternd auf der Bank.

Ich habe die Summen aufgeschrieben. Jan nimmt den Zettel; das Blatt zittert in seiner Hand. Immer wieder haben wir viel aufs Spiel gesetzt und gewonnen. Mittlerweile ist Jan in die große Liga aufgestiegen. Er handelt jetzt mit der Zukunft von Tulpen. Wir reden wie Experten. Die Zwiebeln selbst haben wir schon lange aus den Augen verloren, sie sind reine Abstraktion geworden. Wir kaufen Zwiebeln, die wir nie gesehen und noch nicht bezahlt haben, spekulieren mit neuen Varietäten und darauf, daß ihre Preise in die Höhe schießen werden, höher und immer noch höher. Es werden Zwiebeln an einem einzigen Tag zehnmal gekauft und wieder verkauft, ohne daß irgend jemand sie zu Gesicht bekommen hätte. Wir kauern über dem Blatt Papier und rechnen unsere Summen nach, diese atemberaubenden, in Bleistift niedergeschriebenen Ziffern. Ich bin so aufgeregt, daß ich wieder Nasenbluten bekomme und Blut auf den Zettel tropft.

Nicht nur die Lust ist vergessen. Jan malt schon lange nicht mehr. Das Fieber hat ihn in seinen Bann geschlagen, und er verbringt den Tag in vier unterschiedlichen Wirtshäusern, flüstert das Kennwort, um den Raum betreten zu dürfen, in dem gehandelt wird. Ich kann es nicht riskieren, ihn zu begleiten und dabei gesehen zu werden; es hat den Anschein, als halte sich im Augenblick ganz Amsterdam in den Schenken auf. Er bietet durch die Tafeln. Holztäfelchen werden herumgereicht, auf denen man in Kreide Werte notiert. Die Männer feilschen; Gebote werden aufgeschrieben und weggewischt, der Abschluß mit einem Glas Wein besiegelt. Jan borgt sich Geld von Freunden, um das nächste Geschäft zu finanzieren, und zahlt ihnen innerhalb einer Woche die doppelte Summe zurück. Es ist wie ein Wunder! Gott lächelt auf uns herab; Er steht auf unserer Seite.

Ich wische das Blut vom Papier. Ein bräunlicher Fleck bleibt zurück.

In den letzten Wochen hat Maria sich verändert. Natürlich ist sie rund geworden, dick wie eine Tulpenzwiebel, die mit dem edelsten Kompost genährt wird. Vor kurzem sagte Cornelis beim Abendessen: »Ist dir aufgefallen, wie stämmig sie geworden ist? Sie ißt uns noch arm.«
»Sie hat schon immer einen herzhaften Appetit gehabt«, antworte ich.
Außerdem bewegt sie sich anders, wiegt sich wie ein Schiff unter vollen Segeln. Sobald sie sich anstrengt, gerät sie außer Atem. Seit Monaten schon übernehme ich die schwereren Arbeiten, putze das Haus, wische die Böden. Sie darf das Kind nicht verlieren. Wenn ich mich anstrenge, gerate ich ebenfalls außer Atem. Ich habe noch nie im Leben so schwer gearbeitet. Doch unser Rollenwechsel – ich die Dienerin, sie die Herrin, die sich auf die leichtesten Tätigkeiten beschränkt – geht über die bloße Hausarbeit hinaus.
»Komisch, nicht?« sagt sie eines Tages. »Ihr habt Euch verkleidet, als wärt Ihr ich, und ich habe mich oft verkleidet, als wäre ich Ihr.« Sie erzählt mir, wie sie in meine blaue Jacke schlüpfte, die mit dem Pelzbesatz, und vor dem Spiegel auf und ab ging. Sogar die Hände haben wir getauscht. Meine sind Dienstmädchenhände geworden, rissig und trocken. »Reibt sie mit Gänseschmalz ein«, lacht sie. »Dann seid Ihr eine Dame.« Ihre Hände sind glatt wie die einer Bürgersfrau.
Auch das Haus hat sich verändert. Ich bin mit ihm vertraut geworden – unter Rückenschmerzen: die Delfter Kacheln an der Scheuerleiste, jedes spielende Kind; die Marmorböden, die sich endlos weit auszudehnen scheinen. Oben scheuere und bohnere ich die breiten Holzdielen. Mit aufgerollten Ärmeln schrubbe und poliere ich, dann stehe ich

ächzend auf. Die geprägten Wände des Lederzimmers sind Staubfänger; ein Schmerz fährt mir durch die Schultern, als ich auf einem Stuhl stehend mit dem Besen hantiere. Unten in der Küche wische ich den Ziegelboden mit einem nassen Lappen. Früher bestand das Haus für mich aus Räumen, auf deren Stühle ich mich niederließ, über deren Boden ich ging und deren Fenster ich öffnete, wenn ich auf die Straße hinaussehen wollte. Es war eine gemalte Kulisse für meinen Alltag. Jetzt kenne ich jeden angeschlagenen Ziegel, jeden Astknoten im Holz. Wenn wir nur einen weiteren Dienstboten anstellen könnten! Aber das ist natürlich unmöglich. Wir können es nicht riskieren, in dieser Zeit einen Fremden ins Haus zu holen; ich habe mich den Vorschlägen meines Gemahls, jemanden anzustellen, widersetzt.

Ich bin jetzt im letzten Monat und habe mir ein fülliges Kopfkissen um die Taille geschnürt. Mevrouw Molenaer, meine Nachbarin, hat mir mehrere Umstandskleider geborgt. Maria hat einfach zusätzliche Bahnen in ihre Gewänder genäht. Das Bücken fällt mir schwer – wie machen Schwangere das? Ich fühle mich versucht, das Kissen abzubinden, aber was ist, wenn Cornelis unerwartet nach Hause kommt? Seine Fürsorge wächst stetig; er schaut im Verlauf des Arbeitstages öfter überraschend vorbei, um sicherzugehen, daß ich noch nicht in den Wehen liege.

Doktor Sorgh war hier. Oben hat er Maria untersucht und erklärt, es sei alles in bester Ordnung. Dann wusch er sich die Hände, ging nach unten und sagte Cornelis, ich erfreue mich bester Gesundheit. Er hat ein sehr schmales Gesicht, das mich an ein Windspiel erinnert. Männern mit rötlichem Haar habe ich nie getraut. Allerdings muß ich zugeben, daß er die Scharade perfekt gespielt hat. Als er ging, flüsterte er mir zu: »Euer Freund hat recht. Ihr seid eine kühne, einzig-

artige Frau.« Maria erzählte, daß seine Hände nach Veilchen riechen.
Maria hat sich in noch einer Hinsicht verändert. Im Lauf der letzten Wochen hat sie sich immer mehr in sich selbst zurückgezogen. Sie sinniert allein vor der kalten Feuerstelle, sitzt stundenlang am vorderen Fenster, bis das Tageslicht schwindet, als warte sie auf einen Besucher, der nicht kommt. Und schlimmer noch, sie hat sich von mir entfernt; unsere frühere schwesterliche Vertraulichkeit ist dahin.
»Ihr und Eure Rechnerei!« sagt sie eines Tages. »Ihr denkt nur an das Geld. Was ist mit mir?«
»Ich tue das deinetwegen! Du hast ebenso einen Nutzen davon wie ich. Bald ist alles vorbei, dann sind wir beide frei.«
»Für Euch ist es leicht«, fährt sie auf. »Ihr habt Euch verändert, Sophia.«
Sie nennt mich jetzt *Sophia,* nicht *Mevrouw.* Das stört mich nicht. Ich weiß, es ist ihre Angst, die sie zornig werden läßt. Sie muß bald ein Kind zur Welt bringen; ihr steht eine Reise über das gefährlichste Wasser bevor – eine Reise, die sie allein unternehmen muß, denn niemand kann sie begleiten.
Gestern hat Jan fünfundsechzig Gulden gemacht. *Fünfundsechzig Gulden.* Soviel zahlt der Schmied, der unseren Leinenschrank reparierte, als Jahresmiete; er murrte darüber.
»Spekuliert doch mit Tulpen«, schlug ich ihm vor. »Das ist ein Kinderspiel.«
»Hochmut kommt vor dem Fall«, erwiderte er. »Ich sage Euch, das sind alles nur Narren.« Er ist ein mürrischer alter Knurrhahn.
Ich habe mich mit Jan an unserem Treffpunkt neben dem

Brunnen verabredet. Er hat an Gewicht verloren, seine Wangen sind eingefallen. Seine Haare, die bei seinem ersten Besuch in der Herengracht so glänzend und lockig waren, sind stumpf. Er begrüßt mich nicht, sondern packt mich sofort am Handgelenk; seine Augen glitzern.

»Sag, daß wir's tun sollen! Traust du dich?« Sein Griff wird fester. »Wir haben Glück gehabt, die ganzen Wochen hindurch. Sag, daß wir jetzt alles auf eine Karte setzen sollen!«

Damit meint er natürlich das größte aller Risiken, das gefährlichste Risiko überhaupt. Den König der Könige, die Semper Augustus. Eine Zwiebel besitzt Claes van Hooghelande noch.

Sie wird uns all unser Geld kosten, jeden Stuiver und noch eine erkleckliche Summe dazu. Weitere gewaltige Darlehen. Der Preis für die Zwiebel schwankt seit einiger Zeit heftig. Es geht um alles oder nichts. Aber wenn wir erfolgreich sind, können wir nach der Geburt des Kindes alle Schulden begleichen und haben dennoch genug für unser neues Leben.

»Ich finde, wir sollten es wagen«, sage ich.

»Mein Herz, mein Blütenblatt«, antwortet er.

Schweigend sitzen wir da, benommen von unserer Entscheidung. *Mein Blütenblatt,* so nennt Jan mich mittlerweile.

Das Kind kann jeden Tag kommen. Zum Glück ist Marias Bauch klein – eine feste Kugel, ziemlich weit unten sitzend. Wer nicht genauer hinsieht, hält sie einfach für ein fülliges, in viele Lagen Winterkleidung gehülltes Mädchen. Dieser Tage verläßt sie das Haus nur selten, und wenn wir gemeinsam zum Markt gehen, sind alle Augen auf mich gerichtet, ein Schiff unter vollen Segeln. Schwangere lenken alle

Aufmerksamkeit auf sich. Außerdem ist Maria eine Dienstbotin, und selbst in unserem aufgeklärten Land werden Dienstboten lediglich am Rande wahrgenommen.
Nur wenn wir allein sind, können wir uns gehenlassen – obwohl das kaum das richtige Wort ist, um unseren Zustand erregter Anspannung zu beschreiben. Marias Bauch hat unendliche Bedeutung angenommen, sein Magnetismus ist für uns stärker als der des Mondes, der die Fluten verursacht. Die alten Tage der Leichtfertigkeit (als Maria kichernd zu mir sagte: »Wäre es nicht komisch, wenn Ihr jetzt auch schwanger würdet!«) sind vorüber. Wir sind ins letzte Stadium eingetreten, alles ist todernst.
Mein Schlafgemach ist für die Niederkunft vorbereitet. Unsere Nachbarn haben uns geholfen und weitere Hilfe versprochen. Hinter dem Paravent am Kamin ist ein Wärmegestell für Wäsche errichtet worden. Unsere Nachbarin Mevrouw Molenaer hat uns ihre Korbwiege geliehen; sie hat die Form eines Schiffes. Mein Gemahl hat das Geburtskleid bereitgelegt. Auf dem Regal stehen eine Schüssel für Brei und ein Löffel, damit ich während der Wehen etwas essen kann, und eine Schale für einen Schluck Punsch nach dem glücklichen Ereignis. Ein anderer Nachbar, der einen Pferdeknecht hat, erbot sich, meine Mutter zu holen, sobald die Wehen einsetzten, aber ich lehnte ab mit der Erklärung, meine Mutter sei zu gebrechlich, um die Reise zu unternehmen. Was meine Familie betrifft – ich habe sie hinsichtlich des Zeitpunkts der Niederkunft angelogen; sie meinen, das Kind werde mehrere Wochen später zur Welt kommen.
Aber die wirkliche Geburt wird natürlich nicht in diesem Zimmer stattfinden. Während Cornelis bei der Arbeit ist, führe ich Maria in den Speicher. Sie keucht und schnauft

die schmale Treppe hinauf – es ist kaum mehr als eine Leiter – und bleibt zwischendrin stehen, um zu Atem zu kommen.
Es ist ein kleines, dunkles Zimmer, die Decke von schweren, schwarzen Balken durchzogen. Cornelis war seit Jahren nicht mehr hier oben; niemand kommt hier herauf. Ich habe das Zimmer geputzt, die Spinnweben weggefegt und Lavendel auf den Boden gestreut. Und ich habe ein Geburtsbett bereitet – ein einfaches Bett, das wohl vor langer Zeit einem Dienstboten als Schlafstatt diente.
In der Ecke steht mein Bild, *Der Liebesbrief.* Mein gemaltes Selbst, eine Frau allein in ihren Träumen, im Augenblick der Entscheidung. Sie sieht so rein aus, so unerfahren. Mittlerweile ist die Entscheidung längst gefallen; ich erkenne das mädchenhafte Wesen kaum noch wieder.
Maria läßt sich ächzend auf das Bett sinken. Ihr Rücken schmerzt. Ich setze mich neben sie und reibe ihr die Schultern.
»Er ist ein guter Arzt«, sage ich. »Und sie ist eine sehr erfahrene Hebamme. Über eintausend erfolgreiche Entbindungen, sagt sie. Du bist in guten Händen.«
Plötzlich bricht Maria in Tränen aus. »Ich will meinen Willem«, jammert sie.
»Die beiden werden sich gut um dich kümmern, Liebes.«
»Ich will, daß er bei mir ist.«
»Er kommt nicht wieder.«
»Ich will meinen Willem!« Jetzt schluchzt sie haltlos; ihr Gesicht ist naß von Tränen und Schleim. »Wie hat er mich verlassen können, ausgerechnet jetzt?«
»Er weiß nichts davon. Du mußt ihn vergessen.« Ich putze ihr die Nase mit meinem Taschentuch. »Bald hast du ein wunderschönes Kind …«

»Ich will ihn!«
Ich versuche, sie in den Arm zu nehmen. Das ist schwierig, denn zwei dicke Bäuche sind im Weg. Da ich sie nicht umarmen kann, streichele ich sie – ihre Haare, ihren Bauch. Unter der Schürze bewegt sich etwas. Das Kind stößt – mit solcher Kraft, daß es meine Hand wegschiebt. Es stemmt sich heftig gegen mich.
»Spür ihn nur«, sage ich. »Er versucht rauszukommen. Und wenn er das gemacht hat, sind wir alle frei.«

# 37

## Jacob

*Ich schicke Dir eine Puppe für die Malstudien ... Bediene Dich dieser Puppe, gestatte nicht, daß sie untätig herumsteht, wie das hier geschah, sondern zeichne fleißig, vor allem große, lebendige Figurengruppen, um derentwillen Pieter Molijn Dich so geliebt hat. Wenn Du malst, dann male Vorgänge von heute, Szenen aus dem Leben, das schafft man am schnellsten, und sei ausdauernd, begonnene Bilder fertigzustellen, wofür man Dich mit Gottes Hilfe lieben wird, so wie Du in Haarlem und Amsterdam geliebt wurdest. Diene vor allem Gott, sei bescheiden und höflich zu jedermann, auf diese Weise wirst Du Erfolg haben. Ich schicke Dir auch einen Anzug, lange Pinsel, Papier, Kreide und alle schönen Farben ...*

Brief an Gerard Ter Borch von seinem Vater, 1635

Jacob ist ein ehrgeiziger junger Mann. Er weiß, daß er es zu einigem bringen wird. Obwohl er erst sechzehn Jahre alt ist, steht sein Lebensplan bereits fest. Im Alter von fünfundzwanzig will er sich als Maler mit eigenem Atelier einen Namen gemacht haben. Er wird sich auf Porträts spezialisieren, denn hier in Amsterdam gibt es eine unerschöpfliche Anzahl potentieller Kunden, die sich auf Leinwand verewigt sehen möchten. Mit dreißig wird er sich mit einem bedeutenden Auftrag einen Namen gemacht haben – einem Militärbild, einer Gilde, einem Bankett der Bürgerwehr. Dabei wird man nicht nur für jedes einzelne Porträt bezahlt – ein Brustbild bringt weniger ein als eine Gestalt in voller Größe –, sondern das Gemälde wird auch an einem öffentlichen Ort aufgehängt, so daß der Name des Malers sich herumspricht.

Sein Vorbild ist nicht Jan, dem er gemischte Gefühle entgegenbringt. Die Maler, die er bewundert, sind Nicolaes Eliasz und Thomas de Keyser, erfolgreiche Porträtisten auf dem Höhepunkt ihres Ruhms. Sie erhalten einen Auftrag, führen ihn mit gewohnter Qualität aus und liefern das Bild zum vereinbarten Termin ab. Schließlich ist Malen ein Handwerk wie jedes andere auch; Erfolg haben jene, die ihre Auftraggeber reell bedienen. Jacobs anderes Vorbild ist Gerrit Dou, ein früherer Schüler von Rembrandt van Rijn. Aber wie sehr Dou sich von seinem launischen, sprunghaften Meister unterscheidet! Aufgrund von Dous großer Liebe zum Detail sind seine Werke ungemein gefragt. Der Sammler Johan de Bye besitzt siebenundzwanzig; der schwedische Gesandte in Den Haag zahlt eintausend – *eintausend!* – Gulden pro Jahr nur für das erste Anrecht auf jedes Bild. Dous Stil ist Jacobs erklärtes Ziel. Sorgsam gearbeitet und geordnet, nicht die rätselhafte Hemmungslosigkeit Rembrandts oder die überladene Pinselführung des Antwerpener Phänomens Peter Paul Rubens. Jacob möchte alles unter Kontrolle halten.

Malen ist Arbeit, kein Glücksspiel. Jacob mißtraut jedem Überschwang. Diese Tulpenmanie, die seine Landsleute überkommen hat, läßt ihn kalt. Nichts als Verachtung hat er dafür übrig. Im Gegensatz zu seinem Meister ist er kein Träumer. Der einzige Luxus, den er sich gelegentlich gönnt, ist es, samstags durch die vornehmsten Wohnstraßen Amsterdams zu schlendern, wo die neuen Häuser gebaut werden. Im Vorbeigehen überlegt er sich, welches Haus er kaufen wird, wenn er Fuß gefaßt hat. Zum richtigen Zeitpunkt – wenn er sich einen entsprechenden Namen gemacht hat – wird er sich ein geeignetes Mädchen aus einer guten Familie suchen und einen Hausstand gründen. Aber noch nicht. Nicht jetzt.

Jan van Loos ist in mehrerer Hinsicht eine Enttäuschung für ihn. Zum einen ist das Atelier nicht sehr ordentlich. Als Jacob dort ankam, sah es aus wie im Schweinestall. Die Pinsel wirkten, als wären sie von Ratten angefressen. Kunden empfing Jan in seinen alten, farbverschmierten Malerkleidern. Schuldete er den Leuten nicht etwas Respekt? Und dann dieser verkommene Diener, der zu jeder möglichen und unmöglichen Stunde zu arbeiten beginnt – wo schläft der Mann eigentlich? In der Gosse?

Schlimmer noch, Jan ist ausschweifend – Mattheus hat Jacob zu Recht davor gewarnt. Unverhohlen hat Jan dieser verheirateten Frau beigewohnt. Das erzählt Jacob seinen Eltern nicht, wenn er abends heimkommt; sie würden ihn entsetzt aus der Lehre nehmen.

Zweifellos ist dieser sexuelle Exzeß schuld daran, daß Jan seine Arbeit vernachlässigt. Durch den Verlust von Spermatozoen werden Männer geschwächt, und ihr Blut wird dünnflüssig. Und dann diese Tulpenmanie. Seit einiger Zeit sieht Jan noch verwahrloster aus – wilde Augen, struppiger Bart. Er hat sich seit Monaten nicht mehr die Haare schneiden lassen. Wohin ist er mit seiner Arbeit gekommen? An manchen Tagen sieht er die Staffelei nicht einmal von weitem an.

Natürlich ist das alles eine Enttäuschung. Jacob hatte mehr Unterricht erwartet. Aber andererseits hat es ihm auch Vorteile eingebracht. Er hatte damit gerechnet, daß er im ersten Jahr nur mindere Arbeiten verrichten würde – Pinsel binden, Leinwände aufziehen, Metallspitzen schärfen und die weiße Grundierung der Holztafeln vorbereiten. Mit etwas Glück, dachte er, würde er vielleicht einige Werke seines Meisters kopieren dürfen.

Doch in letzter Zeit ist Jan häufig fort; und selbst wenn er im Atelier ist, wirkt er geistesabwesend. Er bekommt seine Auftragsarbeiten nicht rechtzeitig fertig und verläßt sich zunehmend auf Jacobs Hilfe. In den letzten Monaten ist Jacob eher der Partner seines Lehrherrn gewesen als sein Schüler. Im Sommer hat Jan drei Bilder begonnen, die er auf dem freien Markt verkaufen wollte – eine *Landschaft mit Hirten*, eine *Entführung Europas* und eins, das *Die Folgen der Unmäßigkeit* darstellt – Jacobs Ansicht nach eine überaus zutreffende Themenwahl. Zudem hat er es übernommen, das Porträt eines einflußreichen Beamten am Gericht des Stadholder zu malen. Aber er findet nie Zeit und überläßt es Jacob, die Gemälde fertigzustellen. Und zwar nicht nur den Hintergrund, nicht nur die Kleidung – nein, das ganze Bild.

Das tut Jacob von Herzen gern. Er weiß, daß er ebensoviel Talent hat wie sein Meister. Deswegen – und wegen seines zielstrebigen Fleißes – wird er am Ende der Erfolgreichere von ihnen beiden sein. Manchmal denkt Jacob, er sollte seinem Meister Unterricht geben.

Und dann kommt aus heiterem Himmel der Schlag. Es ist die erste Novemberwoche. Es wurde Jan ein großer Auftrag angeboten: ein Gruppenbild der Regenten des Lepra-Hospitals. Und er hat abgelehnt.

»Warum?« fragt Jacob, den Pinsel in der Hand.

»Weil ich verreisen muß.«

»Wie bitte?«

Jan zögert.

»Ich muß mich entschuldigen, Jacob. Ich wollte es dir schon länger sagen.« Er läßt sich aufs Bett fallen. »In letzter Zeit ist alles – ein wenig durcheinandergeraten. Ich muß nach Übersee.«

»Wann?«

»In zwei Wochen. Eine dringende geschäftliche Sache.«

»Und wann kommt Ihr zurück?«

Jan schüttelt den Kopf. »Ich komme nicht zurück. Ich werde für immer dort bleiben.« Er schaut zu Jacob auf, als sehe er ihn zum erstenmal. »Es tut mir sehr leid.«

Bebend vor Zorn legt Jacob den Pinsel beiseite. »Das könnt Ihr nicht machen, Mijnheer. Ihr habt Euch verpflichtet, mich zwei Jahre zu unterrichten ...«

»Wenn du die Umstände kennen würdest ...«

»Ihr habt Euer Wort gegeben!«

»... könntest du vielleicht verstehen ...«

»Meine Eltern zahlen Euch fünfzig Gulden im Jahr ...«

»Ich werde es zurückzahlen ...«

»Was ist mit meiner Prüfung? Mit meiner Aufnahme in die Gilde ...«

»Ich werde einen anderen Meister für dich finden. Matheus kann dich nehmen, ich bin sicher, daß er Platz für dich hat ... ich bestehe darauf ...«

»Ihr ... Ihr ...« Jacob sucht stammelnd nach Worten; er ist es nicht gewohnt, zu fluchen. »Ihr *Haderlump!*«

Jan steht auf und legt dem Jungen eine Hand auf den Arm.

»Jacob, glaub mir. Es ist eine Sache von ungemeiner Wichtigkeit.«
»Für *Euch*«, fährt Jacob auf und schüttelt die Hand ab. In dem Augenblick klopft es an der Tür. Jan öffnet.
Ein Junge tritt ein. Einen Augenblick denkt Jacob: Das ist alles gelogen. Jan will mich loswerden, damit er einen anderen Schüler nehmen kann. Ich bin zu begabt – das ist die Erklärung –, er ist eifersüchtig und befürchtet, ich könnte ihn übertreffen.
Jacob täuscht sich. Der Junge reicht Jan einen Umschlag. Jan reißt ihn auf und betrachtet den Inhalt. Dann geht er zu seiner Schatulle und wühlt in den Papieren. Er findet einen Beutel mit Geld und reicht ihn dem Jungen. »Das ist die Anzahlung. Sagt ihm, den Rest erhält er am Tag selbst ... das geht in Ordnung, das haben wir vereinbart.« Er schreibt etwas auf ein Blatt Papier. »Hier ist der Schuldschein.«

Später verläßt Jan das Haus. Er macht sich nie die Mühe, seine Schatulle zu verschließen; er ist ein überaus nachlässiger Mensch.
Jacob öffnet die Schatulle und nimmt den Umschlag heraus. Er öffnet ihn. Zwei Fahrkarten liegen darin, für die *Königin des Ostens,* die am fünfzehnten November nach Batavia, Ostindien, segelt.

# 38

## Maria

*Mag der Vogel auch schon im Netze flattern, noch kann er entkommen.*

J. Cats, *Emblemata*, 1632

Das Kind müßte längst dasein. Es war in der ersten Novemberwoche fällig, und heute ist bereits der zwölfte. Maria ist hin und her gerissen. Sie möchte, daß es sich beeilt und endlich zur Welt kommt; sie möchte alles hinter sich bringen.

Sie empfindet sogar eine gewisse Verantwortung den anderen gegenüber – je früher sie ihren Teil der Abmachung erfüllt, desto früher können sie gehen. Sophia hat ihr gesagt, daß die Fahrkarten für den fünfzehnten des Monats gebucht sind. Die Zeit wird knapp. Wenn das Kind bis dahin nicht zur Welt gekommen ist, müssen sie die Reise absagen und sich um eine spätere Überfahrt bemühen, aber das könnte sich Wochen oder sogar Monate hinziehen. Maria ist noch immer Dienstbotin genug, um diese Verpflichtung einhalten zu wollen.

Andererseits hat sie panische Angst. *Es ist, als würde man entzweigerissen,* sagte ihre Großmutter beim Buttern. *Es ist, als würden dir alle Gedärme herausgezerrt.* Und trieb

den Butterstößel heftig ins Faß. *Es ist, als würdest du mit einem glühendheißen Messer aufgeschlitzt.*
Maria vermißt ihre Großmutter; sie vermißt ihre Mama. Jetzt, da die Geburt bevorsteht, sehnt sie sich nach ihnen noch mehr als nach Willem. Wer wird sich um sie kümmern? Ihre Herrin sicher nicht. Die wird anderes zu tun haben. Maria fühlt sich mutterseelenallein.
In der Nacht schläft sie unruhig. Das Kind stößt. Ihr Bauch ist groß wie ein Felsbrocken, sie kann sich im Bett nicht umdrehen. Sie betet zu dem Ungeborenen: Bitte, komm nicht morgen, nicht am unseligen dreizehnten. Bitte warte noch einen Tag länger.
Sie träumt wieder ihren Traum. Wie schmerzlos ihre Kinder herausgleiten, in großen Schwärmen … Sie treibt durch die überfluteten Räume, schwimmt durch ihren Unterwasserpalast, ihre Kinder flitzen hinter ihr her.
Am nächsten Vormittag, sie schneidet gerade Sprotten die Köpfe ab, setzen die Wehen ein.

# 39

## Sophia

*Wie man sät, so man erntet.*

J. Cats, *Emblemata,* 1632

Ich höre einen Schrei und laufe in die Küche.

Maria krümmt sich vor Schmerzen. »Es geht los«, keucht sie.

Ich helfe ihr auf den Speicher – eine Treppe hinauf, noch eine, eine dritte. Es scheint eine Ewigkeit zu dauern. Oben angekommen, beginnt die nächste Wehe, und Maria muß sich hinsetzen.

Ich habe in dem kleinen Raum ein Feuer vorbereitet. Das zünde ich jetzt an, und dann mache ich es Maria auf dem Bett bequem.

»Ich will meine Mama hier haben!« klagt Maria. »Laßt mich nicht allein.«

»Ich bin in einer Minute zurück.«

»Laßt mich nicht allein!«

Ich fliege die Treppe hinunter und zum Haus hinaus.

# 40

## Mevrouw Molenaer

*Angst macht erfinderisch.*

J. Cats, *Emblemata,* 1632

Mevrouw Molenaer sitzt in ihrem Wohnzimmer. Während sie ihrem Söhnchen Ludolf den Hintern abwischt, singt sie ihm ein Wiegenlied.

*»Schlaf Kleines, schlaf,*
*Draußen geht ein Schaf,*
*Das Schaf hat weiße Füße*
*Und trinkt die Milch, die süße.«*

Der Säugling blickt ihr mit abgrundtiefem Verstehen in die Augen. Was für ein Glück sie doch hat! Jeden Tag vor dem Aufstehen spricht Mevrouw Molenaer ein Dankesgebet. Sie lebt in einem schönen Haus in der Herengracht. Ihr Mann ist ein herzensguter Mensch, der seine Familie liebt. Als Oberinspektor für Hygiene bekleidet er eine angesehene Position. Er zeigt sich den Armen gegenüber großzügig und hat einen guten Bariton. Abends sitzt er in Nachtmütze und Schlafrock im Kreis seiner Kinder und sagt: *Größeres Glück als dieses gibt es auf Erden nicht.* Mit seinem ältesten Sohn spielt er stundenlang geduldig Dame.

Ein Hämmern an der Tür reißt Mevrouw Molenaer aus ihren Träumen. Ihr Mädchen bittet Sophia herein, ihre hochschwangere Nachbarin.
»Das Kind kommt«, keucht Sophia und umfaßt ihren Bauch. »Könnt Ihr bitte meinem Gemahl im Lagerhaus eine Nachricht zukommen lassen?« Sie bricht ab und krümmt sich vor Schmerzen. Dann holt sie tief Luft und richtet sich wieder auf. »Und könntet Ihr den Pferdeknecht von de Jonghs zu dieser Adresse schicken?« Sie drückt Mevrouw Molenaer einen Zettel in die Hand. »Da wohnt die Hebamme. Sagt ihm, es ist dringend.«
Mevrouw Molenaer steht auf. »Liebes Kind, ich begleite Euch ...«
»Nein! Mein Mädchen kümmert sich um mich, bis die Hebamme kommt.«
Sophia eilt davon. Mevrouw Molenaer runzelt die Stirn. Warum in Gottes Namen hat nicht das Mädchen ihr die Nachricht überbracht? Läßt ihre Herrin in diesem Zustand aus dem Haus gehen – das stelle man sich einmal vor! Diese Maria ist wirklich eine fette, faule Schlampe. Das hat Mevrouw Molenaer immer schon gedacht. Und wann immer sie das Mädchen in letzter Zeit gesehen hat, saß es da und gönnte sich eine Verschnaufpause von seiner nicht eben anstrengenden Arbeit. Vor lauter Nichtstun ist es fett geworden. Und keck obendrein.
Mevrouw Molenaer wischt Ludolfs Po mit einem feuchten Tuch ab. Ihr Hausmädchen würde sich so etwas nie herausnehmen. Aber sie hat immer hervorragende Dienstboten gehabt. Auch das ist ein Teil ihres großen Glücks.

# 41

## Cornelis

*Wie innig betrachtest du diese Blüte, die dir so schön erscheint,*
*Und doch verblaßt sie schon im grellen Strahl der Sonne.*
*Hüte dich, die einzig ewige Blüte ist das Wort Gottes.*
*Welchen Wert hat da der Rest der Welt? Keinen.*

Jan Brueghel der Ältere

Cornelis schreitet auf und ab. Aus Sophias Schlafgemach gellen Schmerzensschreie zu ihm nach unten. Jeder Schrei trifft ihn ins Herz. Wenn nur er an ihrer Stelle das Kind gebären könnte. Alles würde er hingeben – sein Haus, seinen Wohlstand –, um ihre Qual zu lindern.
Auf dem Tisch steht das Stundenglas. Zweimal hat er es bereits umgedreht; seit zwei Stunden liegt sie in den Wehen. Er geht hin und her. Die marmornen Vierecke auf dem Boden bemessen die Pausen zwischen ihren Schreien ... schwarz ... weiß ... schwarz ... weiß ... wie ein groteskes Schachbrett. *Wir sind bloßes Spielzeug Gottes.*
Der Raum wirkt merkwürdig unbelebt, so als würde er die Luft anhalten. Draußen ist es bewölkt, es scheint kaum Ta-

geslicht herein. Auf dem matt glänzenden Eichentisch mit den klobigen Beinen stehen die Sanduhr, ein ungegessener Apfel und zwei polierte Leuchter. Das Ganze sieht aus wie das stillste aller Stilleben. *Nature morte* heißt es bei den Franzosen – dieser Ausdruck hat ihm schon immer Unbehagen bereitet.

Von oben ein gellendes Brüllen – heiser, unbeschreiblich, ein unmenschlicher Laut, der ihm das Blut in den Adern gerinnen läßt. An der Wand hängt *Susanna im Bade.* Ihr üppiges Fleisch verhöhnt Cornelis. Früher fand er es aufreizend – wie abstoßend ihm das jetzt vorkommt, denn wohin haben seine bestialischen Gelüste ihn gebracht? Daß er der Frau, die er am meisten liebt auf der Welt, dieses Leiden bereitet. Wie gehorsam sie sich seiner Lust unterwarf, Nacht um Nacht, und was ist die Folge davon? Ein Grauen, das er nicht mit ihr teilen kann.

*Mächtigster, gesegnetster Herr, wir, Deine Kinder, und doch elende Sünder, flehen in dieser unserer Stunde der Not zu Dir um Hilfe … rette sie, Herr …*

Schwarz … weiß … schwarz … weiß … Die Anzahl seiner Schritte zwischen ihren Schreien hat sich verringert. Die Wehen kommen in rascherer Abfolge.

*Wir flehen Dich an, schau herab und höre unsere Schreie aus der Tiefe unseres Schmerzes … erhöre mich, o Herr, o mein Gott …*

Schwarz … weiß …

*Denn wir preisen Deine göttliche Herrschaft und flehen zu Dir in Deiner Güte … hilf uns, o Herr, errette uns in Deiner großen Gnade …*

Die Hebamme kommt die Treppe herabgeeilt und tritt ins Zimmer. »Bitte laßt Doktor Sorgh holen«, sagt sie.

»Was ist passiert?«

»Kein Grund zur Sorge. Ich brauche nur etwas Hilfe.«
Die Hebamme nennt ihm die Anschrift des Arztes. Wo ist nur das dumme Hausmädchen geblieben? Cornelis greift nach seinem Umhang; er wird wohl selbst gehen müssen. Wie kann Maria nicht dasein, jetzt, da sie am dringendsten gebraucht wird? Als er heimkam und zu Sophia eilte, sagte sie ihm, Maria sei rasch zum Schneider gegangen, aber das ist schon Stunden her. Die Nähstube des Schneiders liegt ganz in der Nähe. Wo in Gottes Namen ist sie?
Cornelis eilt hinaus, um den Arzt zu holen. Es hat begonnen zu regnen.

# 42

## Jan

*Ergreife alles, verliere alles.*

J. Cats, *Emblemata*, 1632

Umgeben von einer Rauchwolke schreitet Jan im Atelier auf und ab. Draußen regnet es. Es ist Mittag … Seit der Knirps mit Sophias Nachricht hier war, hat er die Sanduhr dreimal umgedreht. Seit drei Stunden liegt Maria in den Wehen.

Jan fühlt sich hilflos – er ist nur ein Mann, und zwei Frauen sind in Gefahr. Seit Wochen hat er kaum mehr an Maria gedacht, so sehr war er mit seinen eigenen Angelegenheiten beschäftigt, aber jetzt empfindet jeder Knochen seines Körpers mit ihr. Er hat Angst um sie beide; Sophia spielt ihr eigenes gewagtes Spiel. Was für eine Frau! Was für Frauen die beiden doch sind.

Er ist ohnmächtig. Er kann nichts tun, als eine Pfeife nach der anderen zu rauchen. Vor Mitgefühl bekommt er Magenkrämpfe. Er drängt Maria, ein gesundes Kind zur Welt zu bringen, denn dann ist er erlöst.

*O Herr, wenn Du in Deiner Weisheit diese Frau verschonst, werde ich mich bessern und Dir bis ans Ende meiner Tage in Rechtschaffenheit dienen …*

Jetzt braucht er Gott. Wie unbekümmert er ein Gebot nach dem anderen gebrochen hat: *Du sollst nicht begehren deines Nächsten Weib ... Du sollst nicht ehebrechen ...* Wie er Sophia wegen ihrer religiösen Bedenken verlacht hat! Wenn sie Holland verlassen haben, wird er ein neuer Mensch werden. Vielleicht wird er sogar zum Katholizismus übertreten.

Er denkt an Batavia. Mittlerweile weiß er mehr über diesen Ort. Die heidnischen Palmen, das sinnenfrohe Leben waren nur Tagträumerei. Jetzt weiß Jan, daß auch in Batavia die Vernunft vorherrscht. Die Stadt ist auf den Ruinen des in Schutt und Asche gelegten Jakarta errichtet worden und entwickelt sich zu einem kleinen Amsterdam: Giebelhäuser, Kanäle, Brücken, ein Gericht, Kirchen. Es gibt sogar Mühlen, die aus der erdrückenden Hitze Energie gewinnen.

Jan trifft ein Abkommen mit Gott. Wenn Er ihn und Sophia in Seiner Güte verschont und sie die Reise überstehen, werden sie vorbildliche Bürger sein. Sie werden Stützen dieser neuen Kolonie werden und jeden Sonntag zweimal den Gottesdienst besuchen. Das verspricht er Gott aus tiefstem Herzen.

# 43

## CORNELIS

*Die Hoffnungen der Menschen sind zerbrechlich wie Glas, kurz ist daher auch das Leben.*

Anonym

Cornelis bittet den Arzt ins Haus. Beide sind durchnäßt. Doktor Sorgh geht auf die Treppe zu. Als Cornelis ihn begleiten möchte, hält er ihn mit einer Berührung am Arm zurück. »Bleibt hier unten, Mijnheer«, befiehlt er.
»Aber ich …«
»Das ist kein Ort für einen Ehemann. Wenn Ihr helfen wollt, bringt uns noch etwas heißes Wasser.« Er eilt nach oben.
»Maria!« ruft Cornelis. Es kommt keine Antwort. Wo steckt das Mädchen nur?
Aus dem Schlafgemach dringt ein Schrei. Cornelis gerinnt das Blut in den Adern. Wenn er seiner Frau doch nur beistehen könnte! Er weiß, daß ein Geburtszimmer kein Ort für einen Ehemann ist, aber es zerreißt ihm das Herz.
In der Küche pumpt er Wasser in den Topf. Seine Hände zittern. Er muß diesem Arzt vertrauen, aber warum nur, warum hat Sophia darauf bestanden, ihn und nicht Doktor Brusch zu konsultieren? Dieser Doktor Sorgh hat etwas

Merkwürdiges an sich – das Lispeln, die flatterhaften Gesten. Außerdem hat er rote Haare, was immer schon auf Zweifelhaftigkeit schließen ließ.
Cornelis stellt den Wassertopf auf den Herd und schürt das Feuer. Er kommt nur selten in die Küche – das ist das Reich von Sophia und ihrem Dienstmädchen. Er schaut auf ihre Kupfertöpfe, die an der Wand hängen. Hinter den verglasten Türen des Küchenschranks sieht er Hackbretter und Saucieren, die ihm von tausend trauten Mahlzeiten bekannt sind. Wie ordentlich es ist, ihr kleines Reich, wo sie, unterstützt von ihrem Dienstmädchen, mit fraulicher Hingabe für ihn kocht. Auf dem Tisch steht eine zugedeckte Schüssel. Er hebt den Deckel an. Darunter liegen Sprotten ohne Köpfe. Sie sehen jammervoll aus – die Fische auf eine Seite geschoben, die Köpfe zu einem kleinen Berg angehäuft. Die dreieckigen Köpfe starren ihn aus blinden, kläglichen Augen an.

# 44

## Jan

*Aus goldenen Träumen erwacht man hungrig.*

J. Cats, *Emblemata,* 1632

Es ist dunkel. Regen klatscht gegen die Scheiben. Sieben Stunden sind vergangen, und er hat noch immer nicht Nachricht bekommen. Für die nächsten Stunden erwartet Jan auch keine. Aber ihm ist, als könnte er all die Menschen spüren, die in dieser Stadt nur darauf warten, zur Tat zu schreiten. Marias Wehen haben eine Lunte entzündet.

Sieben Stunden! Die Zeit zieht sich, aber eine Geburt kann zweimal so lange dauern. Dreimal so lange. Seine Mutter erzählte, er habe sich zwei Tage lang abgemüht, auf die Welt zu kommen, und sie dabei beinahe das Leben gekostet. Er würde so gern zu dem Haus in der Herengracht laufen und sich vergewissern, daß alles nach Plan läuft. Wenn er sich nicht selbst davon überzeugen kann, wird er nie glauben, daß das alles tatsächlich geschieht. Seine Nervosität ist einem Gefühl von Unwirklichkeit gewichen.

Auch sein Atelier sieht fremd aus. Er hat alles für die Abreise vorbereitet. Seine Bilder stehen in Sackleinen gehüllt an der Wand; sie sollen dem Händler Hendrick Uylen-

burgh geliefert werden, der sie verkaufen und das Geld ihm zukommen lassen wird.
Jan behält nur seine Skizzenbücher und seine Bilder von Sophia. Sie sind für die Überfahrt in seiner Truhe verpackt, wo auch seine Kleider liegen sowie zwei von Sophias Gewändern, die sie aus dem Haus schmuggeln konnte.
In zwei Tagen werden sie fort sein, Sophia und er. Marias Wehen haben genau zum richtigen Zeitpunkt eingesetzt. Morgen wird er seine Schulden begleichen, am fünfzehnten im Morgengrauen stechen sie in See. Bislang ist alles erfolgreich gelaufen – bis auf das letzte Spiel, von dem alles abhängt.
Jan schneidet ein Stock Käse ab, bricht ein Brötchen auf und ißt. Er ist allein. Jacob ist vor einer Woche gegangen, schäumend vor Wut hat er die Tür hinter sich ins Schloß geworfen. Gerrit läßt sich nur noch gelegentlich blicken. Jans Abschied berührt ihn nicht weiter. Er hat schon immer bei einer Schenke in der Nähe ausgeholfen, wenn Bierfässer angeliefert wurden; jetzt arbeitet er, wenn auch wie immer unzuverlässig, den ganzen Tag dort. Jan hat ihn gern, seinen Diener, der ihm auf seine Art immer treu ergeben war. Wenn er vor der Abreise Geld in die Hände bekommt, wird er Gerrit tüchtig entlohnen.
Ein Blitz zuckt über den Himmel. Jan fährt zusammen. Dann kracht ein Donnerschlag; es klingt, als würde Stoff zerfetzt. Über Jan reißen die Himmel auf.

## 45

## Cornelis

*Vor dem Ende sind alle gleich.*

J. Cats, *Emblemata,* 1632

Es ist spät. Draußen wütet der Sturm. Cornelis sitzt zusammengekauert am Kamin und trinkt ein Glas Weinbrand.

Vor einigen Minuten sind die Schreie oben verstummt. Jetzt herrscht tödliche Stille.

Er kann sich nicht vom Fleck rühren. Ihm wurde aufgetragen, hier zu warten. Obwohl er den Schlafrock übergezogen hat, zittert er. Es ist kalt draußen, und das Feuer wärmt den großen Raum kaum. Doch es gefällt ihm, auf bescheidene Art ebenfalls zu leiden.

Dann hört er von oben einen Schrei. Schwach, aber unverkennbar.

Und wieder hört er den Schrei – ein zartes Wimmern, wie ein Kätzchen. Ein Glücksgefühl durchflutet ihn. Er fällt auf die Knie und faltet die Hände. *O Herr, ich entbiete Dir aus ganzem Herzen meinen Dank, denn Du hast meine Gebete erhört …*

Er bricht ab. Schritte kommen die Stufen herab.

Die Hebamme betritt den Raum. Sie ist eine kräftige, vier-

schrötige Frau, groß wie eine Scheunentür. In ihren Armen trägt sie ein Bündel. Cornelis steht auf.
»Mijnheer«, sagt sie. »Ihr habt ein gesundes, hübsches Mädchen bekommen.«
Das Bündel bewegt sich. Er sieht schwarze, feuchte Haare. Gerade will er antworten, da hält ihn etwas davon zurück – ein bestimmter Ausdruck auf dem großflächigen, schweißnassen Gesicht der Hebamme.
»Ich spreche Euch mein Beileid aus, Mijnheer«, sagt sie. »Eure Gemahlin konnten wir nicht retten.«

Doktor Sorgh hält ihn an der Tür zurück. »Nur einen Augenblick – Ihr dürft sie nur einen Augenblick sehen. Bitte berührt sie nicht. Es besteht große Ansteckungsgefahr.«
»Ansteckungsgefahr?«
Der Arzt zögert. »Ich habe Grund zu vermuten, daß Eure Frau an einem ansteckenden Fieber litt.«
»Die Pest?« Cornelis sieht den Doktor verständnislos an. Sicher schläft er nur. Er will sich zwingen aufzuwachen.
Cornelis legt die Hände auf die Schultern des Arztes und schiebt ihn beiseite wie einen Stuhl. Dann betritt er das Schlafgemach. Die Luft ist stickig und heiß. Ein bitterer Geruch steigt ihm in die Nase, und etwas Süßliches, wie Veilchenduft.
Sophias Gesicht ist mit einem Laken bedeckt. Der Arzt zieht es weg, nur für einen Augenblick. Sophias Gesicht. Es ist blaß, friedlich, mit Schweißperlen übersät.
»Wir haben getan, was in unserer Macht stand«, sagt Doktor Sorgh. »Jetzt ruht sie in Frieden beim Herrn.«
Cornelis beugt sich über das Gesicht seiner Frau. Der Arzt packt ihn am Arm und zieht ihn zurück.
»Ich will sie küssen!«

»Nein, Mijnheer.« Der Griff des Arztes tut weh. »Ihr müßt veranlassen, daß der Raum ausgeräuchert und das Bettzeug verbrannt wird. Diese Vorkehrungen sind notwendig, fürchte ich ... die Körperflüssigkeiten, das Blut ...«
Der Raum wirkt wie verdunkelt. Der Arzt hat die Bilder umgedreht. Das ist der Brauch, aber jetzt mutet es Cornelis an wie ein bizarres Spiel. Benommen betrachtet er seine Frau. Es ist alles bloß ein Spiel. Sie tut nur, als wäre sie tot. Gleich wird sie die Augen aufschlagen und sich aufsetzen. *Es ist alles vorbei, mein Liebster. Schau! Wir haben eine wunderschöne Tochter.*
Der Arzt führt ihn aus dem Zimmer. Der stickige, süße Geruch benebelt ihn. Er sieht ein letztes Mal auf seine Frau, ihre lange Gestalt unter dem Laken. Als man es ihr wieder über den Kopf zieht, werden ihre Füße entblößt. Sie sehen unanständig nackt aus. Wenn er ein bißchen wartet, wird sie die Zehen bewegen. Sie schläft nicht gern in dieser Position; sie rollt sich lieber zusammen, zieht die Knie unters Kinn.
Der Arzt schließt die Tür und begleitet ihn nach unten. Cornelis denkt: Ich darf sie nicht dort oben lassen, sie ist so allein.
Sie setzen sich ans Feuer. Der Arzt spricht, aber Cornelis kann ihm nicht antworten; seine Kehle ist wie zugeschnürt. *Das kann nicht wahr sein.*
»Meiner Ansicht nach ist das faule Wasser in Amsterdam schuld«, sagt der Arzt. »Wißt Ihr, wie viele Menschen diesen Herbst am Fieber gestorben sind?«
Cornelis weiß es nicht. Es ist ihm gleichgültig.
»Hat irgend etwas darauf hingedeutet, daß sie krank war?«
Cornelis versucht zu denken, aber das ist zu anstrengend. Er wünscht, der Mann würde aufhören zu reden.

»Hat sie sich in letzter Zeit über Kopfschmerzen beklagt?«
Seine Frau ist ausgelöscht worden, einfach so, wie eine Kerze.
»Mijnheer?«
»In der letzten Woche – ja«, antwortet Cornelis. »Sie ist zweimal mit Kopfweh zu Bett gegangen.«
»Das Fieber greift das Gehirn an. Hat sie sonst ungewöhnliche Verhaltensweisen an den Tag gelegt?«
Cornelis schweigt. Natürlich hat Sophia sich sehr seltsam verhalten. Sie wollte nicht, daß er sie berührt. Wurde nervös, wenn er sich ihr nur näherte.
»Eines der Symptome ist große Empfindlichkeit der Haut«, erklärt der Arzt. »Sie brennt, als stünde sie in Flammen.«
»Ihr habt sie über Monate hinweg untersucht«, stößt Cornelis hervor. »Warum habt Ihr mir nicht gesagt, daß sie in Gefahr schwebt?«
»Eure Erregung ist verständlich, Mijnheer, aber ich habe nicht geglaubt, daß sie dieser bestimmten Krankheit zum Opfer fallen würde. Als ich sie das erste Mal untersuchte, stellte ich lediglich fest, daß sie zart gebaut und anfällig ist. Jede Aufregung hätte eine Entzündung der Gebärmutter verursachen können, die sich durch das Blut zum Gehirn hin ausgebreitet hätte.« Er räuspert sich. »Deswegen habe ich auch zu … hmm, ehelicher Enthaltsamkeit geraten.«
Er hält inne. Cornelis schaut auf die weißen Finger des Arztes. Warum haben sie sie nicht retten können?
»Der Leichnam …«
»Untersteht Euch, sie so zu nennen!«
»Verzeihung. Eure Gemahlin – sie darf nicht hierbleiben. Ich werde veranlassen, daß ihre sterblichen Überreste sofort aus dem Haus gebracht und für die Beerdigung vorbereitet werden.« Doktor Sorgh verschränkt die Hände. »Es

ist ein schrecklicher Verlust für Euch, ich weiß. Aber es wird Euch erleichtern zu hören, daß Eure kleine Tochter vom Fieber nicht angesteckt wurde. Sie ist bei bester Gesundheit.«

Benommen sitzt Cornelis da. Um ihn her herrscht emsige Geschäftigkeit. Von oben hört er gedämpfte Stimmen, Türen werden geöffnet und geschlossen. Schwere Schritte kommen die Treppe herab; fremde Männer tragen seine Frau fort. Etwas stößt gegen die Wand. Cornelis kann es nicht ertragen, zuzusehen. Welches Recht haben sie dazu? Sophia gehört ihnen nicht.

Eine Tasse heißer Haferbrei wird ihm in die Hand gedrückt. Er ahnt, daß Mevrouw Molenaer gekommen ist und sich um ihn kümmert, und um das Kind. Es ist mitten in der Nacht, aber die Frauen aus der Nachbarschaft haben sich alle eingefunden. Sicher sind sie freundlich zu ihm, aber er hat nicht die Kraft, ihnen zu danken; er sieht sie nicht einmal genau.

Nichts von all dem passiert wirklich. Er kann es nicht fassen; für ihn ist es noch ein Traum. Sophia spielt ihm einen Streich, so wie sie früher mit ihren Schwestern Scherze machte. Sie ist zu lebendig, um zu sterben. Ihr Nährahmen liegt auf ihrem Sessel, wo sie ihn zuletzt hingelegt hat; ihr Fußöfchen steht am Boden und wartet darauf, daß sie ihren langen, schlanken Fuß wieder darauf stellt. Wenn er die Augen aufschlägt, wird sie dort sitzen, ihm ihr Gesicht zuwenden und ihn anlächeln, bevor sie sich wieder über ihre Arbeit beugt. Das Licht ist schwach; sie hebt den Nährahmen näher an die Augen und verändert mit einem kleinen Seufzen ihre Sitzhaltung, um den anderen Fuß auf das Öfchen zu stellen.

Gott kann ihm diesen grausamen Streich kein zweites Mal spielen. Was für ein Gott ist das, der ihm so etwas antut? ... Cornelis steht am Strand ... er ist wieder ein kleiner Junge. Sein Vater preßt ihm eine Muschel ans Ohr. Ein Donnern dröhnt durch seinen Kopf – ein Donnern aus weiter Ferne. *»Das ist der Odem Gottes«*, sagt sein Vater. *»Was immer in deinem Herzen ist, Er hört es.«*

Das Donnern von draußen ist verklungen. Der Sturm hat sich gelegt. Cornelis liegt offenbar in seinem Bett, im Lederzimmer. Er sieht zum Fenster hinaus. Der Morgen dämmert; graues Licht fällt durch die dicken Glasscheiben. Jetzt spürt er, daß Sophia nicht mehr im Haus ist – eine Leere, eine Stille, einfach ihre Abwesenheit. Seine Frau ist wie Strandgut fortgespült worden. Lautlos, ohne jede Klage, ist sie in sein Leben geglitten und wieder daraus entschwunden. Seine Jahre mit ihr sind wie ein Traum, geträumt von einem alten Mann, der Gemälde betrachtet und weiß, daß die Menschen, selbst wenn sie einmal so im Raum gestanden haben, wie sie auf der Leinwand dastehen, schon lange fort sind. Sie sind nur Schatten – der Schimmer eines Kleides, burgunderrot im Kerzenlicht, die Neigung eines Kopfes, das dargebotene Glas Wein, das längst geleert ist. Das nie, auch damals nicht, geleert worden ist. Sie sind fort, und selbst seine Bilder sind umgedreht worden und blicken jetzt zur Wand.

Er denkt: Kunst bleibt immer in der Gegenwart, auch lange nachdem wir Menschen zu Staub geworden sind. Vage ahnt er, daß das irgendeine Bedeutung hat, aber er ist zu müde, um dem Sinn dieser Worte nachzugehen

Er muß eingenickt sein. Bevor der Arzt ging, hat er ihm einen Trank gegeben, etwas Kalkiges, Bitteres. Die Trauer

hat Cornelis noch nicht getroffen; sie lauert im Schatten wie ein Wegelagerer.
Maria kommt herein. Er hat Maria ganz vergessen. Es scheint, als wäre sie unsicher auf den Beinen – einen Moment lang denkt er, sie sei betrunken. Sie taumelt durch das Zimmer, als habe sie Schmerzen, und stützt sich schließlich auf einen Stuhl.
Sie sagt: »Es ist ein schrecklicher Verlust, Mijnheer.« Sie sieht verwahrlost aus – grau, das Gesicht feucht, die Haare ungekämmt.
Halb erinnert er sich daran, daß sie hätte dasein sollen – wo war sie? –, aber er ist zu benommen. Außerdem hat er nicht die Kraft, sie zu tadeln.
»Ach, Mijnheer, was kann ich sagen?«
»Armes Mädchen.« Sie ist nicht betrunken, das wird ihm jetzt klar. Sie ist überwältigt von Kummer. »Ich sehe ja, daß es dir auch großen Schmerz bereitet.«
Sie läßt sich schwer auf den Stuhl fallen. »Ach, Mijnheer«, sagt sie.
»Du siehst furchtbar mitgenommen aus.«
Sie nickt wortlos und schaut in die Wiege. Von dort kommt ein kleines, wimmerndes Geräusch, ein winziger Laut. Er hat das Kind ganz vergessen. Maria beugt sich darüber – mit schmerzverzerrtem Gesicht hält sie kurz inne –, dann hebt sie das sich windende Bündel heraus.
»Was heute nacht passiert ist, ist entsetzlich, Mijnheer. Es war Gottes Wille, Euch Eure Frau zu nehmen, aber es war auch Sein Wille, Euch eine Tochter zu schenken.«
Sie streichelt dem Neugeborenen über das feuchte, dunkle Haar.
»Eine wunderschöne, gesunde Tochter. Dafür müssen wir dankbar sein.« Sie küßt die Kleine, atmet ihren Duft ein.

»Ich werde mich um sie kümmern, als wäre sie meine eigene Tochter.«

Cornelis beginnt zu weinen – ein Schluchzen aus tiefster Tiefe. Er hat nicht die Kraft, seine Tränen vor dem Dienstmädchen zu verbergen. Als Maria das sieht, steigen ihr selbst Tränen in die Augen. Sie geht zu ihm und legt ihm seine Tochter in den Arm.

# 46

## Nach dem Sturm

*Allgemein leben sie nicht so lange, wie es in besserer Luft der Fall ist; ihr Verfall setzt früh ein, bei Männern wie bei Frauen, insbesondere in Amsterdam ... Seuchen sind weniger häufig, zumindest treten sie nicht in so großer Zahl auf daß man ihnen Beachtung schenken würde, denn jegliche Hinweise darauf werden so gut als möglich unterdrückt, und beim Registrieren der Toten wird keine Unterscheidung getroffen, auch nicht bei der Pflege der Kranken; ob nun aus einem Glauben an Vorherbestimmung heraus oder ob aufgrund einer Vorliebe für den Handel, die mehr das Leben des ganzen Landes bestimmt als das einzelner Menschen.*

William Temple,
*Observations upon the Netherlands,* 1672

Nach dem Sturm herrscht Ruhe in der Stadt. Es ist ein sonniger Morgen, still und kalt. Äste liegen auf den Straßen wie gebrochene Gliedmaßen. Die Menschen beheben die Schäden. Sie schwärmen aus wie Ameisen, deren Hügel lädiert ist; verbissen bauen sie ihr Leben wieder auf. Die Niederländer sind ein Volk, das hart arbeitet und sich zu helfen weiß; wenn ihr Land überflutet wird, pumpen sie das Wasser ab und legen es wieder trocken. Sie sind daran gewöhnt, die Trümmerhaufen zu beseitigen, die der Zorn Gottes entstehen läßt, denn Er schickt ihnen diese Stürme, um sie zu prüfen.

Die Sonne scheint auf die großen Giebelhäuser an der Herengracht. Sie wärmt die neuen roten Ziegel und das gemeißelte Zierwerk rund um die Türen, läßt das in Blei gefaßte Glas der vielen Fenster erglühen. Wie beeindruckend sie sind – Monumente des Wohlstands und des Glücks der Menschen, die hinter diesen Mauern leben, denn dies ist die vornehmste Straße der ganzen Stadt.

Doch die gegenüberliegende Straßenseite liegt in tiefem Schatten. Dort herrscht gedämpfte Stille; durch die blinden Fenster ist kein Zeichen von Leben zu erkennen. Die Läden von Cornelis Sandvoorts Haus sind geschlossen. Da ist in der Nacht jemand gestorben – er hat seine junge Frau im Kindbett verloren. Zum zweitenmal ist er Witwer geworden. Kopfschüttelnd bleiben die Nachbarn vor dem Haus stehen. Grausam, daß ihm das noch einmal widerfahren ist, wo er doch davon ausgehen konnte, daß seine Frau ihn überleben und ihm im Alter ein Quell der Freude sein würde. Einige sagen auch, sie habe an einer Seuche gelitten. Das ist lediglich ein Gerücht, aber zur Sicherheit hat man den Leichnam sofort aus dem Haus gebracht. Es wird nicht tagelang am offenen Sarg getrauert werden.

Mijnheer Sandvoort schläft sicher; er war die ganze Nacht auf den Beinen. Noch stören die Nachbarn ihn nicht, um ihm ihr Beileid auszusprechen. Aber wenn sie genau horchen, können sie durch die geschlossenen Läden das leise Wimmern eines Neugeborenen hören. Ein Leben wurde genommen, um ein anderes in die Welt zu bringen.

# 47

## Jan

*Wer eine Sache einem törichten Boten anvertraut, ist wie einer, der sich selbst die Füße abhaut und Schaden leidet.*

Sprüche 26

Jan wird von einem Klopfen geweckt. Die Sonne scheint, es ist Mittag. Nach der turbulenten Nacht ist er im Morgengrauen eingedöst, er hat geschlafen wie ein Toter.

Vor der Tür steht Gerrit. Er schaut betreten drein – seine Hände baumeln herab, sein großes, fleischiges Gesicht ist rot. »Ich bin bloß gekommen, um Euch Lebewohl zu sagen und Euch alles Gute für die Zukunft zu wünschen, Mijnheer.«

»Ah! Du bist wegen deines Geldes gekommen.«

Gerrit tritt von einem Fuß auf den anderen.

»Ich ziehe mich an«, sagt Jan. »Dann gehe ich und hole es.«

»Ich komme später noch einmal ...«

Wieder klopft es an der Tür. Während Jan in seine Kniehose schlüpft, öffnet Gerrit die Tür. Doktor Sorgh tritt herein. Er sieht erschöpft aus – sein Gesicht ist grau, unter seinen Augen liegen dunkle Schatten.

Jan bietet ihm einen Stuhl an. »Ich habe die Nachricht erhalten.«
Sorgh nickt. »Alles ist nach Plan gelaufen. Eine problemlose Entbindung, dem Herrn sei Dank; sie ist ein gesundes junges Ding.«
Jan ist noch schlaftrunken. Einen wirren Augenblick lang glaubt er, der Arzt spreche von Sophia. Dann wird ihm sein Irrtum bewußt. »Ich bin Euch sehr dankbar«, sagt er und knöpft sich das Hemd zu.
»Ich bin wegen der Begleichung der Rechnung gekommen.« Der Arzt deutet auf den Diener. »Können wir offen sprechen?«
Jan schüttelt den Kopf. Seine Blase ist zum Bersten voll. Er wünscht, der Arzt würde später noch einmal kommen, wenn sein Kopf klarer ist. Es fällt ihm schwer, an die Bezahlung für etwas zu denken, von dem er kaum glauben kann, daß es wirklich passiert ist.
Er sagt zu Gerrit: »Geh in die Küche und hol ein Glas Wein für Doktor Sorgh.«
Gerrit geht hinaus. Der Arzt setzt an: »Die Rechnung für meine Dienste und die der Hebamme habt Ihr bereits. Eine kleine Summe ist jetzt noch hinzugekommen – sagen wir mal für die Sargträger? Das war in der ursprünglichen Vereinbarung nicht enthalten.« Er reicht Jan einen Zettel. »Aber das verändert die Summe nur unwesentlich.«
»Kommt im Verlauf des Nachmittags zurück, wann immer es Euch beliebt, dann begleiche ich die Rechnung.«
Jan erklärt die Situation. Wie er vor einem Monat die Semper-Augustus-Zwiebel für eine große Summe kaufte; daß der Züchter Mijnheer van Hooghelande sie unter strengsten Sicherheitsvorkehrungen aufbewahrt hat.
»Wißt Ihr, was in den letzten Tagen geschehen ist?« Jans

Stimme überschlägt sich fast vor Aufregung. »Ihr Preis hat sich verdoppelt, ist dann drastisch gefallen, und wenn ich der Information, die ich bekommen habe, Glauben schenken kann – und ich wüßte nicht, warum ich daran zweifeln sollte, denn meine Quelle ist absolut zuverlässig –, dann war der Preis, als der Handel gestern abend eingestellt wurde, auf das Vierfache der Summe gestiegen, die ich bezahlt habe, und ist heute weiter gestiegen!«

Doch der Arzt zeigt wenig Interesse. Er sitzt schweigend auf dem Stuhl und legt seine langen weißen Finger aneinander.

»Ich gehe jetzt zu dem Züchter und hole die Zwiebel«, sagt Jan. »Es gibt mehrere Konsortien, die für sie bieten möchten, unten im 't Haentje; heute abend haltet Ihr das Geld in Händen.«

Es klopft erneut. Gerrit führt einen Jungen herein. Im ersten Augenblick erkennt Jan ihn nicht.

Der Junge sagt: »Ich bin gekommen, um das Geld für Eure Fahrkarten abzuholen.«

»Welche Fahrkarten?« fragt Jan verständnislos.

»Zwei Überfahrten nach Batavia«, erklärt der Junge. »Auf der *Königin des Ostens.*«

»Ich habe doch ausgehandelt, daß ich am Tag selbst ...«

»Mein Herr sagt, weil Ihr am frühen Morgen abreist, müßt Ihr am Tag vorher bezahlen.«

»Ihr verlaßt das Land?« Der Ton des Arztes ist scharf.

»Und er kommt nicht wieder«, ergänzt Gerrit.

»Ist ja gut! Ich gehe sofort los.« Jan wendet sich an den Arzt. »Kommt heute abend um sechs wieder. Bis dahin habe ich alles geregelt.«

Keine Antwort. Doktor Sorgh betrachtet ihn, dann das fast gänzlich leergeräumte Zimmer, den anderen jungen Gläu-

biger, der ängstlich auf Zahlung wartet. »Ich ziehe es vor, hier zu warten«, sagt er. »Wenn Ihr nichts dagegen habt.«
Jan starrt ihn an. »Was?«
»Ich möchte nicht unhöflich erscheinen, Mijnheer. Aber in meinem Gewerbe ... Ihr müßt verstehen ... der Schlag Leute, mit dem ich es zu tun habe ... Da ist man gezwungen, gewisse Vorsichtsmaßnahmen zu treffen.«
»Ihr glaubt, daß ich mich davonstehlen will?« Jan verschlägt es beinahe die Sprache. »Ist es das? Ihr glaubt, daß ich mich aus dem Staub mache?«
Der Arzt zuckt mit den Achseln. »Ich würde lieber andere Worte wählen ...«
»Ihr vertraut mir nicht?«
Es herrscht Stille. Alle drei schauen zu Jan. Der Arzt sagt: »Nehmt es bitte nicht persönlich. Es wäre mir einfach lieber, wenn Ihr und ich zusammen hierblieben und Ihr Euren Diener losschicktet.«
Jan steht auf. »Warum begleitet Ihr mich nicht?« Er geht zur Tür. »Wenn Ihr mich nicht aus den Augen lassen wollt, dann kommt mit. Wir gehen alle gemeinsam dorthin.«
Der Junge erwidert: »Ich habe den Auftrag, mit Euch hier zu bleiben und Euer Haus erst zu verlassen, wenn ich das Geld in Händen halte. So lautet mein Befehl, Mijnheer.«
Es ist eine ausweglose Situation. Jan sieht von einem zum anderen. Doktor Sorgh zupft an seinem Ärmel. Der Junge spielt mit seiner Mütze, dreht sie in seiner Hand hin und her, als würde er einen Teigkloß kneten.
»Schickt Euren Diener«, wiederholt Doktor Sorgh. »Dann können wir diese ganze ... Angelegenheit ... zum Abschluß bringen.«
Jan läßt sich aufs Bett fallen. Gerrit zieht die Augenbrauen hoch und sieht ihn mit dummer, vertrauensvoller Miene

an. Er weiß zwar nicht genau, was vor sich geht, aber es bekümmert ihn, seinen Herrn so bedrückt zu sehen.

Die Situation ist heikel. Jan würde Gerrit sein Leben anvertrauen, aber kann er ihm diese Sache anvertrauen? Gerrit wartet; alle warten.

Jan geht mit seinem Diener in die Küche. »Gerrit, du hast gehört, was der Mann gesagt hat. Ich möchte, daß du ein paar Dinge erledigst. So schnell du kannst. Kein Herumtreiben, verstanden? Betrachte es einfach als deinen letzten Dienst für mich, um der guten alten Zeit willen, ja?«

Gerrit nickt. »W-w-was soll ich tun?« Er hat immer schon gestottert, als wäre für die Zunge kein Platz in seinem Mund.

Von oberster Dringlichkeit ist, daß Gerrit nicht erfährt, wie wertvoll das Päckchen ist, das er bei Claes van Hooghelande abholen soll. Jan hat eine alptraumartige Vision, was Gerrit täte – selbst der vertrauenswürdige, ergebene Gerrit –, wenn er wüßte, daß er den Gegenwert eines Hauses in der Prinsengracht in der Hand hält. Das Wissen könnte einen Heiligen versuchen. Selbst wenn Gerrit sich nicht damit aus dem Staub macht, könnte er sich verleitet fühlen zu prahlen. Jan stellt sich vor, wie er zufällig einem seiner Trinkkumpane begegnet, auf das Päckchen deutet und sagt: *Du errätst nie, was da drin ist.* Selbst wenn Gerrit die Zwiebel nicht stiehlt, besteht die Gefahr, daß ein anderer es tut. Die Leute, mit denen Gerrit sich herumtreibt, sind noch verkommener als Jans Freunde.

Also muß Jan ihm noch andere Erledigungen auftragen, um die Bedeutung dieser Aufgabe zu vertuschen. Er drückt Gerrit etwas Geld in die Hand. »Hier. Besorg mir ein paar Pigmente – warte, ich schreibe dir eine Liste. Und kauf ein

halbes Dutzend Zimttörtchen, in der Bäckerei, für die Herren hier. Und hol ein Päckchen für mich ab. Es liegt bei dieser Adresse für mich bereit.« Er schreibt die Anschrift auf einen Zettel; seine Hände zittern. »Das ist in der Sarphatistraat, auf der anderen Seite der Stadt. Wirst du das schaffen?«
Gerrit nickt.
»Und dann kommst du sofort zurück, verstanden?«
»Ja, Mijnheer.« Gerrit wendet sich zum Gehen. Jan klopft ihm auf die Schulter, als wäre er ein Vater, der seinen Sohn zum erstenmal in die große, weite Welt hinausschickt.
Er steht am Fenster und schaut Gerrit nach, wie er die Straße entlangschlurft. Zumindest schlägt er die richtige Richtung ein.
Jan denkt: Dieser Mann hat mein Leben in der Hand.

# 48

## Cornelis

*Der Alte …*
*Seine Glieder sind steifgeworden, doch in Seele und Geist ist er rege,*
*Er weiß, daß niemand hienieden bleibt, und so*
*Schaut er fest auf sein Ziel und achtet genau*
*Auf den Pfad und das Wort Gottes, die zum Tor des Lebens führen.*

D. P. Pers, 1648

Cornelis verfaßt die Todesanzeige. *Es hat dem Allmächtigen Gott in Seiner ewigen, unerschütterlichen Weisheit gefallen, meine geliebte Gattin Sophia von dieser sündigen Welt in die Glückseligkeit Seines himmlischen Reiches, an Seinen Busen, zu rufen, am dreizehnten Tage dieses Monats, zur elften Stunde der Nacht, nachdem Ihre Hoheit im Kindbett gelegen hatte …*
Er hält inne. Mit einemmal wird ihm bewußt, daß er seinen Glauben verloren hat. Die Worte sind nur Zeichen auf einem Blatt Papier; fromme Zeichen, ebenso bedeutungslos wie eine Rechnung für einen Ballen Baumwolle. Noch bedeutungsloser. Um nicht zu sagen, ohne jeglichen Sinn.
Gott existiert nicht. Nachdem Cornelis' Glaube kurz

wiederaufgeflackert war, ist er jetzt endgültig erloschen. Dreimal zwanzig Jahre hat er seine Abgaben entrichtet – in Form von Tränen, Schuldgefühlen und Angst –, und was hat er im Gegenzug dafür bekommen? Was war sein Gewinn aus dieser Investition? Zwei Ehefrauen und zwei Kinder, alle gestorben. Was für ein Handel soll das sein?

Sein Leben lang haben Prädikanten ihm von der Kanzel aus donnernd ins Gewissen geredet. *Gott wird dich bestrafen! Gott sieht dich, du Sünder! Bereite dich vor auf das Feuer ewiger Verdammnis!* Als kleiner Junge hat er einmal vor Angst in die Kniehose gemacht. Sie wettern gegen das Theater, gegen das Tabakrauchen, gegen das Trinken von Kaffee, gegen Ausflüge aufs Land am Sabbat, gegen Feste, gegen Vergnügen, gegen das Leben selbst.

Wer sind sie denn, diese jämmerlichen Männer mit ihrem strähnigen Haar und den schrillen Stimmen? Wer sind sie, daß sie ihm etwas vorschreiben? Was wissen sie denn schon? Warum gehen sie davon aus, daß sie die Erretteten sind, diese engstirnigen, bigotten Pfaffen, für die das kleinste Kind schon sündig ist und deren einzige Freude darin besteht, anderen die Freude im Keim zu ersticken? Welcher Gott würde sie zu seinem Fürsprecher erwählen? Wenn sie toben wollen, warum dann nicht gegen einen Gott, der zuläßt, daß eine hübsche junge Frau unter Qualen stirbt, während sie sein Kind zur Welt bringt?

Cornelis sitzt an seinem Schreibtisch. Er steckt die Feder in den Halter zurück. Er denkt: Hat es dem Allmächtigen gefallen, Sophia an Seinen Busen zu rufen? Was für ein Busen ist denn das? Und sie ist keine *Hoheit.* Sie war sein Herz, seine Liebste. Wie hochtrabend er war. Er denkt an das höfliche Gesicht, das sie machte, während sie seinen Ausführungen lauschte. Phrasen. Wie konnte er glauben, er wisse etwas, wo er gar nichts weiß?

Es ist ein seltsames, luftiges Gefühl, nicht unangenehm. Cornelis fühlt sich leicht wie eine Feder. Ein Windstoß, und er wird von seinem Stuhl auffliegen. Vielleicht ist das der Schock. Vielleicht hat die Trauer über Sophias Tod ihn kurzzeitig um den Verstand gebracht.

Allerdings hat er das Gefühl, nie zuvor so klar gesehen zu haben wie jetzt. In den letzten Jahren hat sein Zweifel ihn oft bedrückt. Davon hat Sophias Tod ihn befreit. Ihr Tod hat ihn in seinem Glauben nicht etwa bestärkt, sondern ihm vielmehr jeden Glauben genommen, und jetzt kommt er sich vor wie eine Pusteblume – er schwebt nach oben, immer höher empor zu ihr. Nur daß sie nicht dort oben im Himmel ist, weil es keinen Himmel gibt.

Unten, unten auf der realen Welt, hört er, wie Maria dem Kind etwas vorsingt. Es ist ein großes Glück, daß es sie gibt. Maria kennt keine theologischen Zweifel; sie hat den handfesten Verstand jener, die Gott gegenüber Lippenbekenntnisse abgeben und ihr Leben weiterleben. Ihre Erdverbundenheit ist ihm ein großer Trost. Ihr ist es völlig gleichgültig, daß er seinen Glauben verloren hat. Für sie zählt nur das Kind, etwas anderes gibt es für sie nicht mehr.

Er wird seine Tochter Sophia nennen. Ihre Schönheit rührt ihn bis ins Herz. Schon jetzt, wo sie erst einen Tag alt ist, sieht er die Ähnlichkeit mit ihrer Mutter. Und sein Haar war, bevor es ergraute, ebenso dunkel. Jetzt freut er sich, daß es kein Junge ist. Sie ist die Tochter, die er nie hatte, und er wird sie alles lehren, was er weiß. Er wird ihr erklären, daß alles, was er weiß, angezweifelt werden kann, und daß Zweifeln der einzige Weg ist, etwas zu lernen. Und er wird lernen, ihr zuzuhören, wenn sie Fragen stellt. Sie wird frei aufwachsen, frei im Geist, denn sie ist kein Kind, das in Sünde gezeugt wurde. Sie wird nicht vor Angst beben und sich in der Kirche in die Hose machen. Sie ist einfach ein Kind – ein schönes, geliebtes Kind. Das ist das Geschenk, das ihre Mutter ihr gemacht hat.

# 49

## Gerrit

*Narren brauchen kein Wasser, um zu gedeihen.*

J. Cats, *Emblemata*, 1632

Gerrit wird keinen Tropfen trinken. Obwohl er allen Grund hat zu feiern: Es ist sein letzter Tag im Dienst von Mijnheer van Loos. Der schuldet ihm den Lohn für sechs Wochen und dazu, so hofft er, ein üppiges Trinkgeld. Es ist ein schöner, sonniger Tag; seine Hühneraugen schmerzen nicht mehr. Gerrits Ansicht nach gibt es immer einen Grund zu feiern.

Aber das wird er nicht tun, nicht heute. Er hat einen Auftrag, und er wird ihn erledigen. Das ist seine Pflicht. Mijnheer van Loos war ihm ein guter Herr: nachsichtig, anspruchslos und – wenn er das Geld hatte – sehr großzügig mit Trinkgeld. Gerrit wird ihn nicht enttäuschen. Früher ist das durchaus vorgekommen, das räumt er ein. Beschämt erinnert er sich gewisser Zwischenfälle. Der Teufel Alkohol ist daran schuld. Der fegt ihm alles aus dem Kopf – in dem, um der Wahrheit die Ehre zu tun, ohnehin nicht allzu viel ist. Wenn er wieder nüchtern ist, wird er natürlich von Reue überwältigt, und Jan hat ihm immer verziehen. Sein Herr ist ein guter Mensch, Gerrit wird ihn nicht enttäuschen.

Gerrit ist quer durch die ganze Stadt gelaufen, er hat den Weg in die Sarphatistraat gefunden. Er klopft an die Tür. Von drinnen hört er Kindergeschrei. Mijnheer van Hooghelande öffnet die Tür, nur einen Spaltbreit.

»Ich bin wegen dem Päckchen gekommen«, sagt Gerrit.

Der Mann kneift mißtrauisch die Augen zusammen.

»Wegen dem Päckchen für Mijnheer van Loos.« Gerrit spricht in strengem Ton. Er nimmt seinen Auftrag ernst. »Den Maler.«

Mijnheer van Hooghelande verschwindet. Gerrit hört jemanden eine Treppe hinabgehen, einen Schlüssel klappern, eine Tür quietschen. Aus der Ferne dringt das Öffnen und Schließen einer anderen Tür herauf.

»Wer bist du?« Ein Kind starrt zu ihm hoch.

»Gerrit.«

Das Kind steckt einen Finger tief in die Nase und dreht ihn, als würde es eine Flasche entkorken. »Da unten sind Ungeheuer.«

»Wo?«

»Da unten. Mein Papa redet mit ihnen.«

Wieder Geklapper, Mijnheer van Hooghelande kommt die Stufen herauf. In der Hand hält er ein kleines Päckchen; es ist in braunes Papier gewickelt und mit Bindfaden verschnürt. Er reicht es Gerrit, fährt sich über einen Nasenflügel und schließt die Tür.

Gerrit schlendert von dannen. Warum ist sich der Mann über die Nase gefahren? Wer sind die Ungeheuer, die in seinem Gewölbe leben? Mit der Fußspitze stößt Gerrit einen Ast aus dem Weg – die Straßen sind noch voller Unrat vom Sturm der vergangenen Nacht.

In der Gracht neben ihm treibt ein ertrunkener Hund. Bläulich, struppig, aufgedunsen wie eine volle Blase. Armer *gek*, denkt Gerrit. Das könnte ich sein, wenn ich wieder einen hinter die Binde gekippt hätte.

Aber er wird keinen hinter die Binde kippen, nicht heute.

# 50

## Cornelis

*Wie kann eine Mutter ihrem Neugeborenen ihre Liebe besser bekunden, als indem sie es an ihrer Brust saugen läßt? Es ist ein Beweis der Liebe, aber auch ein Mittel, um diese Liebe zu festigen und zu nähren: denn tägliche Erfahrung zeigt, daß Mütter die Kinder, die sie selbst stillen, am meisten lieben.*

William Gouge, *Of Domesticall Duties,* 1622

Cornelis sagt: »Wir brauchen eine Amme.«

»Oh, das habe ich schon getan«, antwortet Maria. »Ich wollte Euch nicht belästigen, Mijnheer, und da ich gerade von einer wußte, habe ich mir erlaubt, sie in Eurem Namen einzustellen.«

»Wo ist sie?«

»Sie war mittags hier, jetzt ist sie wieder gegangen.«

»Saugt das Kind?« fragt er.

»Aber ja«, erwidert Maria träumerisch. »Aber ja, sie hat kräftig gesaugt. Sie ist hungrig wie ein Pferd.«

»Wo ist diese Frau? Wann werde ich sie sehen? Hast du ihr ein Zimmer hergerichtet?«

Maria zögert. »Mijnheer, das Problem ist, sie hat ein lahmes Bein. Es fällt ihr sehr schwer herzukommen. Also dachte ich, ich werde ... nun ja, das Kind zu ihr bringen, wann immer der kleine Schatz Hunger hat. Wir möchten doch nicht, daß die Amme Eure Tochter bei sich behält, oder?«

»Aber nein! Ich will, daß meine Sophia hierbleibt, in ihrem Zuhause. Meinst du nicht auch?«

»Aber ja, Mijnheer.« Maria nickt. »Sie gehört hierher, zu uns. Ich habe sie sehr ins Herz geschlossen, Mijnheer.«

Cornelis versteht die Sache nicht ganz. Was ist, wenn das Kind nachts aufwacht? Aber offensichtlich ist Maria mit der Vereinbarung sehr zufrieden; sie hat die Verantwortung übernommen, und dafür ist er ihr dankbar. Außerdem hat er sich nie zuvor um eine Amme kümmern müssen – Hendrijke hat beide Söhne selbst gestillt. Wenn das Arrangement ungewöhnlich ist, dann sei's drum. Wichtig ist, daß seine Tochter im Haus bleibt. Alles andere hat er verloren; jetzt will er nicht auch noch sein kostbares Kind an eine Fremde verlieren.

»Wir sind jetzt ihre Familie«, sagt Maria und legt die Kleine in die Wiege.

Cornelis fragt: »Findest du nicht auch, daß sie meine Nase hat?«

Maria hat ihr Gesicht in der Wiege vergraben, liebkost das Kind. Sie macht eine Kopfbewegung, aber er vermag nicht zu deuten, ob es ein Ja oder ein Nein ist.

Zum erstenmal seit Monaten betrachtet Cornelis seine Magd eingehender. Sie ist ihm unersetzlich geworden; sie ist zwischen den Kulissen hervorgetreten und nimmt jetzt einen Platz mitten auf der Bühne ein. Eine Woge der Zuneigung überschwemmt ihn.

»Du siehst ganz abgemagert aus, meine Liebe«, sagt er. »Das macht die Trauer. Du mußt essen und bei Kräften bleiben. Wir brauchen dich, Sophia und ich.«

*Sophia.* Es versetzt ihm einen Stich, den Namen auszusprechen. Es ist noch zu früh, um all die Liebe, die das Wort birgt, auf ein neues, winziges, noch unbekanntes Wesen zu übertragen. Er muß sich Zeit lassen.

»Ich finde, sie sieht wie gar niemand aus«, meint Maria und hebt ihr gerötetes Gesicht. Sie lächelt – ein hingerissenes Lächeln, das Cornelis verblüfft. »Sie sieht aus wie sie selbst.«

# 51

## Gerrit

*Wisse – ein falscher Schritt ist nicht rückgängig zu machen.*

J. Cats, *Emblemata,* 1632

Gerrit kommt bewundernswert gut voran. Er hat die Pigmente besorgt: Umbra, Indigo und gebranntes Siena. Er ist in der Bäckerei gewesen. Da es nur noch zwei Zimttörtchen gab, hat er, um das halbe Dutzend voll zu machen, vier Vanilletörtchen dazugekauft. Vier und zwei macht sechs. Also rechnen kann er.

Jetzt ist er auf dem Weg zurück nach Jordaan, alle Aufträge sind erledigt.

Aber ach, ihm brennt die Kehle. Es ist ein langer Tag gewesen; seit fünf heute morgen ist er auf den Beinen, hat Fässer abgeladen. Das ist schweißtreibende Arbeit, und seit dem Frühstück hat er keinen Tropfen angerührt. Die Glocken läuten zur vollen Stunde – zwei Uhr. In seiner Tasche klimpern ein paar Münzen. Irgendwie kommt es ihm verkehrt vor, sie dort zu lassen, wo sie ihm anderweitig einen so guten Dienst erweisen könnten. Aber er wird standhaft bleiben.

Gerrit biegt um eine Ecke und stößt um ein Haar mit sei-

nem Freund Piet zusammen, der vor einer Kneipe Wasser abschlägt.
»Du alter Suffkopp!« ruft Piet und zieht seine Kniehose zurecht. »Du alter Zecher! Komm auf'n Gläschen rein. Der Hurenbock Andriesz gibt einen aus, er hat in der Lotterie gewonnen!«
Gerrit zögert.
»Ein ganzes Oxhoft Rheinwein«, fährt Piet fort. »Heute muß keiner für seinen Rausch zahlen!«
Da steht Gerrit nun. Das ist wie auf der Folterbank. Dröhnendes Gelächter dringt durch die offene Tür. Es duftet nach gebratenem Hühnchen. Er merkt, daß ihm der Magen knurrt; seit fünf hat er nichts mehr gegessen, und da auch nur eine Schüssel Haferbrei. Es ist ein wahrhaft heldenhafter Kampf – noble Gefühle treiben ihn ins Atelier, die Verlockung zieht ihn in die Schenke.
»Was stehst du so rum?« drängt Piet.
Gerrit schüttelt den Kopf. »Ich muß zurück.«
Mit bleischweren Beinen geht er davon. Das war ein heikler Moment, aber er hat widerstanden. Das Pflichtgefühl hat den Sieg davongetragen.
Verdient er zur Belohnung nicht einen Schluck? Gerrit lächelt grimmig über seinen Scherz und geht in Richtung Bloemgracht, wo sein Mijnheer wartet.

# 52

## Sophia

*Das Mädchen ist nicht tot, sondern es schläft.*

Matthäus 9: 24

Ich bin nicht tot, ich schlafe nur. Denn was ist unser Leben anderes als ein langer, tiefer Schlaf, aus dem wir zu den fröhlichen Trompeten des Himmelreiches erwachen werden?

Diese Laken sind mein Leichentuch. Wenn ich aufstehe, beginnt ein neues Leben. Ich werde hervorkommen wie ein Schmetterling aus seiner Verpuppung; ich werde meine Vergangenheit abstreifen wie Marias Umhang und über das Meer in mein eigenes Gelobtes Land enteilen.

»Das soll ein Arm sein?!«

Durch meine Träume höre ich eine Stimme. Ich werde zusammengesetzt werden. Meine Arme und Beine, die verstreut herumliegen, werden wieder an meinen Körper wachsen, und ich werde vom Tod auferstehen, meine kleine Wiedergeburt feiern.

»Das nennst du ein Bein? Hast du denn keine Augen im Kopf?!«

Mattheus' Stimme dröhnt durch die Dielen nach oben. Mit seiner Stimme könnte er die Toten erwecken.

»Das ist ein Kopf. Der sitzt auf den Schultern, ja? Zwei Arme, auf jeder Seite einer.« Sein Atelier liegt unter diesem Raum; offenbar gibt er seinen Schülern gerade Zeichenunterricht. »Habt ihr denn gar keine Ahnung von der menschlichen Anatomie? Wißt ihr, wieviel eure Eltern dafür bezahlen, daß ihr hier meine Zeit vergeudet?«

Ich habe lange geschlafen. Der Sturm ist vorüber, durch die Fenster strömt Sonnenschein. Ich werde hierbleiben, im Verborgenen, bis Jan mich abholt. Mattheus und seine Frau verstecken mich hier in ihrem Haus; sie haben Schweigen gelobt. Sie sind die einzigen lebenden Menschen, die die Wahrheit kennen, außer dem Arzt und der Hebamme, die mich entband, denn auch ich bin neu geboren. Die zwei Männer, die mich hierhergetragen haben, hielten mich für eine Leiche. Wie grob sie mit mir umgegangen sind! Wo war da der Respekt? Wenn das Leben aus uns gewichen ist, sind wir nur noch ein Sack Rüben; das beweisen meine blauen Flecke. Schließlich ist unsere Seele fortgeflogen.

»Knochen! Muskeln!« donnert Mattheus' Stimme durch die Fußbodendielen. »Unter der Haut haben wir Knochen und Muskeln! Wenn ihr nicht begreift, wie der Körper funktioniert, wie wollt ihr ihn dann malen, verdammt!«

Ich kann noch immer nicht fassen, was geschehen ist. Die vergangene Nacht erscheint mir unwirklich wie eine Theateraufführung. Es war tatsächlich eine Aufführung. Wir haben den vorgegebenen Text gesprochen, unsere Rollen gespielt. Den Großteil der Zeit war ich allein, habe meine schmerzlosen Schreie allein meiner staubigen Brautkrone entgegengeschrien, die vom Deckenbalken hing. Die anderen Schauspieler waren oben bei Maria und leisteten richtige Arbeit.

Ich sage mir: Ich werde das Haus nie wieder betreten. Ich

werde meine Kleider in den Schränken lassen, die Arbeiten halb beendet, denn ich bin tot.
Die ganze Tragweite dessen ist mir noch nicht klargeworden. Das Haus ist nur eine Bühne, von der ich nach Ende der Vorstellung in die Nacht entkommen bin.
Ich will nicht nachdenken. Denn wenn ich das tue, wird mir bewußt werden, was ich meinem Gemahl angetan habe.

# 53

## Gerrit

*Aus einem lockeren Knoten rutscht die Schnur leicht heraus.*

J. Cats, *Emblemata,* 1632

Gerrit schlurft die Straße entlang. Die Beine tun ihm weh; er ist einmal quer durch die Stadt gelaufen, und den halben Rückweg hat er schon hinter sich. Nicht mehr lange, und er ist zu Hause. Er wird die Päckchen abliefern, Jan wird ihm sein Geld geben, und dann ist er ein freier Mann.

Er hört das leise Dröhnen von Trommeln. Musikfetzen treiben aus der Ferne zu ihm herüber. Die Melodie zerrt an ihm, als wäre er ein Bulle, der von einem Strick gezogen wird. Er folgt den Tönen und findet sich auf dem Marktplatz wieder. Dort hat sich eine Menge versammelt. Gerrit drückt die Päckchen an seine Brust und bahnt sich einen Weg durch die Menschen. Betört bleibt er stehen und verfolgt die Szene.

In einer Ecke des Platzes hat sich eine Wandertruppe niedergelassen. Ein Mann, als Harlekin verkleidet, jongliert mit Bällen. Gerrit liebt Jongleure. Neben ihm steht ein dunkelhäutiger Zauberer auf einer Kiste und läßt Schals

wehend durch die Luft flattern. Zauberer liebt Gerrit noch mehr. Ein Trommelwirbel. Der Zauberer schüttelt einen Schal, und eine Taube fliegt heraus. Die Menge jubelt. Gerrit bleibt der Mund offenstehen.
In der offenen Hand des Zauberers liegt ein Ei. Grinsend zeigt er es den Zuschauern. Er schließt die Hand. Wieder ein Trommelwirbel. Er öffnet die Hand. Sie ist leer. Dann fährt er sich mit der Hand hinters Ohr und holt – Abrakadabra! – ein Ei hervor.
Die Menge jauchzt noch lauter. Gerrit gafft. Wie macht der Bursche das nur? Das ist Zauberei! Gerrits Hirn bemüht sich, es zu begreifen, aber es geht über seinen Verstand. Das ist wie mit den Pigmenten hier in dem Päckchen. Nichts als Klümpchen und Kristalle, mehr ist da nicht drin. Jan aber verwandelt sie in Bäume. In den Himmel.
Gerrit ist verzaubert wie ein Kind. Da steht ein Mann, der wie ein Orientale gekleidet ist. Er ißt Nägel. *Nägel.* Gerrit bringt es nicht über sich, hinzuschauen. Er kneift die Augen zusammen, und als er sie gleich darauf wieder öffnet, spuckt der Mann Flammen.
Und dann wird ein Esel herbeigezerrt. Das Tier ist erbärmlich mager und trägt eine Narrenkappe auf dem Kopf. Der Mann, der es führt, sieht aus wie ein Zigeuner – wettergegerbt, mit einem prachtvollen Schnurrbart. Er trägt die Tracht eines Lehrers und hält in der Hand eine Tafel, die er vor den Esel hinstellt. Dann knallt er mit der Peitsche; das Tier regt sich nicht.
Gerrit steht wie angewurzelt. Ein Krüppel klappert direkt unter seiner Nase mit einer Büchse, aber er achtet nicht auf ihn. Der Mann läßt wieder die Peitsche knallen.
»Jetzt beginnt der Unterricht, Grauer!«
Die Menge feixt. Gerrit ist ein einfältiger Mensch mit ei-

nem weichen Herzen. Er liebt alle wehrlosen Kreaturen – kleine Hunde, Kätzchen. Vor allem liebt er Esel – den großen, flauschigen Kopf, die Ohren. Vielleicht, weil er selbst oft Esel genannt worden ist. Jan schimpft ihn immer noch einen, wenn er sich über ihn ärgert.

Der Esel will sich partout nicht hinknien. Er bleibt auf seinen zierlichen Hufen stehen, hält den schweren Kopf gesenkt. Er sieht so traurig aus mit seinen Ohren, die aus Löchern in der Kappe aufragen. Sie zucken vorwärts und zurück, ganz unabhängig voneinander.

»Rechenstunde, Grauer!« Wieder läßt der Mann die Peitsche knallen. Der Esel hebt den Kopf und schreit – ein Schrei abgrundtiefer Verzweiflung.

Plötzlich verliert der Mann die Beherrschung. Er läßt die Peitsche mit aller Wucht auf den Esel niederknallen. Die Zuschauer grienen. Dann schlägt er erbarmungslos auf das Tier ein, kräftige, brennende Hiebe.

Gerrit steigen die Tränen in die Augen. Das arme, dumme Tier. Und die Zuschauer lachen. Wie können sie bloß lachen? Der Esel erschaudert unter den knallenden Schlägen. Etwas in Gerrit reißt. Er läßt seine Päckchen fallen und drängt sich durch die Menge.

»Das ist n-n-nicht nett!« brüllt er.

Der Mann starrt ihn an. Gerrit reißt ihm die Peitsche aus der Hand.

Wie ein Artist schwingt er sie durch die Luft. Zischend saust sie über seinem Kopf. Die Zuschauer schnappen nach Luft. Und dann zieht er dem Eselmann mit der Peitsche eins über, drischt immer fester auf den Halunken ein, daß die Peitsche zu singen beginnt. Der Mann duckt sich, weicht zurück, schlägt die Hände schützend vors Gesicht. Die Menge tobt.

Und jetzt jagt Gerrit den Eselmann über den Marktplatz. Klatschend machen die Zuschauer eine Schneise frei, um ihn durchzulassen. Der Kerl hüpft zwischen den Marktständen herum, springt über eine Kiste Äpfel, dicht gefolgt von Gerrit. Schließlich sprintet der Mann eine Gasse hinab und ist verschwunden.

Plötzlich ist Gerrit ein Held. Leute klopfen ihm auf die Schulter. Er wird ins nächste Wirtshaus geschleppt. Erregte Stimmen erheben sich. »Dem hast du's aber gezeigt!« Gerrit ist vollkommen erledigt; er zittert am ganzen Leibe vor Schreck, denn er ist kein gewalttätiger Mensch. Nie im Leben hat er einen anderen geschlagen.
Jemand drückt ihn mit sanfter Gewalt auf einen Stuhl. »Das hat er verdient, der feige Schurke«, sagt eine Stimme.
»Es war einfach nicht richtig«, stottert Gerrit bescheiden. »Der arme Esel ... das arme, dumme Viech. Ich bin auch ein armes, dummes Wesen, aber schlägt mein Herr mich deswegen?«
Dröhnendes Gelächter erklingt. Gerrit errötet, erfreut über seinen Witz. Ein Krug Bier wird vor ihn hingestellt. »Das geht auf Kosten des Hauses.« Eine kräftige, offenherzig gekleidete Frau lächelt ihn an.
»Nur das eine«, wehrt er ab. »Dann muß ich gehen.« Er zittert so sehr, daß er kaum den Krug zum Mund fahren kann. »Ich hab den Tumult gehört«, erzählt die Frau. »Ich hab gesehen, was du getan hast. Weißt du was? Ich hab zwei Männer unter die Erde gebracht, aber du hast mehr Mumm in den Knochen als die beiden zusammen.«
Gerrit starrt gebannt auf ihre Brüste. *Die beiden zusammen* ... Das sind die größten Brüste, die er je gesehen hat. Sie führen ein Eigenleben, wie Wesen, die es sich unter ih-

rer Bluse behaglich einrichten wollen. Er stürzt sein Bier hinunter.

Andere Leute gesellen sich zu ihnen. Die Dame berichtet ihnen von Gerrits beherztem Eingreifen.

Gerrit sagt: »Ich bin selbst ein armer, alter Esel, aber schlägt mein Herr mich deswegen?«

Wieder brechen die Umstehenden in Gelächter aus. Allmählich findet Gerrit richtig Spaß an seinem Abenteuer.

Ein Junge kommt herein und legt drei Päckchen auf den Tisch. »Die habt Ihr fallen lassen«, sagt er.

Gerrit greift die Päckchen an. Du heiliger Strohsack! Das war knapp. In der ganzen Aufregung hat er sie völlig vergessen. Beinahe hätte er die Päckchen verloren. Er ist wirklich ein Esel.

Er steht auf. »Jetzt muß ich gehen.«

Jemand drückt ihn wieder auf den Stuhl. Ein zweiter Krug, bis zum Rand gefüllt, wird vor ihn hingestellt.

# 54

## Jan

*Je törichter wir im Innern sind, desto mehr bemühen wir uns, nach außen hin weise zu erscheinen.*

J. Cats, *Emblemata,* 1632

Es klopft an der Tür. Gott sei Dank! Gerrit ist zurück. Jan springt auf und öffnet. Sein Vermieter betritt den Raum.

»Ach«, sagt Jan.

»Ich will nur mal nachsehen«, sagt der Mann. Es ist ein hagerer, durchtriebener Kerl, der ganz in der Nähe wohnt.

»Ihr auch?« fragt Jan. »Glaubt Ihr auch, ich würde wegfahren, ohne mich zu verabschieden?«

»Ich will nur mal nachsehen. Man kann nicht vorsichtig genug sein. Immerhin seid Ihr zwei Monatsmieten im Rückstand. Und schließlich – seien wir ehrlich – seid Ihr mir früher schon einmal Zahlungen schuldig geblieben.«

Doktor Sorgh rutscht auf seinem Stuhl hin und her. Er wirft einen Blick in Jans Richtung. Dann seufzt er, als wäre sein Verdacht nur allzu begründet.

»Am frühen Abend bekommt Ihr Euer Geld«, beschwichtigt Jan ihn. »Genau wie die anderen Herrschaften hier. Ich werde es Euch höchstpersönlich vorbeibringen.«

»Ich glaube, ich warte lieber hier.« Der Vermieter blickt vom Arzt zu dem Jungen, die bereits Platz genommen haben. »Ich vermute, das tut Ihr auch? Darf ich mich zu Euch gesellen?« Er setzt sich.

»Gerrit wird gleich kommen«, sagt Jan und fügt kläglich hinzu: »Er bringt uns Kuchen.« Wo in Gottes Namen bleibt sein Diener nur, dieser schusselige Esel? Er wendet sich an den Arzt. »Wie spät ist es?«

Doktor Sorgh holt seine Taschenuhr hervor. »Zehn Minuten nach drei.«

# 55

## Gerrit

*Der Krug geht so lange zum Wasser, bis er zerbrochen heimkehrt.*

J. Cats, *Emblemata,* 1632

Gerrit schwimmt der Kopf. Offenbar sind die Schausteller und der Esel draußen verschwunden. Das ist Zauberei – eine kleine Rauchwolke, und sie sind weg. Doch hier, in der rauchigen Taverne, ist der Vorfall zu dem Stoff geworden, aus dem Legenden sind.

Die Geschichte ist von einem Zechbruder zum anderen gegangen. Beim Erzählen wurde der Esel immer kleiner – *ein klitzkleines Tier, noch ein richtiges Eselkind.* Der Mann hat sich zu einem Monster ausgewachsen, und alle sind felsenfest davon überzeugt, daß er Spanier ist.

Gerrits Brust ist stolzgeschwellt. Offenbar ist der Esel sein kleines Heimatland – sehr verletzlich, sehr tapfer. Der Spanier versucht, es zu unterjochen. *In die Knie,* schreit er. *In die Knie!* Da kommt Gerrit der Kühne des Wegs, der Held der Schenke, der Held der Stadt, der Held seines Volkes, das sich gegen den papistischen Eroberer zur Wehr setzt.

Es steigt einem zu Kopf, ein Held zu sein. Gerrit sagt, daß er Hunger hat, und schon tauchen gigantische Brüste vor ihm

auf. Madame Sowieso – sie hat ihm ihren Namen gesagt, aber im Augenblick fällt er ihm nicht ein – stellt einen Teller mit geräuchertem Hering, Brot und Käse vor ihn hin.
Gerrit platzt fast vor Zufriedenheit. Alle sind sturzbetrunken, und er genauso. Er hat ihnen seine Lebensgeschichte erzählt, und darauf wurde getrunken. Er hat ihnen erzählt, wie er als Kind in einer Seilerei die Haspel drehte, und den Zuhörern stiegen Tränen in die Augen. Er hat ihnen erzählt, wie er einmal im Eis einbrach, und sie bogen sich vor Lachen. Er hat ihnen erzählt, daß er für Jan van Loos arbeitet. »Fünf Jahre hab ich ihm gedient, und morgen bin ich ein freier Mann.« Sie heben die Krüge und trinken auf seine Freiheit. Sie sind sein Orchester, er ist der Dirigent. Sein Stottern hat sich verloren, die Worte sprudeln ihm nur so über die Lippen.
Während er auf einem Stück Hering herumkaut, versucht er, sich an die Sache mit der Zauberei zu erinnern. Was hat er da gedacht? Es kam ihm ziemlich schlau vor. Er ist jetzt zwar ein bißchen benommen, aber wenn er sich anstrengt ... Er will die Aufmerksamkeit seines Publikums nicht verlieren.
»Seht ihr, mit der Zauberei ist das so.« Er nimmt das Päckchen mit den Pigmenten und knotet unbeholfen die Schnur auf. »Das sind nur Farbklümpchen ... aber mein Herr – Abrakadabra! –, er macht aus ihnen Bäume, schöne Damen ...« Zum Vorschein kommt eine Zwiebel. Er hat das verkehrte Päckchen geöffnet. Er kichert. »Abrakadabra! Es ist eine Zwiebel.«
Wieder dröhnendes Gelächter. Zauberei, hat er's doch gesagt. Aber eine Zwiebel – genau darauf hätte er jetzt Lust; eine Zwiebel zum Hering ist was Köstliches. »Das ist keine normale Zwiebel«, sagt jemand, aber Gerrit hört ihn nicht.

Irgendwo hinter ihm spielt ein Fiedler auf. Die Leute wenden sich von ihm ab und fangen an zu singen.
Gerrit greift nach dem Messer. Umständlich – er muß vorsichtig sein, das Messer ist höllisch scharf –, umständlich beginnt er, die Zwiebel zu schälen. Seine Hände wollen ihm nicht gehorchen. Sich schüttelnd vor Lachen, ruft er sie zur Ordnung. »Seid keine Dummköpfe«, tadelt er sie. Linkisch schneiden sie die Zwiebel in Scheiben. Heute kommt ihm alles lustig vor – Esel, Zwiebeln, das Leben.
Er steckt sich ein Stock Hering in den Mund. Dann spießt er eine Zwiebelscheibe auf die Messerspitze und schiebt sie hinterher. Mmmm ... Er ist am Verhungern ... hungrig wie ein Pferd, hungrig wie ein Esel ... Die Aufmerksamkeit gilt nicht mehr ihm, aber das stört ihn nicht. Er konzentriert sich aufs Essen.
Gebeugt sitzt er über seinem Teller. Er stopft die Zwiebel und den Hering in sich hinein, reißt ein Stück Brot ab und stopft es sich ebenfalls in den Mund. Irgend etwas schmeckt seltsam, aber er ist zu hungrig, um darauf zu achten. Sein Mund ist noch halb voll, da schiebt er schon wieder einen Bissen nach. Er schlingt ihn hinab, und bald ist alles verputzt.
Abrakadabra! Zauberei. Sein Teller ist leer.
Gesättigt lehnt Gerrit sich zurück und rülpst zufrieden.

# 56

## Sophia

*Jede Sünde birgt ihre Strafe in sich.*

J. Cats, *Emblemata,* 1632

Lysbeth, Mattheus' Frau, bringt einen Berg Kleider herein und legt sie aufs Bett. Für die Fahrt zum Hafen brauche ich etwas anzuziehen; das Gepäck wird direkt von Jans Haus zum Schiff gebracht werden.

»Du kannst dir ein Kostüm aussuchen«, sagt Lysbeth. »Die Kleider gehören meinem Mann; er hat sie für seine Kunden angeschafft. Manchen gefällt es, sich für ihr Porträt zu verkleiden. Ein Lebensmittelhändler im Rokin wollte sich mit seiner Frau unbedingt als Erzengel Gabriel und Jungfrau Maria abbilden lassen.«

Ich könnte als Heilige Jungfrau auf die Flucht gehen! Immerhin ist sie an Wunder gewöhnt. Bei diesem blasphemischen Gedanken erröte ich – ich bin heute abend nicht ganz ich selbst –, aber ich werde von keinem Donnerschlag getroffen. Und ich bin schon mit viel Schlimmerem davongekommen.

Lysbeth setzt sich aufs Bett. »Das ist wirklich wagemutig.« Sie seufzt. »Den eigenen Tod vortäuschen, nach Ostindien fahren, alles um der Liebe willen.«

»Ich habe etwas Schreckliches getan.«
»Ich beneide dich.« Das kommt von Herzen. Es ist nicht leicht, mit Mattheus zu leben. Vor der Tür trampeln Kinder die Treppe auf und ab, sieben an der Zahl. Lysbeth hat eines nach dem anderen bekommen, ohne sich zu beklagen, genauso wie sie, ohne zu klagen, die unzähligen Affären und Zechgelage ihres Mannes erträgt. Jan hat mir davon erzählt. Mattheus' Existenz ist sehr unsicher. Er betreibt seine Geschäfte mit wechselhaftem Glück; er malt nicht nur, sondern handelt auch mit Bildern und Immobilien und macht bisweilen ungeheure Verluste. Einmal haben die Gerichtsvollstrecker sämtliche Möbel aus dem Haus getragen und das Bett nur stehen lassen, weil Lysbeth darin gerade in den Wehen lag. Sie ist eine duldsame, langmütige Ehefrau, die ihrem Mann durch dick und dünn zur Seite steht. Immer wieder kommt Mattheus nach Hause gekrochen, und immer wieder verzeiht sie ihm, denn sie ist von Grund auf christlich. Sie läßt nicht den Rosenkranz durch die Finger gleiten und murmelt dabei Lügen wie ich.
Ich schaue auf den Berg Kostüme. In welcher Gestalt soll ich abreisen – als Pallas Athene? Als jüdische Braut? Ich könnte ein Auswuchs meiner eigenen Phantasie sein. Wenn ich ein Engel wäre, könnte ich nach Batavia fliegen. Da liegen all die Kostüme auf dem Bett, die vielen anderen Ichs, die ich annehmen könnte. Diese Aussicht ist berauschend. Ich könnte ein Fabelwesen werden, das nie existiert hat. Nein – das viel lebhafter existiert als die Millionen von Menschen, die einfach sterben, ohne jemandes Phantasie angeregt zu haben.
Wie seltsam ich mich heute fühle. Aber das ist kaum verwunderlich. Ich bin der Welt entschwunden. Ich weiß nicht, was die Zukunft bringt. Was ist Batavia? Ein Silben-

gewirr, die Aussicht auf ewigen Sommer. Der Nebel Hollands lichtet sich – um was zu enthüllen? Ich habe alles weggeworfen – meine Ehe, meine Familie, mein Leben –, um unsichtbar zu sein. Um meine Liebe zu leben.
Mattheus' Stimme dröhnt durch die Dielen herauf. »Setz dich auf sein Knie, Schatz. Leg die Arme um ihn ... so, ja.«
Die Schüler sind offenbar gegangen. Jetzt hat Mattheus ein paar Zecher aus der Taverne geholt. Laut Lysbeth malt er sein fünfzehntes *Fröhliche Zecher.* Oder ist es *Munteres Treiben bei der Kupplerin?* Die Bilder entstehen zur Erheiterung ebenso wie zur moralischen Instruktion, denn sie zeigen auch die verheerenden Folgen von Trunkenheit und sinnlicher Ausschweifung. Bestimmte Modelle holt Mattheus sich besonders gern, aber sie sind oft selbst im Zustand der Trunkenheit. Seiner Stimme nach zu urteilen, ist auch er nicht mehr nüchtern. Aber er wird das Bild trotzdem malen – er ist ein gestandener Handwerker, und außerdem hat er die Konstitution eines Ochsen.
Die Zeit vergeht. Draußen ist die tiefstehende Wintersonne hinter die Kirche gesunken. Ich wünschte, Jan würde kommen. Mittlerweile sollte er die Zwiebel verkauft haben. Ich will ihn sehen. Ich will sein Gesicht streicheln und wissen, daß er lebt. Solange ich das nicht kann, weiß ich nicht, ob ich lebe oder tot bin. Die kommende Nacht ist die letzte, die wir in diesem Land verbringen. Ich kann es noch immer nicht glauben.
Gelächter dringt zu uns herauf. »Fröhliche Zecher, hab ich gesagt!« donnert Mattheus. »Nicht Vögelnde, verdammt noch mal!« Zur Antwort erklingt bellendes Gelächter.
Plötzlich sagt Lysbeth: »Ich würde meinen rechten Arm dafür hergeben, daß er nüchtern bleibt.«
Dann geht sie.

# 57

## Jan

*Wer sich mit Hunden bettet, steht mit Flöhen auf.*

J. Cats, *Emblemata*, 1632

Es ist sechs Uhr. Der flammende Sonnenuntergang, der den ganzen Himmel in Brand setzte, ist schon lange erloschen. Die Dunkelheit ist hereingebrochen. In Jans kleinem Atelier ist mittlerweile eine ganze Schar von Männern versammelt. Sie sitzen auf dem Bett, lehnen pfeiferauchend an der Wand. Im Verlauf des Nachmittags hat sich ein Gläubiger nach dem anderen eingestellt. Zu Doktor Sorgh, dem Vermieter und dem Jungen von der Ostindien-Gesellschaft haben sich noch der Metzger, der Schankwirt und ein Kredithai gesellt, denen Jan sämtlich große Geldsummen schuldet. Jedesmal, wenn es an der Tür klopft, springt Jan auf: »Jetzt ist er da!« Aber Gerrit ist noch immer nicht zurückgekommen.

Es ist zu essen und zu trinken gebracht worden. Auf den ersten Blick sieht es aus, als würde Jan ein Fest geben. Allerdings reden die Gäste kaum miteinander. Die Gläubiger warten mit versteinerter Miene. Sie werden die Sache aussitzen. Doktor Sorgh holt zum hundertstenmal seine Taschenuhr hervor. Der Fleischer lehnt an der Wand und läßt

die Fingergelenke knacken. Die Männer sehen aus wie verdrießliche Passagiere, die auf einen saumseligen Kutscher warten.
Draußen auf der Straße hat sich ebenfalls eine kleine Schar eingestellt. Es hat sich herumgesprochen: Jan van Loos erwartet die Anlieferung der kostbarsten Tulpenzwiebel der Welt. Wenn man den Gerüchten Glauben schenken kann, ist ihr Preis heute noch einmal in die Höhe geschossen. Es wird geflüstert und getuschelt: Sie ist soviel wert wie eine Truhe voll Gold, wie ein Schiff voll Gold, wie eine ganze Flotte beladen mit Gold. Sie ist soviel wert wie der gesamte Inhalt von Stadholder Frederik Hendriks Schatzkammer. Mit dem Gold, das die Zwiebel wert ist, könnten jeder Mann, jede Frau und jedes Kind in der Republik bis an ihr Lebensende ernährt werden. Sie ist soviel wert wie alles Gold dieses Goldenen Zeitalters und noch mehr.
»Es ist schließlich nur eine *Zwiebel*«, sagt jemand. »Die sehen doch alle gleich aus. Woran erkennt man sie denn?«
Jan hat sich in die Küche geflüchtet. Er kann es nicht mehr ertragen, die Gesichter seiner Besucher zu sehen, und die Unterhaltung ist längst erstorben. Bald werden sie rebellisch, das spürt er. Natürlich bezweifeln sie die Existenz dieser Zwiebel. Sie hatten von Anfang an den Verdacht, daß er sie anlog, und jetzt hat der Verdacht sich erhärtet, ist Gewißheit geworden. Sie sind einem gigantischen Schwindel aufgesessen, und sosehr er sich auch bemüht, sie zu beschwichtigen, sooft er ihnen auch erzählt, daß Gerrit bald zurückkommt, daß drei Gruppen von Spekulanten im 't Haentje auf ihn warten, um die Zwiebel zu ersteigern, und daß sie das Geld bald in Händen halten werden, er weiß, daß ihr Vertrauen in ihn – das von vorneherein nicht allzu groß war – endgültig dahin ist.

Jan starrt auf einen Berg Finger. Beim Packen ist ihm der Gipsarm zu Boden gefallen, und er hat die Scherben in die Ecke gefegt. Wie konnte er Gerrit die Zwiebel anvertrauen? Der Mann ist ein Einfaltspinsel. Nein – er selbst ist der Narr. Er hätte darauf bestehen müssen, die Sache persönlich zu erledigen. Er hätte den Arzt mitnehmen können. Er muß verrückt gewesen sein.

Sicher macht Sophia sich schon Sorgen. Er hat kaum Zeit gehabt, an sie zu denken, sie ist in den Hintergrund getreten. Irgendwie ist sie durch ihren Tod, auch wenn er nur vorgetäuscht ist, den Sorgen der Lebenden entrückt. Bestimmt rechnet sie schon mit der Nachricht, daß er die Zwiebel verkauft und seine Schulden beglichen hat; sie wird warten, daß er kommt. Es ist geplant, daß sie die Nacht gemeinsam bei Mattheus verbringen, bevor sie im Morgengrauen abreisen. Lysbeth brät zur Feier eine Gans.

Und dann hört Jan es – leises Singen aus der Ferne. Er geht ins Atelier und eilt zum Fenster. Der Gesang ist sehr leise, kommt aber näher. Jan erkennt die Stimme, wie Eltern durch lautes Menschengeplapper hindurch die Stimme ihres Kindes erkennen.

*»Kommt all, ihr schönen Mägdelein,*
*Die ihr in eurer Blüte steht ...«*

Die Stimme kommt immer näher. Die Schaulustigen auf der Straße treten kichernd beiseite. Stolpernd taucht Gerrit aus der Dunkelheit auf.

*»Rein bleiben eure Gärtelein,*
*Kein Mann den Thymian euch stiehlt ...*
*Tiri tiro tiheißa trallala.«*

Gerrit torkelt, fängt sich wieder und steuert auf die Haustür zu.
Jan reißt sie auf. Gerrit taumelt herein.
»Wo in Gottes Namen bist du gewesen?« herrscht Jan ihn an. »Ich hatte dir gesagt, du sollst sofort heimkommen!«
»Ich hab ...« Gerrit lallt. »Ich hab ... gegen die Spanier gekämpft ...« Er hält einen Arm vor die Brust, als wolle er etwas schützen. Mit dem anderen wedelt er wild durch die Luft. »Hau-zack! Hau-zack! ... Ich hab gegen sie gekämpft, und ich hab gewonnen.« Dann sieht er sich blinzelnd im Raum um. »Guten Abend. Wird hier gefeiert? Darf ich mitfeiern?«
»Nein«, sagt Jan. »Hier wird nicht gefeiert. Wir warten auf dich.« Er drückt Gerrit auf einen Stuhl. »Wo ist das Päckchen?« Er spricht langsam, als rede er mit einem Irren. »Die Päckchen, die du für mich besorgen solltest. Wo sind sie?«
»Alle hier.« Stolz klappt Gerrit sein Wams auf und holt zwei in Papier eingeschlagene Päckchen hervor. Mittlerweile sind sie ziemlich zerdrückt, die Schnur hat sich gelöst. »Hier sind sie. Wie Ihr's mir aufgetragen habt.«
Er reicht sie Jan. Jan geht mit den Päckchen zum Tisch. Die Männer sehen gebannt zu. Nichts ist zu hören bis auf Gerrits Keuchen; er muß nach seiner Anstrengung erst wieder zu Atem kommen.
Jan öffnet das erste Päckchen. Darin liegen Pigmentklümpchen, lose in Seidenpapier gewickelt.
Stille. Jan wickelt das zweite Päckchen aus. Es enthält Krümel und Teigkanten.
»Tut mir leid, Mijoheer«, brabbelt Gerrit. »Is-is' ein bißchen ... 'n bißchen gequetscht worden, als ich ... als ich gegen die Spanier gekämpft ...«
Jan flüstert: »Wo ist die Tulpenzwiebel?«

Gerrit glotzt ihn mit offenem Mund an. »Die was?«
»Das dritte Päckchen, Gerrit. Da war eine Tulpenzwiebel drin.«
»Die Zwiebel? Die hab ich aufgegessen.«

# 58

## Sophia

*Wer Zwiebeln schält, muß weinen.*

J. Cats, *Emblemata*, 1632

Ich habe Nasenbluten.

»Das bekomme ich bei Aufregung auch immer«, sagt Lysbeth. Sie bügelt gerade das Kleid, das ich tragen werde, jetzt kommt sie mit dem heißen Eisen zu mir. »Hier, beug dich drüber. Laß ein paar Tropfen drauffallen, dann geht es weg.«

Ich beuge mich über das Eisen. Zischend landen die Bluttropfen auf dem heißen Metall.

Plötzlich fehlt mir Maria mit ihren abergläubischen Marotten. Wir haben soviel gemeinsam durchgemacht, mehr, als irgend jemand je wissen wird, und nun werde ich sie nie wiedersehen. Ich werde nie erfahren, ob es ihr und dem Kind gutgeht. Wird ihre List greifen? Die List mit der Amme. Wird die Ähnlichkeit des Mädchens mit Maria nicht allzu offensichtlich werden? Diese Fragen kann ich nicht mehr stellen. Der Tod hat mich den Lebenden entrissen, und bald werde ich dieses Land für immer verlassen.

Ich fühle mich einsam. Der einzige Mensch, mit dem ich gesprochen habe, ist diese Frau, Lysbeth, der ich nie zuvor begegnet bin. Wo bleibt Jan? Ich lege den Kopf in den Nacken und drücke ein Taschentuch gegen meine Nase. Das Bügeleisen hat nicht geholfen. Mein Körper ist voller Blut – ich bin viel zu lebendig.

Warum ist er noch nicht gekommen? Die Kirchenglocken läuten zur achten Stunde. Lysbeth geht nach unten, um nach der Gans zu sehen.

Ich hole meinen Rosenkranz – den hielt ich in der Hand, als ich starb; er ist alles, was ich bei mir habe. *Gegrüßt seist du, Maria, voll der Gnaden* ... Ich zähle die Perlen und bete, daß er bald kommt. Es erscheint mir frevelhaft, darum zu beten, daß unser Betrug gelingt, aber mittlerweile bin ich jenseits von Gut und Böse.

Zumindest ist das Nasenbluten gestillt. Ich ziehe mein Nachtgewand aus und schlüpfe in die Kleider, die Lysbeth für mich bereitgelegt hat – ein Hemdchen, ein Unterrock, ein schwarzes Kleid mit Mieder. Ich habe beschlossen, kein ausgefallenes Kostüm zu tragen. Ich bin nicht in der Stimmung für weitere Maskeraden. Ich trage schlichtes Schwarz und den blauen Umhang, den die Gattin des Lebensmittelhändlers als Heilige Jungfrau übergeworfen hatte.

Ich sitze auf dem Bett und warte. Draußen ist ein Lärmen, die Kinder kreischen. Mattheus jagt sie die Treppe hinauf und hinab.

»Ich bin der schwarze Mann! Ich komme euch holen!« schreit er.

Lysbeth ruft: »Reg sie nicht so auf, sonst essen sie wieder nichts.«

Schritte donnern den Gang entlang, dann herrscht Stille. Irgendwo draußen, in der Ferne, bellt ein Hund. Ich fühle mich abgeschnitten von dieser lebhaften Familie, vom Le-

ben selbst. Meine Mutter und meine Schwestern in Utrecht werden trauern. Ich habe Cornelis einen Brief hinterlassen mit der Bitte, sie im Falle meines Todes weiterhin zu unterstützen. Das mag ihnen das Leben ein wenig erleichtern, aber ihren Kummer wird es nicht lindern. Nicht weit von hier, im Haus an der Herengracht, trauert Cornelis um seine Frau. Wie kann ich ihnen das antun? Wie kann ich so grausam sein und ihr Glück dem meinen opfern? Ich kann bis ans Ende der Welt segeln, aber sie werden immer bei mir sein, in meinem schuldbeladenen Herzen.
Die Kirchglocken schlagen die Viertelstunde. Meine Hände zittern, als ich den blauen Umhang auf meinen Knien glätte. Jan müßte längst hier sein. Was ist passiert? Er hat mir keine Nachricht zukommen lassen, nichts.
Das Haus wirkt seltsam still. Sogar Mattheus' dröhnende Stimme ist verstummt. Ich wage nicht, das Zimmer zu verlassen; die Kinder dürfen mich nicht sehen.
Und dann höre ich Schritte auf der Treppe. Es sind langsame, schwere Schritte, Schritte eines alten Mannes.
Es ist Cornelis. Er hat den Sarg geöffnet und festgestellt, daß er mit Sand gefüllt ist. Er hat meinen Betrug entdeckt.
Die Stufen knarzen laut wie Pistolenschüsse unter seinem Tritt. Überraschenderweise bin ich ganz ruhig. Mich durchströmt sogar ein seltsames Gefühl der Erleichterung. Es ist vorbei.
Die Tür geht auf, und Jan tritt ein.
Er sieht schrecklich aus. Sein Gesicht ist grau, er scheint geschrumpft zu sein. Er setzt sich auf das Bett – keine Begrüßung, nichts.
Er sagt: »Wir sind ruiniert.«

Es dauert eine Weile, bis ich begreife, was er da sagt. Etwas in der Art, daß Gerrit die Zwiebel gegessen hat. Wovon redet Jan? Er sagt, daß sie alles mitgenommen haben.
»Wer?«
»Meine Gläubiger. Sie haben die Bilder genommen, die Truhen, alles.« Er hält inne. »Sie wollen mich verklagen. Der Arzt kann's nicht – wenn er es tut, dann kommt heraus, was er selbst alles getan hat –, aber die anderen überlegen es sich. Das, was ich besitze, reicht nicht, um meine Schulden zu decken. Nicht einmal ein Viertel davon.«
Erst dann nimmt er meine Hand. Er zieht mich neben sich aufs Bett und knetet meine Finger.
»Es tut mir schrecklich leid, mein Herz. Ich war ein Narr. Aber selbst ein Narr hätte etwas so Groteskes nicht vorhersehen können.«
Es herrscht Stille. »Was wir getan haben, war schlimmer als grotesk«, sage ich schließlich.
Wir sitzen nebeneinander. Ich denke an unseren Frevel – unseren abgrundtiefen, unverzeihlichen Frevel. Gott hat uns die ganze Zeit über beobachtet. Im tiefsten Innern habe ich das immer gewußt.
»Wir haben etwas Entsetzliches getan ...« hebe ich an.
»Hör mir zu, mein Liebling ...«
»Wir haben es getan. Und wir sind bestraft worden.«
»Wir lieben uns.« Er nimmt mein Kinn und dreht mein Gesicht zu sich. »*Wir lieben uns.* Deswegen haben wir das alles überhaupt gemacht, weißt du noch?«
Ich kann ihm nicht antworten. Ich betrachte sein Gesicht – die blauen, glitzernden Augen, die wirren Haare.
»Du bist gestorben«, fährt er fort. »Wir können nicht in Amsterdam bleiben, wir müssen weg. Die Möglichkeit haben wir immer noch. Wir müssen noch mal von vorn an-

fangen, mit nichts, aber wir können es schaffen. Kannst du in Armut mit mir leben?«

Ich höre ihm nicht zu. *Ich will sie küssen!* schreit Cornelis, als er von meiner Leiche fortgezogen wird. Weit weg, in der Dunkelheit, hat meine Mutter ihre Tochter verloren.

»Wir schaffen es, mein Liebling.« Jan spricht mit Inbrunst. »Wir können immer noch morgen abfahren, noch ist nicht alles verloren. Ich bitte Mattheus, uns das Geld für die Überfahrt zu leihen; ich zahle es ihm zurück, wenn ich Arbeit gefunden habe ... angeblich gibt es dort sehr viel Arbeit ...« Er packt mich an den Schultern. »Verzweifle nicht, mein einzig geliebtes Herz.«

Gott hat uns die ganze Zeit über beobachtet; Gott sieht alles. Natürlich wußte ich das, ich war nur verblendet von meiner Begehrlichkeit. Gott hat das getan, um uns zu bestrafen.

Jan sieht mich an; er kann meine Gedanken lesen. »Gott wird uns verzeihen. Daran darfst du nicht zweifeln, Sophia. Nicht jetzt.«

Schweigend sitzen wir da. Draußen bellt der Hund. Essensgerüche treiben die Treppe herauf. Ich kann nicht sprechen. Alles ergibt Sinn, es war nur eine Frage der Zeit. Die Symmetrie ist erschreckend: Wir haben ein Verbrechen begangen, und dafür müssen wir bestraft werden. Gott hat Gerrit – den tolpatschigen, betrunkenen Gerrit – dazu getrieben, Sein Werk zu verrichten. Alles ist gekommen, wie es kommen mußte.

Es folgt eine lange Pause. Mein Entschluß steht fest. Ich drehe mich zu Jan, umarme ihn und küsse ihn heftig. Wie leidenschaftlich er den Kuß erwidert, mit welcher Erleichterung! Ich vergrabe meine Finger in seinem Haar, umfasse sein Gesicht mit meinen Händen. Wie sehr habe ich ihn geliebt.

Unsere Körper drängen sich aneinander, aber Körper erzählen ihre eigenen Lügen. Meiner hat in der Vergangenheit sehr oft gelogen. Ich halte Jan fest, trinke seine Küsse, als könnte ich niemals aufhören. Jetzt hintergehe ich ihn, so wie wir monatelang andere hintergangen haben.

Dann befreie ich mich aus seiner Umarmung. »Geh und frag ihn«, sage ich und streiche ihm durchs Haar. »Geh und frag Mattheus, ob er uns das Geld borgt. Ich warte hier auf dich.«

# 59

## Jan

*Die Liebe verlacht jeden Schlosser.*

J. Cats, *Emblemata*, 1632

Mattheus und Lysbeth warten in der Küche. Die Gans dreht sich am Spieß. Fett tropft herab und verbrennt zischend in den Flammen. Der Spaniel sieht mit geifernden Lefzen zu.

Als Jan ins Zimmer kommt, will Mattheus ihn aufmuntern. Er schenkt ihm ein Glas Weinbrand ein und nimmt ihn in den Arm.

»Du armer Tor«, sagt er. »Du bist schon immer ein Narr gewesen, wenn es um Weiber ging.«

»Sie ist nicht ›Weiber‹.«

»Was willst du jetzt machen?«

Jan leert das Glas.

»Wir können immer noch morgen fahren, aber dafür brauchen wir eure Hilfe.«

Er bittet um ein Darlehen.

Mattheus willigt ein.

Lysbeth nimmt Jans Hand. »Wir freuen uns, euch helfen zu können. Bald seid ihr fort und könnt das alles hinter euch lassen.«

In diesem Augenblick kommt ihr ältester Sohn herein, Albert.
»Zeit zu essen«, sagt Lysbeth. »Hol die anderen.«
»Wer ist die Frau?« fragt der Junge.
»Welche Frau?« fragt Jan.
»Die Frau, die gerade die Treppe heruntergelaufen ist«, antwortet Albert. »Die in dem blauen Umhang. Ist sie ein Modell?«
»Wo ist sie hin?«
»Sie ist weg.«

# 60

## Sophia

*Man kann ein Gewand noch so sehr reinigen, ein kleiner Fleck bleibt stets zurück.*

J. Cats, *Emblemata*, 1632

Heute ist Vollmond. Kein Maler kann die Vollkommenheit von Gottes Werk erreichen; allein der Versuch ist eine Anmaßung! Der Mond ist ein vollkommenes Rund, vollkommener als die Kreise, die Jan in seine Mondlandschaften malte, vollkommener als die gierigen Nullen, die er über seine Ziffernreihen gebeugt schrieb ... diese leeren Nullen, die uns so weit gebracht haben.

Die Straßen sind verwaist. Sie sind in gespenstisches Licht getaucht. Mit leisem Pantoffelgetrappel laufe ich sie entlang. Heute ist es mir gleichgültig, ob ich gesehen werde, denn ich habe meine letzte Station erreicht. Gestern abend bin ich für die Welt gestorben, aber heute abend werde ich für immer entschwinden. Die Erleichterung macht mich leichtfüßig, ich schwebe dahin.

Der Mond, der sich im Wasser spiegelt, begleitet mich. Der Himmel ist eingestürzt; in einem einzigen Aufbäumen hat meine Welt sich auf den Kopf gestellt. Kein Wunder, daß dieses Bild mich als kleines Mädchen in Angst und Schrekken versetzte, die untergegangene Welt, wo die Glocken unter Wasser läuteten und die Toten sich in der Strömung wiegten. Ich dachte, ihre Arme würden flehentlich winken; jetzt wird mir klar, daß sie mich grüßten. Ich wußte, daß ich irgendwann hier enden würde.

Die Gewässer dieser Stadt werfen uns unser Spiegelbild zurück – welche Eitelkeit! Maria schlüpfte in meine Gewänder; sie betrachtete sich im Spiegel und träumte, sie wäre ich. Meine Eitelkeit geht sehr viel weiter. Ich habe mir angemaßt, die natürliche Ordnung auf den Kopf zu stellen. Ich wollte in den Plan Gottes eingreifen; mein Stolz ist der Stolz unseres Volkes, das unser Land dem Meer entriß. *Das Erschaffen von neuem Land liegt allein in Gottes Hand,* schrieb Andriesz Vierlingh, einer unserer Ingenieure, *denn Er gibt einigen Menschen den Verstand und die Kraft dazu.* Wie doppelzüngig dieses Denken doch ist! Wir benutzen Gott, um unsere Handlungen zu rechtfertigen, wo in Wahrheit unser Überlebensinstinkt uns treibt.

Aber wozu überleben? Die Welt ist eine bloße Schimäre, eine gleißende Spiegelung. Ahnten wir das, als wir unsere Stadt auf Spiegeln errichteten? Früher einmal träumte ich von einem Leben mit Jan. Ich blickte ins Wasser und sah eine Traumwelt, die die meine widerspiegelte und in der ich glücklich sein konnte. Ich habe mich getäuscht. Denn es war nichts – nur das Glitzern des Mondes auf dem Wasser, das Schimmern eines Satinkleides. Mehr war es nicht. Durch die Todsünden Unmäßigkeit und Stolz habe ich mich der Wahrheit verschlossen.

Heute abend werde ich mich von dieser optischen Täuschung verabschieden. Ich werde von dieser Welt entschwinden und wirklich neu geboren werden, denn Jesus erwartet mich mit ausgebreiteten Armen, wie ein Geliebter. Und niemand, nicht einmal mein einziger Jan, wird mich finden können. *Es gibt nur eine Möglichkeit für uns zu fliehen – so, daß er nie auf die Idee kommt, nach uns zu suchen,* haben wir damals vor Monaten gesagt.

Jetzt stehe ich auf einer Brücke und schaue auf das zinnfarben glänzende Wasser. Ich denke an alles, was ich in dieser Welt geliebt habe: meine Schwestern, Blüten, in deren fleckigem Rachen Tautropfen funkeln ... an den Duft von sauberem Linnen, den Geruch eines Pferdehalses, in den ich mein Gesicht vergrabe ... den Geschmack von gewärmtem Wein, den Jan aus seinem Mund in meinen träufelte, von seiner Haut auf meinen Lippen ... ich erinnere mich an das erste Mal, als wir beieinanderlagen, unsere Finger ineinander verflochten, und wie wir einander mit tiefem Ernst in die Augen sahen ... in unserem Ende lag unser Anfang, denn im Herzen wußten wir, daß wir verdammt waren ...

Ich darf keine Zeit verlieren. Er wird schon nach mir suchen, und ich bin noch nicht weit gegangen – gerade ein paar Straßenzüge von Mattheus' Haus entfernt. Ich beuge mich über die Brüstung und schaue auf das Spiegelbild des Mondes. Es blickt zu mir empor, wie mein eigenes Gesicht. *Vanitas vanitatum, alles ist eitel ...*

Ich nehme den Umhang ab und lasse ihn über die Brüstung gleiten. Er landet auf dem Wasser – meine letzte abgelegte Haut.

# 61

## Willem

*Welche Gewässer werden nicht von ihren Segeln beschattet?*
*Auf welchem Markt verkauft sie nicht ihre Waren?*
*Welche Völker sieht sie nicht vom Mond bestrahlt,*
*Sie, die Recht und Gesetz für alle Meere spricht?*

Joost van den Vondel

Unten im Hafen haben sechs Schiffe der Kriegsflotte angelegt. Matrosen schwärmen die Gangways hinab, setzen zum erstenmal seit vielen Monaten ihren Fuß auf heimatlichen Boden. Einige fallen auf die Knie und küssen die Erde, um Gott für ihre sichere Rückkehr zu danken; andere steuern auf die Hurenhäuser zu. Es herrscht dichtes Gedränge, emsiges Treiben – Verwandte, Taschendiebe und Dirnen umringen die Ankömmlinge. Fliegende Händler bieten lauthals ihre Waren feil. In den Schenken am Ufer leuchten Lampen, aus den Bordellen dröhnt Musik.

Ein junger Mann bahnt sich einen Weg durch die Menge. Sein Hab und Gut trägt er in einem Beutel über der Schulter. Die Flammen aus einer Kohlenpfanne beleuchten sein Gesicht. Acht Monate zur See haben Willem ganz und gar verändert. Das kindlich Runde ist verschwunden, sein Gesicht ist schmal geworden und gebräunt. Er schreitet selbstbewußt aus. Die See hat einen Mann aus ihm gemacht – einen prächtigen jungen Mann, groß und aufrecht, auch wenn die Straße unter seinen Füßen noch rollt. Er ist nicht mehr derselbe Willem, der sich im März zerschunden, niedergeschlagen und aller Illusionen beraubt einschiffte. Er hat seine Unschuld verloren – und wird sie nie wiederfinden. Doch sie ist durch etwas viel Tieferes ersetzt worden: durch Staunen.

Was er nicht alles gesehen hat! Zum einen: Berge. Er ist Holländer, er hatte derlei nicht gekannt. Wer hätte sich vorstellen können, daß sie so steil sind? Er hat Wellen gesehen, die hoch waren wie Berge, und Berge, die so hoch waren, daß sie am Himmel kratzten. Er hat Wale gesehen, die so groß wie Berge waren, Wale, die beim Näherkommen Wasser durch ihre Spritzlöcher stießen, denen Wasser über die Seiten strömte wie bei einer Schleuse, Wale, die in die Tiefe tauchten und nach einem Moment der Stille ihren riesigen Schwanz aus dem Wasser reckten. Am gestirnten Himmel des Südens hat er Sternschnuppen gesehen; fliegende Fische, die wie Silberpfeile funkelten. Er hat Städte gesehen, von denen er immer wird träumen können: die glitzernden Kuppeln von Konstantinopel; die atemberaubenden gespiegelten Straßen von Venedig, korrupt und verführerisch, liederliche Schwester Amsterdams.

Willem hat gestaunt, aber er hat auch selbst Staunen hervorgerufen. Nach seiner ersten vernichtenden Begegnung mit einer Hure hat er die verlorene Zeit wettgemacht, und das Echo war überaus befriedigend. In drei Sprachen haben Freudenmädchen sein mächtiges Glied kommentiert. (*Wat heb je een grote lul! ... Che grosso cazzo! ... Ku kuzegar o khar o kuze faroush!*) Es hat Schlachten geschlagen, ebenso wie er. Er hat in der Biskaya mit Stürmen gerungen, ist in die Takelage geklettert und hat die Leinen festgezurrt. Er hat gegen das Fieber gekämpft und überlebt. Aber am meisten befriedigt ihn, daß er gegen die Spanier gekämpft und zum Beweis dafür eine volle Geldbörse mitgebracht hat.

Willem hat Gold in der Tasche. Nicht das Narrengold, das in seiner Börse klingelte, als er das letzte Mal durch diese Straßen ging – nein, jetzt ist es hartes Geld, erbeutet in patriotischen Diensten. Als sein Schiff eine Handelsflotte auf dem Weg in die Levante begleitete, wurde es von einer spanischen Galeone angegriffen. Nach einem heftigen Gefecht brachten die Holländer sie auf, plünderten die Fracht und teilten sich die Beute. Sein Kapitän und die anderen Matrosen haben auch ihren Anteil bekommen.

Es ist nicht verwunderlich, daß Willem der See große Dankbarkeit entgegenbringt. Zweifach hat sie ihm zu seinem Lebensunterhalt verholfen – einmal durch ihre Fische und dann durch ihr Gold. Mit der Beute und seiner Heuer hat er jetzt genügend Geld, um sich aus der Marine zu verabschieden und ein neues Leben zu beginnen. Seine Vorstellungen sind noch immer recht bescheiden: ein kleines Geschäft, damit wäre er schon ganz glücklich. Aber nicht Fisch; von Fisch hat er die Nase voll. Er möchte einen kleinen Käseladen eröffnen, mit Maria an seiner Seite.

Die ganzen Monate hat er versucht, sie zu vergessen, aber es ist ihm nicht gelungen; sie hat sich in ihm eingenistet wie eine Bleikugel. Maria hat ihn zum Invaliden gemacht. Die Wunde mag geheilt sein, aber die Kugel liegt unter der Haut, so daß der Schmerz bei der geringsten Regung wieder aufflammt. Maria fehlt ihm entsetzlich. Die Bitterkeit

ist noch da, sie hat an seinem Herzen gezehrt, aber seine Liebe zu ihr hat sie nicht zerstört. Maria ist seine Seelengefährtin – so einfach ist das. Wenn gekaufte Beine ihn umschlangen, war es immer Maria, mit der er schlief; durch ihre Augen hat er die Minarette von Alexandria bestaunt. Ihm fehlen ihr glucksendes Lachen und ihre aufgerissenen Hände, ihr derber Humor und ihr plötzliches Abdriften in Träumereien. Ihm fehlt ihr Körper. Willem ist über viele Meere gereist, aber der Mittelpunkt seiner Welt liegt zwischen Marias Laken. *Ob Osten oder Westen, zu Hause ist's am besten.* Er ist Holländer durch und durch.
Vielleicht ist Maria verheiratet; vielleicht hat sie den Dienst bei Mijnheer Sandvoort verlassen und lebt mit dem Mann, in dessen leidenschaftlicher Umarmung Willem sie das letzte Mal sah. Vielleicht hat sie ihn längst vergessen. Natürlich ist ihm dieser Gedanke gekommen, zu jeder Stunde, jeden Tag, aber das wird ihn nicht von dem Versuch abhalten, sie zu finden. Er ist jetzt ein erwachsener Mann mit Geld in der Tasche. Er hat sich schlimmeren Feinden gestellt als diesem. Und wenn er die Schlacht verliert und herausfindet, daß sie ihn nicht mehr liebt … das möchte er sich gar nicht ausmalen, nicht heute abend.
Die Häuser der Herengracht ragen im Mondlicht auf. Die Glocken läuten zur achten Stunde. Küchengerüche steigen Willem in die Nase. Hinter den Fensterläden sitzen Familien beim Abendessen. Wie fremd und doch vertraut die Häuser ihm vorkommen. In seinem früheren Leben hat er an diese Türen geklopft. *Frischer Kabeljau! Frischer Heilbutt!* Er hat einen so weiten Weg zurückgelegt:, hat so viele Stürme überwunden, und für sie ist es nur ein Abend wie jeder andere. Unter seinen Füßen rollt die Straße noch mit der wogenden See. So viele Monate träumte er davon, hier-

her zurückzukommen, und jetzt kann er kaum glauben, daß es wirklich passiert; er wird aufwachen und merken, daß er noch auf dem Schiff in seiner Hängematte schaukelt. Der Mond auf dem Wasser begleitet ihn, ist sein Navigationslicht.

Er hat das Haus erreicht. Sein Herz schlägt schneller. Einen Augenblick sinkt ihm der Mut. Maria war seine Freundin, das ist das Schreckliche, sie war seine geliebte Gefährtin, und jetzt hat er Angst davor, sie zu sehen. Er hebt den Beutel auf die andere Schulter und geht zur Haustür. Die Fensterläden sind geöffnet. Er blickt hinein.

Im vorderen Zimmer brennt eine Öllampe auf dem Tisch. Die Sessel sind mit schwarzem Tuch bedeckt, die Bilder sind zur Wand gedreht.

Erstarrt steht Willem da. Das Blut gefriert ihm in den Adern. Maria ist tot. Er weiß, das ist ein dummer Gedanke. Sie ist eine Dienstbotin, wegen ihres Todes würde kein Haushalt trauern. Außerdem ist sie zu jung, um zu sterben; das ist einfach unvorstellbar. Doch die Welt ist voller Überraschungen; er kann nichts mehr als gegeben hinnehmen.

Natürlich ist es der alte Mann, der gestorben ist. Das ist die nächstliegende Antwort. Es kann noch nicht lange her sein. Maria und ihre Herrin werden zu Hause sein – wenn Maria noch hier wohnt. Wahrscheinlich hat sie schon vor Monaten geheiratet und ist fortgegangen. Vielleicht weiß sie nicht einmal, daß ihr früherer Dienstherr tot ist.

All das geht Willem durch den Kopf, als er an die Tür klopft – zaghaft, zum Zeichen des Respekts. Eine lange Zeit vergeht. Er klopft noch einmal, lauter.

Endlich hört er eine Bewegung im Haus. Im vorderen Raum erscheint eine flackernde Kerze. Willem drückt die

Nase gegen die Scheibe. Es ist der alte Mann, in Schlafmütze und Schlafrock, der aus der Dunkelheit auftaucht und durch den Raum schlurft. Im Kerzenlicht wirkt sein Bart beinahe braun. Riegel werden knarzend beiseite geschoben, ein Schlüssel wird im Schloß gedreht. Dann wird die Tür geöffnet.

Willem sammelt sich. »Es tut mir leid, Euch zu stören, Mijnheer. Ich bin gekommen, um Maria zu besuchen. Steht sie noch bei Euch im Dienst?«

Der Alte späht ihn aus zusammengekniffenen Augen an. »Wer bist du?«

»Ich bin Willem. Früher habe ich Fisch verkauft. Sie ist eine Bekannte von mir.« Er versucht zu schlucken. »Sie ist doch nicht gestorben, oder?«

Mijnheer Sandvoort starrt ihn an. »Nein.« Er schüttelt den Kopf. »Sie ist nicht gestorben. Komm mit.«

Willem schließt die Tür hinter sich und folgt Mijnheer Sandvoort durch den Salon, durch das hintere Zimmer und den Gang entlang.

Der alte Mann bleibt stehen. »Nein«, sagt er. »Meine Frau ist gestorben.«

»Eure Frau?«

Bei den Stufen gerät Willem ins Stolpern, dann folgt er dem Alten weiter in die Küche. Wärme und Essensdüfte schlagen ihm entgegen. Der Tisch ist für zwei gedeckt. Maria sitzt in einer Ecke und badet einen Säugling.

Sie richtet sich auf und starrt ihn an. »Willem!«

Ihr Gesicht erhellt sich, dann werden ihre Züge hart. Willem sieht von ihr zu dem Kind. Einen irren Augenblick lang denkt er, sie habe es von dem Alten bekommen – die Küche wirkt so behaglich, so intim, fast als wären die beiden verheiratet. Ihm dreht sich der Kopf.

Maria steht auf. Ihre Augen haben sich zu Schlitzen verengt. Das Kind hängt zwischen ihren Händen, als zeige sie einen preisgekrönten Lachs vor. Dann fängt sie an, es in Windeln zu wickeln.
»Was willst du hier?« fragt sie kalt.
»Dich besuchen.«
Sie schaut auf seine Kleidung. »Wo bist du gewesen?«
»Ich bin zur Marine gegangen«, sagt er. »Wir haben heute abend angelegt.«
Mijnheer Sandvoort wendet sich an Maria. »Ist alles in Ordnung, meine Liebe?«
Sie nickt und läßt sich auf einen Stuhl fallen.
Willem setzt sich auf den Rand eines Schemels. Er hat das Gefühl, nicht willkommen zu sein, aber er wird nicht gehen, noch nicht. Er muß etwas sagen zu dem alten Mann.
»Es tut mir sehr leid, Mijnheer, daß Eure Gemahlin verstorben ist.«
»Sie ist im Kindbett gestorben«, erklärt Maria. »Das ist ihr Kind. Es heißt Sophia.«
»Ach.« Willem fühlt sich unbehaglich. Maria betrachtet ihn noch immer aus kalten, zusammengekniffenen Augen. Sie freut sich überhaupt nicht, ihn zu sehen. An ihrem Finger steckt kein Ring, aber das bedeutet nichts. Vielleicht ist sie ohne Ehe mit diesem Mann zusammen; das war sie mit ihm, Willem, schließlich auch. Der Gedanke versetzt ihm einen Stich. Wie rosig sie im Schein des Feuers aussieht!
Mijnheer Sandvoort räuspert sich. »Soll ich dich mit diesem jungen Mann allein lassen, Maria? Wird dir nichts passieren?«
Maria nickt, ohne den Blick von Willem zu wenden. Mijnheer Sandvoort geht; sie hören ihn davonschlurfen.

»Warum hast du mich verlassen?« stößt Maria hervor. »Wie konntest du das tun?«
»Ich? Und was ist mit dir?«
»Warum hast du das getan?«
»Weil ich dich gesehen habe«, antwortet er. »Mit dem Mann.«
»Mit welchem Mann?«
»Du weißt genau, wen ich meine.«
»Mit welchem Mann?«
Ihre Stimme wird schriller.
»Mit welchem Mann? Wo?«
»Ich bin dir in der Nacht gefolgt. Ich hab gesehen, wie du ihn geküßt hast.«
»Geküßt? Was meinst du?«
»Jetzt lüg nicht, Maria.«
»Wovon redest du? Ich versteh dich nicht. Bist du nach all diesen Monaten nur hergekommen, um mich anzuschreien?«
»Ich schreie nicht!«
Ihre Augen füllen sich mit Tränen. »Ich dachte, du würdest mich lieben.«
»Natürlich habe ich dich geliebt!«
»Und deswegen hast du mich verlassen, was? Weil du mich geliebt hast? Du hast mir das Herz gebrochen, Willem.« Tränen rinnen ihr über die Wangen.
»Also gut«, sagt er. »Wenn du mich liebst, dann komm mit mir.«
»Was?«
»Komm mit mir, jetzt.«
»Jetzt?«
»Heirate mich.«
»Aber Willem ...«

»Du meinst, ich bin nicht reich genug? Nicht so reich wie er?«
»Wie *wer?*« schreit sie.
»Ich habe Geld – wenn's dir ums Geld geht, ich habe Geld.« Er faßt in seine Hosentasche.
»Ich will kein Geld. Was ist bloß los mit dir?«
»Zeig mir, daß du mich liebst. Sag, daß du mit mir kommst.«
»Das kann ich nicht.«
»Siehst du? Du liebst mich nicht.«
»Willem, ich kann nicht fort von hier. Ich habe das Kind!«
»Besorg eine Amme.«
»Das kann ich nicht. Ich muß mit dem Kind hierbleiben. Du verstehst nicht.«
»O doch, ich verstehe sehr gut ...«
»Das tust du nicht!« brüllt sie.
Das Kind beginnt zu weinen.
Mit hochrotem Gesicht nimmt Maria es in den Arm. »Ich kann die Kleine nicht hierlassen, weil sie von mir ist!«
»Was?«
»Sie ist mein Kind, du Trottel! Sie ist meins, unseres. Sie ist *dein* Kind!«
Das Kleine brüllt. Maria schaut schmerzerfüllt zu Willem. Die Kleine schreit gellend.
Maria schnürt ihr Mieder auf. Die Bluse gleitet ihr von den Schultern. Sie legt das Kind an die Brust.
Willem starrt sie fassungslos an, während sie das Neugeborene stillt. Winzige Fingerchen krallen sich in ihr Fleisch, als wollten sie eine Melodie spielen. Die feuchten Locken, die dem Kind am Kopf kleben, sind schockierend schwarz auf Marias weißer Haut. In der verblüfften Stille hört er ein schmatzendes Geräusch, es ist ein heimliches, gieriges Ge-

räusch von konzentrierter Heftigkeit. Er kennt es; er hat es bei Hundewelpen gehört. Ihm rast der Kopf; er versucht, die Monate zu zählen. Keiner von ihnen hört die Tür aufgehen.

»Ist alles in Ordnung, meine Liebe? Das Geschrei ...«

Mijnheer Sandvoort bleibt wie versteinert in der Tür stehen und starrt Maria an. Das Weinen ist verstummt. Maria steht nackt bis zur Taille im Kerzenlicht. Der alte Mann starrt auf sein Kind, das an ihrer Brust trinkt.

# 62

## Jan

*Herr, höre mein Gebet und laß mein Schreien zu dir kommen! Verbirg dein Antlitz nicht vor mir in der Not.*

102. Psalm

Jan, Lysbeth und Mattheus durchkämmen die Straßen in drei verschiedene Richtungen. Sie suchen auf gut Glück, denn niemand weiß, wohin Sophia verschwunden ist. Lysbeth meinte, sie sei vielleicht in die Herengracht zurückgekehrt, um ihrem Gemahl alles zu beichten und ihn um Verzeihung anzuflehen. Jan kann sich nicht vorstellen, daß sie das jemals tun würde. Mattheus dachte, sie könnte vielleicht zu ihrer Familie nach Utrecht gefahren sein, aber auch das will Jan nicht glauben.

Er hört kaum auf die Mutmaßungen der beiden, denn er weiß, was Sophia tun wird. Das ist das Schreckliche. Er kennt sie in- und auswendig, bis in ihr tiefstes Inneres. Ihr steht jetzt nur noch eine Möglichkeit offen, und es ist bloß eine Frage der Zeit, bis seine Vermutung bestätigt werden wird.

Aber welche Genugtuung sollte es ihm bereiten, recht zu bekommen? Als er zum Haus zurückkehrt, wartet Mat-

theus schon auf ihn. Am Boden liegt ein durchnäßter blauer Umhang.
»Ich habe ihn in der Gracht gefunden«, sagt Mattheus. »Ich habe ihn mit einem Stock herausgefischt.«
Er sagt, von einer Leiche sei nichts zu sehen.
»Wir können noch mal nachschauen«, schlägt er vor. »Andererseits können wir schlecht verlangen, daß die Gracht mit einem Schleppnetz abgesucht wird. Wie sollen wir nach einem Menschen suchen, der angeblich schon tot ist?«

# 63

## Cornelis

*Denn ich esse Asche wie Brot und mische meinen Trank mit Tränen.*

102. Psalm

Cornelis steht unter Schock. Er hat in seinem Leben schon viele Schläge hingenommen, aber jetzt ist ihm, als hätte man ihm die wichtigsten Organe aus dem Leib gerissen. Seine Beine können ihn kaum noch tragen. Willem hat ihm ein Glas Weinbrand eingeschenkt, aber Cornelis' Hand zittert so sehr, daß er es nicht zum Mund führen kann.

Seine Frau lebt. Sie hat ihren Tod vorgetäuscht, um mit dem Maler Jan van Loos wegzulaufen.

Die Worte klingen unwirklich, sein Verstand kann sie nicht aufnehmen. Maria erklärt es ihm noch einmal. »Seid mir nicht böse, Mijnheer ...« Ihre Stimme hallt wie aus weiter Ferne. »Ich weiß, daß es schändlich war, schlimmer als alles andere, aber bitte bestraft mich nicht.«

Müßte er zornig sein auf sie? Vermutlich schon.

Sophia hat ihn auf eine Art und Weise hintergangen, die jenseits allen Verstehens ist. Es muß ein Traum sein. Er ist auf seinem Stuhl eingeschlafen. Wenn er aufwacht,

wird er wieder die schlichte Trauer eines Witwers empfinden.
Kein Mensch auf der Welt würde einem anderen solchen Kummer zufügen. Welche Verzweiflung könnte sie dazu getrieben haben? Sie war seine *Frau.*
Sie *ist* seine Frau. Sie lebt. Sie liegt irgendwo in den Armen dieses Mannes, sie lebt, sie atmet. Die beiden lachen über ihn. Der dumme alte Narr. Ein Tor ist er! Sie küssen sich, schmiegen sich aneinander ...
»Wo ist sie hingegangen?«
»Das darf ich nicht sagen, Mijnheer.«
»Wo sind die beiden hin?« schreit Cornelis. Das Kind wacht auf und beginnt zu weinen.
»Ich hätte es Euch nicht sagen dürfen«, schluchzt Maria. »Sie wird mich umbringen.«
»Ich werde sie finden.«
»Tut das nicht, Mijnheer. Sie ist fortgegangen. Ihr werdet sie nie finden. Es ist besser, wenn Ihr sie für tot haltet.«
Cornelis steht auf.
»Wohin geht Ihr?« fragt Maria ängstlich.
Cornelis sieht zu dem Kind. Das Gesicht der Kleinen ist ziegelrot, gleich wird sie wieder schreien. Am liebsten würde er ihr einen Finger in den Mund stecken, um sie zu beruhigen, doch plötzlich kommt ihm diese Geste zu vertraulich vor. Schließlich ist sie nicht sein Kind. Deshalb streichelt er ihr nur die Wange. »Und ich dachte, sie wäre meins«, sagt er. »Ich dachte, sie hätte meine Nase.«

Cornelis eilt durch die Straßen. In der Ferne ertönt eine Trompete, die die zehnte Stunde verkündet. Die Bürger Amsterdams ziehen sich zur Nacht zurück. Welche Sicherheit schien einmal darin zu liegen, die Kerzen auszublasen

und sich von der Welt zu verabschieden. Er hastet den Weg entlang, den seine Frau zu ihrem Geliebten genommen haben muß. Eine Ratte läuft über die Straße und schlüpft ins Wasser. Die Gracht stinkt. Er hat seine Stadt einmal für makellos und sicher gehalten, aber sie ist durch und durch verrottet, erbaut auf wackeligen Holzpfählen, die im Schlamm versinken. Diese schmalen Häuser sind bloße Fassaden, hauchdünn wie Papier; ihre Gesichter sind angemalt wie Huren, aber was geht in ihrem Inneren vor sich? Wie leicht könnten all diese Straßen in sich zusammensacken und in den Schlamm zurücksinken. Wie konnte er sich nur all die Jahre darüber hinwegtäuschen?
Ein Alptraum hat den anderen abgelöst. Auf das Entsetzen von Sophias Tod folgte das noch größere Entsetzen, zu wissen, daß sie lebt. Der Feind wartete nicht vor der Haustür – es waren keine Diebe, es waren nicht die Spanier –, der Feind lauerte in seinem eigenen Zuhause. Wie lange hat sie ihn belogen? Wann hat sie sich mit diesem Mann getroffen – wenn er bei der Arbeit war? Die Abende, an denen sie sich mit Zahnschmerzen oder Kopfweh entschuldigte – ist sie dann durch diese Straßen geeilt? Träumte sie von ihm, wenn Cornelis sie in seinen Armen hielt? Bereits diese Hinterhältigkeit ist mehr, als er ertragen kann, aber es ist noch schlimmer gekommen – sie sah seinen Stolz, als ihr Bauch sich rundete, sie lächelte über seine Freude, wenn sie sich an den ausgestopften Bauch faßte. Und die ganze Zeit über heckte sie den teuflischen Plan aus, den Verrat an ihm. Sie muß ihn für unsäglich einfältig halten, für einen gehörnten Toren.
Cornelis eilt durch die Straßen von Jordaan. Seine Lunge droht zu bersten. Die Beine wollen unter ihm nachgeben, aber er läuft immer weiter, auch wenn er keucht wie ein

Blasebalg. Er erreicht die Bloemgracht und bleibt vor dem Haus des Malers stehen.
Es scheint verlassen. Er betrachtet die geschlossenen Fensterläden im Erdgeschoß. Hinter diesen Läden hat er im Atelier gestanden und stolz sein Porträt betrachtet. Achtzig Gulden hat er dem Mann gezahlt, der seine Frau geschändet hat. Das Bett stand im selben Zimmer, so nahe, daß er es hätte berühren können.
Cornelis hämmert gegen die Tür. Keine Antwort. Das hat er vermutet, aber er mußte herkommen – er weiß nicht, wohin er sonst gehen soll.
In der Dunkelheit regt sich etwas. Offenbar ein Mensch, der zusammengerollt in der Gosse liegt.
Cornelis bückt sich. Benommen hebt der Mann den Kopf; es ist der Diener des Malers.
»Wo sind sie hin?« herrscht Cornelis ihn an.
Der Mond scheint auf das weiße Gesicht des Mannes, der ihn mit offenem Mund anstarrt. »W-w-wer?«
»Du weißt, wen ich meine. Dein Herr, Jan van Loos. Wo ist er hin?«
Das Mondgesicht des Mannes glotzt so ausdruckslos wie zuvor. »D-das k-kann ich nicht sagen.«
»Sag's mir!« brüllt Cornelis.
Der Kerl krümmt sich, als erwarte er einen Schlag. Cornelis nimmt ein paar Münzen aus seiner Geldbörse und läßt sie auf den Körper des Mannes fallen, wo sie lautlos landen. Der Mann dreht sich mit dem Gesicht zur Wand.
»Sag mir, wo sie hingegangen sind.«
Der Mann brummt etwas.
»Was ist?« fragt Cornelis. »Willst du mehr Geld?«
Der Diener schüttelt den Kopf und murmelt etwas.
»Sprich lauter!«

»I-ich hab ihn hängenlassen, Mijnheer. Ich hab ihn einmal hängenlassen, noch mal tu ich's nicht. Ich flehe Euch an, Mijnheer – g-g-geht weg. Laßt mich in Frieden.«
Damit zieht der Mann sich den Umhang über den Kopf und kauert sich wimmernd zusammen. Er sieht aus wie ein Hund, der sich um keinen Preis von der Leiche seines Herrn fortbewegen will.

Cornelis wird von Müdigkeit und Erschöpfung überwältigt. Er läßt sich zu Boden gleiten und setzt sich neben die bebende Gestalt. Offenbar weint der Mann.
Auch Cornelis ist ein Ausgestoßener. Die Wände, die ihn schützend umgeben haben, sind Ziegel um Ziegel abgetragen worden, und nun steht er da. Was soll er tun? Es gibt niemanden, von dem er Hilfe erbitten könnte. Selbst Gott bietet ihm keine Stütze mehr.
Zitternd lehnt Cornelis sich gegen die Mauer. Ein Stück die Straße entlang torkeln Männer aus der Schenke und rufen Gutenachtwünsche durch die Dunkelheit.
Er hebt den Kopf. Da war doch ein Junge, denkt er. Im Atelier, an jenem Tag, da war noch ein Junge, dünn, blaß ... Der Lehrling des Malers. Er stand neben ihnen, als sie das Gemälde betrachteten. *Es ist großartig ausgeführt, nicht wahr? Vor allem Eure Beine ...*
Wer könnte wissen, wo der Junge lebt? Vor der Schenke geht ein Licht aus. Das Wirtshaus schließt für die Nacht. Mit schmerzenden Gliedern hievt Cornelis sich auf die Beine.

# 64

## Jacob

*Mein Gott, mache sie wie verwehende Blätter, wie Spreu vor dem Winde,*
*Wie ein Feuer den Wald verbrennt und wie eine Flamme die Berge versengt,*
*so verfolge sie mit deinem Sturm und erschrecke sie mit deinem Ungewitter.*
*Bedecke ihr Angesicht mit Schande, Herr …*

83. Psalm

In der Straße der Messer sind die Fensterläden geschlossen. Die Werkzeuge, mit denen geschlachtet und aufgeschnitten wird, sind für die Nacht sicher in den dunklen Schränken verwahrt. Oben liegen die Ladenbesitzer neben ihrer Frau im Bett und schlafen. Sie träumen vom festen, silbrigglänzenden Bauch eines Herings. Das Messer schneidet ihn auf, von den Kiemen bis zum Anus, die Gedärme quellen hervor. Sie träumen, wie sie ihre Finger unter die Haut eines Huhns schieben, ihre Finger gleiten in die Höhlung wie in einen Handschuh. Mühelos fährt das Messer ins Fleisch und löst den Schenkel vom Knochen. Nacht um Nacht träumen sie vom Schlachten, denn das ist ihre Welt; sie kennen keine andere. Den ganzen Tag lang blitzen die Klingen über die Gasse hinweg den anderen Messern zu.

Doch im Hinterzimmer des Ladens von Jacobs Eltern brennt noch Licht. Im Schein von sechs Kerzen und einer Öllampe macht Jacob sich ans Malen. Vor ihm steht eine große Leinwand; ehrgeizig hat er sich für ein großes Thema entschieden: *Die Vertreibung Adams und Evas aus dem Garten Eden.* Er arbeitet gerade an der Skizze. Vor seiner Staffelei steht Jans Holzpuppe. Jacob hat sie an seinem letzten Tag im Atelier gestohlen, als kleinen Akt des Protests. Er hat der Gliederpuppe eine beschämte Haltung gegeben – den Kopf vorgebeugt, den Arm schützend vors Gesicht gelegt. Eva wird ihre Arme verzweifelt in die Luft werfen.

Jacob kocht noch immer vor Wut über seine Vertreibung. Dieser Verrat! Der Meister hat seine Laufbahn zerstört, noch bevor sie begonnen hatte – wie kann er die Prüfung ablegen, wenn er keinen Lehrer hat? Nächste Woche wird er sich daranmachen, die Ateliers anderer Maler abzulaufen – aber warum ist das überhaupt notwendig? Jan hat Jacobs Zukunft zerstört, nur um sich seiner verkommenen Lust hinzugeben. Er hat die Frau sogar gemalt. Wenn Jacob allein im Atelier war, hat er sich über die Bilder gebeugt – Sophias Brüste, ihr langer, weißer Leib ... Er ist jedesmal in Schweiß ausgebrochen. Am liebsten möchte er den verderbten Kerl mit einem Fleischerbeil in Stücke hacken.

Jacob nimmt die Kreide zur Hand und beginnt zu zeichnen. Vor Konzentration beißt er sich auf die Lippen. Adams runder Rücken, sein elendes, nacktes Gesäß ... das Gesicht, das man hinter dem schützenden Arm gerade wird ausmachen können, soll ein Porträt von Jan werden, denn jetzt ist es an ihm, zu leiden.

Es klopft an der Tür. Jacob hebt den Kopf. Wer kann das sein zu dieser Stunde?
Jacob läuft durch den Laden und schiebt die Türriegel beiseite. Draußen steht Mijnheer Sandvoort. Er sieht aufgewühlt aus, er schwitzt und ringt nach Luft.
»Wo ist er hin?«
Jacob führt ihn in den hinteren Raum und bietet ihm einen Stuhl an. »Möchtet Ihr etwas zu trinken, Mijnheer?«
Mijnheer Sandvoort schüttelt den Kopf. Jacob kennt ihn natürlich. Er ist der Ehemann von Jans Geliebter, der Frau, die sich in ebendiesem Moment anschickt, das Land zu verlassen.
»Woher wißt Ihr, daß ich hier wohne?« fragt Jacob.
»Was?« Der alte Mann wirkt zerstreut. »Ach, ich habe in der Schenke gefragt.« Er beugt sich vor. Seine Haut ist grau und klamm, seine Augen blitzen fiebrig. »Ihr müßt mir helfen, junger Mann. Ihr seid der einzige, der mir helfen kann. Wo ist er hin?«
»Wer?« fragt Jacob, obwohl er genau weiß, wer gemeint ist.
»Euer Meister, der Maler Jan van Loos. Er ist verschwunden mit ...« Mijnheer Sandvoort schluckt. »Ich habe Gründe anzunehmen, daß ... es ist lebenswichtig, daß ich ihren Aufenthaltsort herausfinde.«
Jacob erwidert nichts. Sein Verstand arbeitet angestrengt.
»Ich entlohne Euch fürstlich«, fleht Mijoheer Sandvoort.
»Ich will Euer Geld nicht«, erklärt Jacob würdevoll.
»Wißt Ihr, wohin sie gegangen sind? War Euch ... bekannt, was vor sich ging?«
Jacob nickt.
»Ich flehe Euch an – bitte –, sagt mir, wo ich sie finde.«
Jacob lächelt nicht. Doch in seinem Innern breitet sich Wärme aus – die Wärme tiefster Genugtuung. Die Welt er-

gibt in der Tat Sinn. Die Übeltäter werden bestraft; jetzt kann er den Mann, der ihn ruiniert hat, zerstören.
»Ich weiß, wohin sie gegangen sind.« Jacob hält inne; er genießt das Gefühl der Macht. »Ein Junge hat die Fahrkarten gebracht.« Wieder zögert er, um die Spannung noch zu steigern. Mijnheer Sandvoort wartet gebannt. In einem Augenblick wird Jacob seinen früheren Meister vernichten, und der Gerechtigkeit wird Genüge getan sein. »Sie segeln nach Batavia.«
»Nach Batavia?«
»Morgen im ersten Tageslicht. Auf der *Königin des Ostens.*«
Während er das sagt, tauchen Sophias rosige Brustwarzen vor ihm auf. Ein Gefühl von Ritterlichkeit überkommt ihn. Es kämpft gegen seine Eifersucht und seine Begierde an und gewinnt nach kurzem Ringen die Oberhand. »Es ist nicht die Schuld Eurer Frau, Mijnhoer. Ihr dürft nicht sie dafür verantwortlich machen. Mein Meister hat sie überredet.« Auch sie ist von diesem Elenden hinters Licht geführt worden; er hat ihre Tugend zerstört, ebenso wie seine, Jacobs, Laufbahn. »Sie wollte Euch nichts Böses, da bin ich mir sicher. Ich habe die beiden beobachtet, ich muß es wissen. Er hat sie dazu überredet, sie selbst wollte es gar nicht.«
Mijnheer Sandvoort dankt ihm. Als er sich zum Gehen wendet, stößt er gegen einen Schrank. Die Messer klirren. Dann ist er fort.
Jacob wendet sich wieder seiner Skizze zu. Zufrieden betrachtet er die mit Kreide gezeichnete Figur, die schamgebeugt dasteht. Soll Jan ruhig die ganze Schuld auf sich nehmen; schließlich hat er gesündigt, und dafür muß er bestraft werden.
Jacob greift nach der Kreide und macht sich wieder an die Arbeit.

# 65

## Cornelis

*Das Leben ist halb vorüber, bevor wir überhaupt wissen, was es ist.*

J. Cats, *Emblemata*, 1632

Es ist Mitternacht, als Cornelis nach Hause kommt. Er schließt die Tür und bleibt im vorderen Zimmer stehen. Maria hat die Öllampe brennen lassen. Der Lichtschein fällt auf die blinden Holztafeln, die an der Wand hängen. Seine Gemälde haben ihr schönes Gesicht abgewandt, um nicht sehen zu müssen, was vor sich geht. Kunst erschafft eine Welt, in der Frieden herrscht; die blutigsten Verbrechen – der Kindermord zu Bethlehem, die Kreuzigung Christi – werden zu Schönheit überhöht. Der ermordete Johannes der Täufer kann keinen Schmerz empfinden, denn er ist ewig und der zehrenden Trauer jener, die weiterleben müssen, enthoben.
Cornelis betrachtet den Schrank mit dem kostbaren Silber, die geräumigen Zimmer, die im Dunkeln liegen. Habgierig hat er dieses Haus mit Schätzen angefüllt, doch das alles ist Illusion. Sophia hat das erkannt. Sie hat all das im Namen der Liebe aufgegeben, und jetzt segelt sie ungebunden durch die Welt.

*Ihr dürft nicht sie dafür verantwortlich machen,* hat der Junge gesagt. Cornelis macht sie nicht verantwortlich, nicht mehr. Denn wenn sie das alles aufgeben konnte, dann kann er es auch.
Cornelis geht die Treppe hinauf. Er will nicht länger hier bleiben; man wird über ihn klatschen, man wird ihn bemitleiden – und bestimmt werden sich viele über ihn lustig machen. Er holt eine Leinentasche aus dem Schrank und beginnt zu packen. Eine Last ist von ihm abgefallen; er fühlt sich genauso leicht und frei wie damals, vor hundert Jahren, in einem anderen Leben, als er seinen Glauben verlor. *(Gestern abend, das war gestern abend.)* Jetzt weiß er, was er tun wird. Sophia lebt; sie ist von einem Mann, der ihrer unwürdig ist, in die Irre geleitet worden – der Junge hat nur bestätigt, was Cornelis die ganze Zeit schon vermutete. Jan hat sie zu all dem gezwungen, und dafür wird er mit dem Leben bezahlen.
*Sie segeln im ersten Tageslicht …* Er hat keine Zeit zu verlieren. Cornelis zurrt die Riemen fest und trägt die Tasche nach unten. Er reist mit leichtem Gepäck. Oben ächzen die Schränke unter seinen Kleidern, den abgelegten Häuten seiner Eitelkeit. Er hat die Last der Jahre abgeworfen und fühlt sich wieder wie ein junger Mann. Sophia hält ihn für einen langweiligen alten Pedanten. Er wird ihr beweisen, daß sie sich täuscht. Auch er kann impulsiv handeln, alles im Namen der Liebe.
*Und niemand wird ihn bestrafen.* Das ist sein größtes Geheimnis, das Geheimnis, das ihn befreit. Denn er, und nur er, weiß, daß Gott nicht existiert. Er, und nur er, übernimmt die Verantwortung für sein Handeln. Cornelis ist in die moderne Welt eingetreten, in die schöne neue Zeit der menschlichen Eigenverantwortlichkeit. Er geht an der Bi-

bel vorbei, die aufgeschlagen auf dem Lesepult liegt, und schlägt sie krachend zu.
Er geht die Stufen hinab in die Küche. Im Kamin glimmt noch Glut. Es riecht nach gebratenen Zwiebeln und Katze. Er geht zu dem Bett, dessen Vorhänge nur halb zugezogen sind, und hält die Kerze hoch. Willem und Maria liegen schlafend nebeneinander. Die wulstigen Lippen des Fischverkäufers sind leicht geöffnet, er atmet laut. Marias Atem geht pfeifend. Zwischen ihren Köpfen ist ein Büschel dunkler Haare zu sehen, ihre schlafende Tochter.
Der Anblick versetzt Cornelis einen Stich. Wie zufrieden sie aussehen. Er ist ein Eindringling, der ihr Glück stört. Sie haben ihr Kind, für sie ist alles gut. Cornelis' Kehle ist trocken, das Schlucken fällt ihm schwer. Er ist in seinem Zuhause ein Fremder, noch bevor er es aufgegeben hat.
Auf dem Küchentisch hinterläßt er einen Zettel und eine Zahlungsanweisung.

*Ich reise nach Übersee. Möglicherweise werde ich lange Zeit fortbleiben. Für den Fall, daß mir etwas zustößt und ich nicht zurückkomme, vermache ich dieses Haus Dir und Deiner Tochter, denn in den Augen der Welt ist sie meine Erbin. Nur wir kennen die Wahrheit. Bewahrt sie tief in eurem Herzen.*
*Bitte veranlasse, daß die Familie meiner Frau diese Zahlung erhält; sie sind unschuldig an der ganzen Sache. Ich wünsche euch alles Glück. Dreht die Bilder um, und freut euch an ihrer Schönheit, denn sie werden uns alle überleben. C. S.*

Der Hafen schläft nie. Er folgt den Gesetzen von Ebbe und Flut, die keiner Uhr gehorchen. Fässer werden aus Fischerbooten gehievt. Jemand pfeift ein Lied, das Cornelis seit seiner Kindheit nicht mehr gehört hat. Eine Hündin mit Zitzen voller Milch, die über den Boden schleifen, humpelt auf steifen, krummen Beinen an ihm vorbei. *Wir müssen eine Amme einstellen.* Er ist nicht nur getäuscht, er ist dabei auch noch gedemütigt worden. All sein Reichtum, seine Bildung – und dann hat ein einfaches Dienstmädchen ihn übertölpelt. Die Welt ist in der Tat auf den Kopf gestellt worden.

Aber wie unschuldig sie geschlafen haben. Sein Zorn ist verraucht, seine Feindseligkeit beinahe verschwunden. Maria hat Böses getan, aber Cornelis weiß, daß keine Strafe sie erwartet; sie kann ruhig schlafen. Im Grunde hat ihr Wiedersehen mit ihrem Liebsten, die Aufklärung ihres Mißverständnisses, ihn ans Herz gerührt. Sie werden die Räume wieder mit Leben füllen. Er kommt sich vor wie ein verholzter alter Strauch, der beseitigt worden ist, damit die Sonne hereinkommt. An seiner Stelle werden neue Triebe wachsen.

Cornelis denkt: Eine Tochter ist in meinem Leben aufgetaucht und wieder verschwunden; ein Blinzeln, und sie war fort.

Er fühlt sich seltsam beschwingt. In der Dunkelheit erkennt er einige Gesichter – Samuel Solomon, den jüdischen Baumwollhändler, der vom Quai aus zusieht, wie Ballen entladen werden; den blinden Bettler, für den Tag und Nacht keinerlei Bedeutung haben. Cornelis fühlt sich im Hafen fast ebenso zu Hause wie in der Herengracht. Der Geruch des Meeres steigt ihm in die Nase – es ist der Geruch seines Wohlstands und seines Arbeitslebens. Wie Wil-

lem hat er seinen Lebensunterhalt dank der See verdient; nun, am Ende, wird er sich ihren Wellen anvertrauen. Und wenn er fort ist, wird das emsige Treiben weitergehen, als habe es ihn nie gegeben.
Der Himmel ist rosig. Cornelis erblickt die Takelage und die hohen Masten der *Königin des Ostens.* Seine Frau und ihr Geliebter werden bereits an Bord sein.
Es bereitet ihm nicht die geringsten Gewissensbisse, Jan zu töten. Er wird es tun, wenn sie das Land weit hinter sich gelassen haben. Die Wellen werden den Beweis verschlingen; sie haben schon weit schlimmere Geheimnisse verschlungen. Cornelis kennt den Kapitän gut; das Schweigen des Mannes wird ihn zwanzig Gulden kosten. Für weitere vierzig Gulden wird er die Tat ausführen lassen. Außerdem ist er Cornelis einen Gefallen schuldig.
Und wenn Jan in seinem nassen Grab liegt, wird Cornelis seine Frau wieder an seine Seite holen, und sie werden gemeinsam nach Batavia segeln und dort auf seiner Muskatnußplantage leben.
Er liebt sie noch, trotz allem – er hat alles für sie aufgegeben. Sie wird lernen, ihn zu lieben, denn er hat sich verändert; er ist nicht mehr der Mann, den sie geheiratet hat. Den kann er selbst nicht mehr erkennen. Jetzt ist alles möglich.
Das Leben ist kurz, die Zeit flieht. *Wir sollten alles ergreifen, solange es uns möglich ist,* sagte der Maler. Ausnahmsweise muß Cornelis ihm recht geben.
Er wirft einen letzten Blick auf seine geliebte Stadt, die wie eine Perle in der Morgendämmerung liegt. Der Nebel hat sich gelichtet, der Nebel seiner unklaren Vergangenheit; ein abenteuerlicher, schrecklicher Morgen ist angebrochen. Der klare blaue Himmel der Vernunft liegt vor ihm, und ein neues Leben mit der Frau, die er einmal an seine Seite

geholt hat und die er ein zweites Mal an seine Seite holen wird.
Er bezahlt seine Überfahrt und geht an Bord. Er kommt gerade noch rechtzeitig. Einige Minuten später wird der Anker gelichtet, und das Schiff nimmt Kurs auf Osten.

# 66

## Jan

*Symptome der Tulpenvirose: Typisch sind Gelbfärbungen (Mosaik, Ringfleckung, Scheckung). Ursache: Submikroskopische Virenpartikel, die sich im infizierten Pflanzensaft befinden, können auf gesundes Pflanzengewebe durch saftsaugende Schädlinge (z. B. Blattläuse), durch Nematoden und andere bodenbürtige Krankheitserreger übertragen werden.*

Royal Horticultural Society, *Gartenenzyklopädie*

Anfang 1637 bricht der Tulpenmarkt zusammen. Entsetzt angesichts der landesweiten Hysterie greift der Große Rat von Holland ein, und über Nacht werden die Zwiebeln für wertlos erklärt. Tausende von Menschen geraten an den Bettelstab. Sie stürzen sich in die Grachten; sie überlassen sich den Wohlfahrtseinrichtungen; in den Kirchen landauf, landab bereuen sie ihre Torheit aufs bitterlichste. Das seltsame Zwischenspiel wird zu einer Fußnote der Geschichte; eine Episode, die die Habgier des Menschen und die Unbeständigkeit des Schicksals beweist. Und doch beruhte alles nur auf der Liebe zur Schönheit, auf der Leidenschaft für Blumen, deren Blüte noch kürzer ist als das Leben derer, die in ihren Bann geraten. Die Tatsache, daß die wertvollsten dieser Blüten – die aufsehenerregendsten Varietäten – durch eine Viruskrankheit entstehen, wird erst in späteren Jahren entdeckt. Wenn die Prädikanten das damals gewußt hätten – wie hätten verdammend sie von ihren Kanzeln herab gedonnert!

Als die Menschen aus ihrem Traum erwachten, waren die Blüten verwelkt, die Gemälde aber existierten noch. Liebende finden während einer Trennung Trost im Abbild des Geliebten. In späteren Jahrhunderten finden Menschen Trost in einer Schönheit, die einmal großes Leid verursachte.

Und Jan van Loos findet durch Schmerz zu Größe. *Aber man muß Mut haben, mein Freund,* sagte Mattheus. *Nur durch Schmerz offenbart sich die Schönheit der Welt.* Nachdem er Sophia verloren hat, wird er zum Einsiedler. Er mietet in seinem alten Viertel ein neues Atelier und widmet sich ganz seiner Kunst. Er malt vor allem Vanitas-Gemälde – Bilder, die anhand einfachster Gegenstände die Flüchtigkeit des Lebens zeigen. Eine Zwiebel – er malt häufig Zwiebeln – liegt neben einer Sanduhr, einem angebrochenen Brötchen, einem Totenschädel. Essen wird zum Sakrament; eine transzendentale Schlichtheit durchdringt sein Werk, wie Weihrauch. Aus dem Leiden heraus schafft er große Kunst. Und in vielen seiner Gemälde findet sich ein konvexer Spiegel, ein Weinglas oder ein Silberkrug. Darin spiegelt sich nicht der Maler bei der Arbeit, sondern eine Frau in kobaltblauem Kleid und mit weichem braunen Haar. Ihr Spiegelbild zieht sich durch sein gesamtes Werk, doch wer sie ist, wird nie eindeutig geklärt, auch wenn Kunsthistoriker eine Ähnlichkeit mit den kühnen, leidenschaftlichen Akten von 1636 feststellen,

in denen die Frau freimütig und voller Liebe aus dem Bild blickt.
Auch auf einem seiner Meisterwerke, das heute in Dresden hängt, ist sie zu sehen. Es handelt sich um ein Stilleben: Eine Zwiebel liegt auf einem Porzellanteller, die papierene Haut halb abgeschält. Auf dem Tischtuch liegen verstreut Karten und Würfel, auf der aufgeschlagenen Buchseite steht auf lateinisch: *Wir haben gespielt und verloren.*
In einer Vase steht eine Tulpe: weiße Blütenblätter mit einem zartrosa Hauch, wie die geröteten Wangen einer Frau, die gerade das Bett ihres Geliebten verlassen hat. Auf einem Blütenblatt liegt ein Tautropfen. Darin spiegelt sich die Frau. Man braucht ein Vergrößerungsglas, um sie zu sehen; sie scheint zu zittern ... ihre Zeit ist, wie die eines Tautropfens, kurz bemessen.

# 67

## Maria

*Kleine Boote sollen sich nahe an der Küste halten; größere Schiffe dürfen sich weiter hinauswagen.*

J. Cats, *Emblemata,* 1632

In ihrem vergangenen Leben hat Maria oft geträumt, daß sie und ihre Herrin den Platz tauschten. Dann zog sie Sophias blaue Jacke mit dem weißen Pelzbesatz an und stolzierte vor ihrem Spiegelbild auf und ab. Nachts träumte sie, daß ihre Herrin ertrunken war und daß sie, Maria, dieses große Haus an der Herengracht erbte und mit ihren Kindern durch die Räume schwamm.

Jetzt sind ihre Träume wahr geworden. Andere sind gestorben, damit sie leben kann. Mittlerweile ist Sophia seit sechs Jahren verschwunden; vermutlich ist sie ertrunken. Mijnheer Sandvoort ist nie zurückgekehrt. Nun ist Maria die Herrin des Hauses; nur dem Namen nach gehört es ihr nicht. Sie hat zwei Kinder, beides Mädchen, und ihren Mann Willem. Es ist 1642; sie sitzen in der Bibliothek mit dem Schachbrettboden und lassen sich malen.

Durch die Buntglasfenster fällt Sonnenlicht herein, auf Willem, der eine schwarze Jacke und Kniehose trägt, und auf Maria, deren Kleid elfenbeinfarben schimmert. Ihre

Töchter Sophia und Amelia sitzen mit geradem Rücken auf ihren Stühlen. Ein King-Charles-Spaniel liegt ihnen zu Füßen. Auch dieses Paar sehnt sich nach Unsterblichkeit; es wird in Den Haag im Mauritshuis hängen: *Unbekannter Mann mit Frau und Töchtern* von Jacob Haecht (1620–1665; signiert und datiert 1642). Denn Jacob ist ein gefragter Porträtmaler geworden, gerühmt wegen seiner ungemein detaillierten Darstellungen. Er wird nie ein großer Meister sein, die Höhen Jan van Loos' wird er nicht erreichen, aber er bedient den Publikumsgeschmack, und das mit Erfolg.

Jacob fragt: »Was ist eigentlich aus dem alten Mann geworden – Mijnheer Sandvoort?«

»Wer weiß?« antwortet Willem. »Wir haben nur Gerüchte gehört.« Es dauert Monate, bis Nachrichten aus Ostindien eintreffen, und meist sind sie unzuverlässig. »Einige sagen, er sei am Gelbfieber gestorben.« Willem, der korpulent geworden ist und etwas hochtrabend, wischt ein Staubkörnchen von seiner Jacke.

»Das glaube ich nicht«, sagt Maria. »Ich habe gehört, daß er mit einer wunderschönen Eingeborenen zusammenlebt.«

»Wer hat das gesagt?« fragt Willem.

»Jemand, dem ich zufällig begegnet bin.« Sie hält inne und genießt es, im Mittelpunkt der Aufmerksamkeit zu stehen. »Es heißt, daß er noch immer in Sünde mit ihr lebt, daß er ihre Verbindung nie hat segnen lassen – angeblich hat er kein einziges Mal eine Kirche betreten.«

»Ist das wahr?« fragt Willem.

»*Ich* glaube es«, erwidert Maria. »Hat er nicht ein bißchen Glück verdient?«

»Lächelt nicht«, sagt Jacob. »Ich male gerade Euren Mund.«

Eine Weile malt er schweigend weiter. Die Mädchen rutschen auf ihren Stühlen hin und her, so daß ihre Kleider rascheln. Der Hund ist eingeschlafen.
»Ich habe ihn vor sechs Jahren gemalt«, sagt Jacob. »Ich habe den Großteil von ihm gemalt. Wißt Ihr noch?«
Maria nickt.
Jacob sieht zu dem kleinen Mädchen. »Seine Tochter sieht ihm ähnlich, findet Ihr nicht?«
Maria grinst. »Meint Ihr?« Sie beugt sich vor und fährt dem Mädchen durchs Haar. »Ich nicht.«
»Bitte sitzt still«, ermahnt Jacob sie scharf.

# 68

## Jan

*Ein Mensch ist in seinem Leben wie Gras, er blüht*
*wie eine Blume auf dem Felde;*
*wenn der Wind darüber geht so ist sie nimmer da,*
*und ihre Stätte kennet sie nicht mehr.*

103. Psalm

Es ist ein böiger Morgen im September 1648; es hat geregnet, jetzt glänzen die Straßen wie frisch gewaschen. Jan geht zum Markt, um sich etwas zu essen zu kaufen. Seine Küche ist leer; er hatte sich in seinem Atelier vergraben und wie ein Besessener gearbeitet, darüber hat er die Zeit vergessen.

Als er in den strahlenden Tag hinaustritt, kneift er die Augen zusammen, die Sonne ist so grell. Markthändler verscheuchen streunende Hunde, fliegende Händler bieten ihre Waren feil. Eine Fuchsstute stellt ihre Hinterläufe weit auseinander, hebt den Schwanz und läßt einen Strom Urin auf das Kopfsteinpflaster rauschen. Wie massig und lebendig sie wirkt! Die glänzenden Flanken feucht vor Schweiß, die Nüstern gebläht. Während sie sich entleert, schnaubt und prustet sie vor Zufriedenheit. Das ist ihr Leben, für sie gibt es kein anderes. Das Pferd kümmert sich nicht um

Angst vor dem Tod. *Die Hoffnungen der Menschen sind zerbrechlich wie Glas, kurz ist daher auch das Leben.* Ihr ist das gleichgültig.
Jan selbst hat keine Angst vor dem Tod. Als Sophia vor zwölf Jahren starb, hat auch er aufgehört, in dieser Welt zu leben. Er schloß eine Tür und öffnete eine andere, zu einer Welt, wie er sie in seinen Bildern erschafft. Die Stille seiner Stilleben ist seine Realität, und wenn er nach draußen tritt, verwundert es ihn, Menschen hin und her hasten, emsig ihren Geschäften nachgehen zu sehen. Es überrascht ihn, selbst nach all den Jahren noch, daß die Welt ungerührt ohne sie fortbesteht. Kinder werden geboren; am Damplein werden Pfeiler in die Erde gerammt für den Bau des großen Rathauses von Amsterdam, das ein Monument für den Stolz der Bürger sein wird; und alle, die es sehen, werden ergriffen sein und staunen.
Sophias Leben ist zu Ende, aber in seinem Herzen lebt sie immer noch. Er spricht mit ihr und spürt, wie sie die Luft anhält, um ihm zuzuhören. Ihre Unsterblichkeit lebt in ihm und in seinen Bildern, denn er malt ihr Spiegelbild in gekrümmte Glasflächen. In seinen Stilleben führt sie ihr Leben weiter. Und er fürchtet den Tod nicht, denn er hat etwas überlebt, das ihm wie sein eigener Untergang erschien. Er wird einundsechzig Jahre alt werden (*Jan van Loos, 1600–1661*), sein Leben die Spanne dieses Goldenen Zeitalters, und seine großen Meisterwerke sind noch gar nicht entstanden. An diesem stürmischen Septembertag berauscht ihn nur das Sonnenlicht auf den metallisch glänzenden Schuppen der Heringe, die in einem Berg daliegen. Kann etwas Totes derart glitzern? Spielt es eine Rolle, daß sie tot sind, wo sie doch – wenn ein Künstler sie malt wieder lebendig werden?

An einem Stand bleibt Jan stehen und kauft einen Apfel. Später erinnert er sich an diesen Moment: Er beißt in den Apfel; Saft spritzt heraus. In der Nähe liegen weggeworfene Eingeweide; eine Krähe, die Klaue in den glitzernden Gedärmen vergraben, reißt mit dem Schnabel an ihnen. Jan erinnert sich, wie er als Junge seinem Vater beim Hämmern des Silbers zusah und das Metall in der düsteren Werkstatt blitzte. Er denkt, wie ähnlich der Farbton von Fisch dem von Silber ist und wie sehr ihm sein Vater fehlt, der schon seit vielen Jahren tot ist.
Während er seinen Apfel ißt, sieht er graue Gestalten über den Platz gehen. Sie bewegen sich wie Schatten, denn sie sind Nonnen aus dem Kloster und führen in dieser Welt ein Dasein nur als Geister, als verlorene Erinnerungen an ihr eigentliches Leben. Es gibt mitten in der Stadt ein katholisches Kloster, einen geschlossenen Orden, zu dem kein Außenstehender Zugang hat. Hinter den Mauern haben die Nonnen sich Gott überantwortet und verbringen ihre Tage im Gebet. Wenn sie in der Öffentlichkeit erscheinen, sind ihre Gesichter schwarz verschleiert.
Eine Nonne geht ein wenig abseits von den anderen. Die Art, wie sie sich bewegt, hat etwas Vertrautes – ihre Größe, ihr Zögern. Im Wind umspielt die Tracht ihren schmalen Körper.
Er schaut sie über die vielen emsigen Passanten hinweg an. Sie bleibt wie angewurzelt stehen. Dann zuckt sie zusammen wie ein aufgeschrecktes Reh und faßt nach dem Kreuz um ihren Hals.
In dem Augenblick weht eine Bö ihr den Schleier aus dem Gesicht. Nur ein kurzer Blick, mehr nicht. Dann dreht sie sich um und schlüpft durch die Menge davon.
Wie angewurzelt bleibt Jan stehen. Eine offene Hand wird

vor ihn hingestreckt. »Möge Gott der Herr sich deiner Seele erbarmen.«
Jan fingert in seiner Geldbörse. Kann er seinen Augen trauen? Lebt sie noch? Sollte das wirklich möglich sein? Oder ist er, weil er sie ins Leben träumt, ins Leben malt, so besessen von diesem Gedanken, daß er Kunst und Illusion nicht mehr unterscheiden kann?
Die Suche nach Münzen lenkt ihn ab. Als er wieder aufschaut, ist die Nonne fort. Die graue, verschleierte Gestalt – ein Gespenst, ihre letzte Verkleidung –, sie ist verschwunden, als sei sie nichts weiter gewesen als ein Auswuchs seiner Phantasie.

# Dank

Für Rat und Hilfe geht mein Dank an Manouk van der Meulen, Russell Hoban, Wolfgang Ansorge, Judy Cooke, Geraldine Cooke, Patricia Bent, Periwinkle Unwin, Victoria Salmone, Jacques Giele, Lee Langly, Sarah Garland, Alex Hough, Judy Taylor, Charlotte Ackroyd, Geraldine Willson-Fraser, Lottie Moggach, Tom Moggach und Csaba Pasztor. Zu den vielen Büchern, die mir eine aufschlußreiche Hilfe waren, gehören: Simon Schama, *Überfluß und schöner Schein;* Paul Zumthor, *Das Alltagsleben in Holland zur Zeit Rembrandts;* Mariet Westerman, *A Worldly Art;* Wayne E. Franit, *Paragons of Virtue;* Bob Haak, *Das goldene Zeitalter der holländischen Malerei;* R. H. Fuchs, *Dutch Painting;* Michael North, *Kunst und Kommerz im goldenen Zeitalter;* Paul Taylor, *Dutch Flower Painting 1600–1750* und Zbigniew Herbert, *Stilleben mit Kandare.*

Vor allem aber gilt mein Dank den holländischen Künstlern selbst, durch deren Bilder wir eine verlorene Welt betreten und uns sofort zu Hause fühlen.